Annemarie Schoenle bereitete sich nach einer kaufmännisch orientierten Ausbildung auf die Beamtenlaufbahn vor, arbeitete dann jedoch lieber in der freien Wirtschaft. Nach ihren ersten literarischen Erfolgen mit Kurzgeschichten und Romanen entschloß sie sich, hauptberuflich das zu werden, was sie schon immer werden wollte: Schriftstellerin. Sie lebt mit ihrem Mann und ihrer Tochter in Poing bei München.
Ihr Roman »Nur eine kleine Affaire« wurde erfolgreich für das Fernsehen verfilmt.

Von Annemarie Schoenle sind außerdem erschienen:

Frühstück zu viert (Band 1632)
Ringelblume sucht Löwenzahn (Band 1637)
Und abends nur noch Mondschein (Band 2915)
Lieben Sie Langusten? (Band 3136)
Nur eine kleine Affaire (Band 60098)
Verdammt, er liebt mich (Band 60317)

Dieses Buch wurde auf chlor- und säurefreiem Papier gedruckt.

Originalausgabe April 1995

Umschlaggestaltung Manfred Waller, Reinbek,
unter Verwendung einer Illustration von Pham van My, Paris
Satz Ventura Publisher im Verlag
Druck und Bindung Elsnerdruck, Berlin
Printed in Germany
ISBN 3-426-60324-1

2 4 5 3 1

Annemarie Schoenle

Rache
und was sonst noch zählt

Erzählungen

Knaur

Inhaltsverzeichnis

Die Aufziehpuppe

Manchmal, wenn sie ihrer Mutter oder Tante Amy gegenübersaß, erinnerte sie sich an die Puppe, die Vater ihr zum achten oder neunten Geburtstag geschenkt hatte. Sie erinnerte sich daran, wie sie die Schachtel aufriß und auf die häßliche Zelluloidpuppe starrte und wie Mutter rief: »Sieh nur, Erica, man kann sie aufziehen, Gott, was für ein kitschiges Ding!«
Sie hatten die Puppe aufgezogen und auf ein schräg liegendes Brett gestellt, und die Puppe lief auf steifen Beinen das Brett hinunter bis zum Boden, tak-tak-tak, der Schlüssel, der wie ein kleines Messer in ihrem Rücken stak, drehte sich langsam, und als sie den Boden erreichte, fiel sie um, die porzellanblauen dummen Augen nach oben gerichtet.
»Typisch«, sagte Ericas Mutter und warf Amy einen bedeutsamen Blick zu, »das ganze Jahr läßt er nichts von sich hören, und dann das! Eine Zelluloidpuppe von Woolworth!«
Sie hatte die Schachtel mit der Puppe in ihrem Spielschrank versteckt und hatte sich geschämt, daß Vater so wenig Geld besaß und bei Woolworth kaufte, doch nachts, wenn sie sich einsam fühlte und die leisen Stimmen von Amy und Mutter aus dem Wohnzimmer drangen, holte sie die Puppe hervor, zog sie auf und ließ sie über den Teppich stolpern. Dann stellte sie sich vor, daß Vater zurückkehrte und Tante Amy aus dem Haus jagte und die Jungs verprügelte, die sich über sie in der Schule lustig machten und hinter ihrem Rücken erzählten, im Haus am Glockenbach spuke es und Mutter und Amy würden leben wie ein Ehepaar.

Das Haus am Glockenbach … Es schauderte sie, wenn sie es sich, an ihrem Schreibtisch sitzend, vorstellte: rechteckig wie ein Sarg, ein großer dunkler Klotz, in dessen bemoosten Mauern Efeu und Immergrün zähe Wurzeln schlugen und Dutzende von Spinnen und kleine Fliegen in die Zimmer lockten. Wie oft schon hatte sie das Haus verlassen wollen, doch es hatte sie umgarnt und festgehalten, als hätte sich die im Mondlicht blinkende Fensterfront mit den im Wind singenden Blättern zu einem undurchdringlichen Netz verknüpft, als nähmen es die Spinnen und Fliegen endgültig in ihren Besitz und lähmten sie, Mutter und Amy mit dem Gift einer alles überwuchernden Trägheit. Ihre Freundinnen hatten geheiratet, Kinder geboren, sie hatten sich scheiden lassen, hatten sich Liebhaber genommen, hatten wieder geheiratet. Sie hatten gelebt, Tag für Tag, Monat für Monat, Jahr für Jahr, während es sich für sie nicht lohnte, ihre Tage in Stunden und die Jahre in Monate aufzuteilen, weil sie sich im Geflecht ihrer Resignation und ihres Hasses immer mehr verstrickte. Manchmal malte sie sich aus, wie sie Vaters Puppe nahm und am Schlüssel drehte, bis die Feder im Inneren zerbrach, wie sie die Treppen zu Amys Zimmer hinaufstieg und die Bremsen des Rollstuhls löste, wie sie dem Stuhl einen Tritt gab, einen kräftigen, haßerfüllten, befreienden Tritt, und wie sie Mutter an Amys Grab allein zurückließ, ihre Koffer packte und zu Tony ging. Immer, wenn sie sich mit diesen Koffern das Haus verlassen sah, bäumten sich ihre Träume auf, und Mutters Gesicht schwebte wie ein zarter Mond im Zimmer, mit einer pergamentdünnen, rosafarbenen Haut, schmalen, sanft geschwungenen Lippen und mit Augenbrauen, die wie erschrockene Schmetterlingsflügel in die Stirn fuhren. Grauenvolle Leere erfüllte sie dann, die ihr die Brust abschnürte und alles Leben in ihr versickern ließ. Und sie schlich sich in die Küche und schnitt dicke Scheiben vom frischen Brotlaib ab, bestrich sie mit Butter und Marmelade, rot wie Blut, und stopfte sich das Brot so gierig

in den Mund, als hätte sie seit Stunden gehungert. Dann lief sie zum Spiegel und betrachtete diesen Mund mit seiner rissigen Haut, die matten Augen, die haarfeinen Linien auf ihrer Stirn, und sie schwor sich, ein neues Leben zu beginnen, *ihr* Leben, gleich, sofort. Am nächsten Morgen holte sie den enganliegenden Pullover, den Mutter nicht leiden konnte, aus dem Schrank, aß ein Schüsselchen Vollkornmus und trank dazu Orangensaft. Ihre Mutter stand am Fenster oder am Tisch, die Augen wachsam, sie nahm ihren Stock, suchte sich mühsam den Weg zum Flur, Erica hörte das Klicken des Telefons und Mutters zarte Stimme, die voll Wärme mit Elli oder Berte oder Amanda telefonierte. *Ja, ja, ich sag' es doch! Sie ist eine Mustertochter. Seit Amy im Rollstuhl sitzt und ich diese scheußlichen Gichtanfälle habe, tut sie alles, um uns das Leben zu erleichtern. Denkt nie an sich. Nicht wie ihr verrückter Vater …*
Die Flocken in Ericas Mund schmeckten wie Gummi, es wurde ihr unmöglich, ihre Gedanken an ein neues Leben weiterzuspinnen. Sie hastete ins Badezimmer, ihr Gesicht im Spiegel quoll auf, sie biß auf die rissige, welke Haut ihrer Lippen, bis sie bluteten, und ging zurück in die Küche, strich sich ein Marmeladenbrot und bestreute es mit Schokoladensplittern.

In der Nacht, als Tony ihr das Ultimatum stellte, »entweder die beiden oder ich«, hatte sie in ihrem Zimmer auf dem Teppich gesessen, Vaters Aufziehpuppe vor sich. Sie hatte am Schlüssel gedreht, die Schuhe der Puppe verfingen sich, sie fiel um und lag auf dem Rücken, der Schlüssel schnurrte, die Puppe drehte sich im Kreis, während die Beine, steif und ungelenk, in die Luft stießen. Die Tür öffnete sich, und Erica sagte, ohne aufzublicken: »Ich werde Tony heiraten, tut mir leid, Mutter, aber ich kann nicht mein ganzes Leben im Haus am Glockenbach verbringen. Ich hasse dieses Haus, es frißt mich auf, und Amy hasse ich auch!«

»Ruhig, mein Liebling, ganz ruhig. Du liebst Amy, ich weiß es. Aber wenn Tony dich tatsächlich ... also, wenn er dich wirklich zur Frau will ... Schließlich ist er der einzige, der dich gefragt hat, mein armes Kleines ...«

»Er ist nicht der einzige. Auch Martin und Richard ...«

»Martin und Richard! Windhunde! Sie hatten nie die Absicht, dich zu heiraten. Sie hatten nur eines im Sinn ... dich rumzukriegen. Sie waren, wie alle Männer waren ...«

»Sie waren nett, aber plötzlich ließen sie nichts mehr von sich hören. Das ist eigenartig, findest du nicht?« fragte Erica. Und sie setzte, fast leidenschaftlich, hinzu: »Dabei hatten sie mich wirklich gern.«

»Tja, so sind sie, die Männer, wankelmütig und feige. Sie haben sich anderswo umgesehen. Und Tony, meinst du ... Er ist jünger als du ...«

»Zwei Jahre.«

»Die Männer wollen's gern knusprig und frisch.«

»Tony liebt mich.«

»Bist du sicher?« fragte Mutter, und es lag soviel Skepsis in der kleinen Frage, daß Erica mutlos die Schultern sinken ließ und sich ihrer Reizlosigkeit schämte.

Auch Tony war fortgegangen. Ohne Gruß. Geblieben war ihr nur sein Bild. Sein Gesicht. Lachend. Die haselnußbraunen Augen schienen ihr überallhin zu folgen. Oh, wie gern hatte Tony gelacht! Und wie sehr hatte sein Lachen angesteckt!

Mit Amy sprach Erica nur das Nötigste. Als sie noch ein Kind war, hatten sie im Religionsunterricht von dem absolut Bösen, der zerstörerischen Kraft, gehört, die die Welt zum Jammertale machte, und Erica hatte sofort gewußt, daß sie das absolut Böse kannte, denn sie kannte Amy, und Amy war böse. Sie war eine große, breite Frau mit honiggelben Augen unter schweren Lidern, sie trug Männeroveralls, Gummistiefel, sie harkte im Garten die Beete, sie aß ihre Steaks fast roh und rauchte Zigarren wie ein Mann. Zuerst schien es, als könne es ihr nicht schnell genug gehen, bis Erica aus dem Haus war, als aber dieser Schlaganfall kam – Amy war damals erst fünfzig –, mußte sie es sich wohl anders überlegt haben. Nun war es ihr recht, daß Erica das Haus nicht verließ, sie hielt sie immer in Trab, verlangte nach Tee, nach Keksen, nach der Wodkaflasche, nach frisch gehackter Minze, die sie in das Wodkaglas warf, und ihre tiefe Stimme dröhnte durchs Haus und verfolgte Erica bis in den Schlaf.

Eines Tages, die Geschichte mit Tony lag schon gut zehn Jahre zurück, traf sie ihn wieder. Sie hatte für Mutter Spitze besorgt, trat aus einem Laden und lief direkt in ihn hinein.
»Pardon«, sagte er und blieb überrascht stehen. Und sie hatte, instinktiv, fast neckisch, die linke Hand gespreizt und über Mund und Nase gelegt. Sie wollte verhindern, daß er sie erkannte, zehn Jahre älter, zehn Jahre enttäuschter. Nachdem sie beide sich höflich erkundigt hatten, wie es denn ginge, gab Erica sich einen Ruck; sie sah Tony in die Augen und fragte: »Warum hast du damals so plötzlich nichts mehr von dir hören lassen?«
Er wurde rot. »Aber ich bitte dich. Es ist so lange her, und deine Mutter ...«
»Was ist mit meiner Mutter?«
»Oh ... Du weißt schon. Deine Familienverhältnisse ...«
Nun war sie es, die errötete. »Was ist mit meinen Familienverhältnissen?« fragte sie steif.
Er zuckte die Achseln. »Bitte, Erica ...«
»Hast du inzwischen geheiratet? Ich erinnere mich, daß du so gern geheiratet hättest.« Ihre Stimme zitterte.
»Nein. Ich habe sogar noch meine alte Adresse.«
Sie sagte: Wollen wir essen gehen heute abend? »Was hältst du davon? Um unserer alten ... Freundschaft willen?«

Sie spürte, wie er sich zurückzog, sie musterte ihn genau, er fuhr sich mit den Fingern durchs Haar, es war dünner geworden. Das rührte sie und machte ihr Hoffnung, doch die Abwehr in seinen Augen war unübersehbar.
»Ich will wirklich nur mit dir essen gehen«, sagte sie und stieß ein kleines Lachen aus, denn ihre Einsamkeit war größer als ihr Stolz.
»Es hat keinen Zweck, Erica.«
Sie nickte. »Ja, das scheint mir auch. Aber ich will es wissen ... Warum bist du damals verschwunden, ohne noch mit mir zu reden?«
»Nach dem Gespräch mit deiner Mutter wäre jedes Wort peinlich gewesen ... überflüssig.«
»Nach dem Gespräch mit meiner Mutter«, wiederholte sie. Und da er nichts mehr sagte, preßte sie die Lippen zusammen und ging wie blind die Straße entlang.
Zu Hause saß sie lange in ihrem Zimmer und starrte aus dem Fenster. Es wurde Frühling, der Efeu trieb aus, und im Garten roch es nach feuchter Erde. *Nach dem Gespräch mit deiner Mutter* ... Sie erhob sich, machte Licht und ging ins Badezimmer. Duschte. Zog ihr neues Kostüm an. Schminkte sich. Zuletzt steckte sie eine Seidenblume an das Revers ihrer Jacke und stieg langsam die Treppe hinunter.
Mutter und Amy saßen am Eßtisch. Amys Atem ging schwer. Seit sie im Rollstuhl lebte, wurde sie dickleibig. Die honiggelben Augen versanken hinter Fleischwülsten, die Finger waren braun von Nikotin.
»Ich esse nicht mit euch«, sagte Erica, »ich bin verabredet.«
»Du? Aber um Himmels willen, mit wem denn, mein Liebling?«
»Mit Tony. Erinnerst du dich an Tony, Mutter? Er ließ eines Tages nichts mehr von sich hören. Und heute bin ich ihm wieder begegnet.«

»Tony?« sagte Mutter gedehnt. »Und er will mit dir ausgehen?«
»Wundert dich das?«
»Nein, nein …«
»Er will mir über euer Gespräch berichten. Du weißt schon – das Gespräch, das du mit ihm hattest, bevor er mich verließ.«
Erica sah, wie Mutter einen Blick mit Amy wechselte. »Ich hatte kein Gespräch mit Tony.«
Amy verzog die Lippen. »Du hattest eines. Mit ihm und auch mit den anderen.«
»Weshalb?« flüsterte Erica.
»Siehst du …« Mutter wurde verlegen. »Wir wollten dich nicht verlieren. Männer sind ja so gräßlich. Wir haben doch schön miteinander gelebt …«
»Ach was! Wir haben sie gebraucht«, sagte Amy kalt und sah Erica durch den Rauch ihrer Zigarre an. »Deine Mutter hätte mich nicht pflegen können, sie ist zu schwach.«
»Mutter, was hast du Tony gesagt? Und Martin? Und Richard?«
»Sie hat gesagt, daß dein Vater in der Heilanstalt Selbstmord verübt hat. Was übrigens stimmte. Zumindest der Selbstmord. Und daß die Krankheit erbbedingt sei.« Amy lachte. Ihre Augen glitzerten, es machte ihr Spaß, Erica zu verletzen. »Wir haben deinen Vater, damals, als ich ins Haus wollte, in die Anstalt geschafft. Er war von jeher exzentrisch und gewalttätig. Wollte sich nicht damit abfinden, daß deine Mutter und ich … Starr mich nicht so an. Sie hat sich das alles ganz allein ausgedacht. Raffinierte Frau, deine Mutter.«
Erica sank auf einen Stuhl. Ihr Herz hämmerte. Sie erinnerte sich all der Sonntage, die sie, am Fenster stehend, in ihrem Zimmer verbracht und auf Vater gewartet hatte; sie hörte Autotüren knallen, hörte das Gekicher glücklicher Mädchen, sie sah ihre Freundinnen im weißen Kleid vorm Pfarrer stehen, sie sah

Babies, die nach dem Haar der Mutter grabschten, sah eine endlose Reihe von Picknicks, bei denen junge Familien auf den Wiesen um den Glockenbach lagerten – und sah sich. Sah sich Verbände erneuern, Schüsseln leeren, treppauf, treppab laufen, sie beriet sich mit den Ärzten, der Gemeindeschwester, feilschte mit Handwerkern, sie sparte und ließ den Lift für Amys Rollstuhl einbauen, sie badete Mutters Füße, sie hastete ins Büro, sie hastete nach Hause, und draußen wurde es Frühling, und die Samenkränze bogen die Blumen zur Erde, es wurde Sommer, es wurde Herbst, Winter, und im Dunkeln leuchtete der Schnee, und es klingelten die Schellen der großen Schlitten, Silvesterparties wurden gefeiert, Kinder zur Taufe getragen, Schulranzen gepackt, Urlaubsreisen geplant. Während ihre Haut alle Frische verlor, ihr Fleisch verdorrte und ihr Haar zu Asche wurde.
Sie stand auf, ihre Lippen spannten sich über den Zähnen, sie ging zurück in ihr Zimmer, holte den alten Karton aus dem Schrank, nahm Vaters Puppe und zog sie auf, immer wieder. Die Puppe lief über den Teppich. Fiel hin. Lief weiter. Fiel hin. Blieb liegen. Blieb endlich, endlich liegen. Hatte endlich ihren Frieden. Wie Vater. Wie sie.
Sie öffnete eine Schublade und entnahm den kleinen Revolver, den Mutter gekauft hatte, um sich vor Dieben zu schützen. Sie stolperte die Treppen hinunter und betrat das Wohnzimmer. Mutter und Amy saßen noch am Tisch.
Sie schoß sechsmal.
Dann rief sie Tony an.

Als die Polizei eintraf, stand sie in der Küche und stopfte sich große Brotstücke in den Mund.
»Seien Sie vorsichtig, sie ist verrückt«, flüsterte ein Polizist dem Amtsarzt zu. »Auch ihr Vater ist in der hiesigen Heilanstalt gestorben. Der Mann, der uns alarmierte, dieser Tony Wirth … er erzählte es mir.«

»Meine Liebe« – der Arzt trat einen Schritt auf Erica zu – »würde es Ihnen etwas ausmachen, mich zum Wagen zu begleiten? Ich möchte Sie ins Krankenhaus bringen ... Sie sind krank. Sehr krank.«

Erica kicherte. »Sie meinen, ich bin verrückt? Ich bin nicht verrückt. Es ist nur der Schlüssel, hinten am Rücken, verstehen Sie? Mutter und Amy ... sie haben ihn überdreht. Die Feder ist kaputtgegangen. Pling – und kaputt war sie, die Feder.«

»Natürlich, meine Liebe, natürlich«, sagte der Arzt beschwichtigend, und der Polizist fügte voller Mitleid hinzu:

»Ist ein Graus mit diesen Schlüsseln hinten am Rücken. Und den überdrehten Federn. Wirklich, ein Graus.«

Paarung

Seit Philipp sein Buch über anthropologische Forschungen in bezug auf menschliche Gefühlsregungen veröffentlicht hat, wird er von einer Talk-Show zur anderen gereicht. Natürlich gibt es massenhaft anthropologische Bücher, aber keines dieser Werke befaßt sich so konträr und zugleich allgemein verständlich mit menschlichem Paarungsverhalten und der durch Evolution beeinflußten Psyche wie Philipps Buch. Philipp ist nahezu besessen von diesem Thema, seine ganze Weltanschauung basiert auf der These, alle menschlichen Verhaltensmuster seien biologisch-genetischen Ursprungs.

Heute ist er Gast einer TV-Sendung, die den Titel »Kultur und Menschen« trägt. Er spricht über Liebe, über Sex, über Partnerschaft und Trennung und stellt Verbindungen zum Tierreich her. Mit lässig übereinandergeschlagenen Beinen sitzt er der hübschen Moderatorin gegenüber. Er trägt Jeans und ein Sportjackett, er wirkt ausgeglichen und souverän.

Edith weiß, wie er vorgehen wird. Er berät sich oft mit ihr über seine Auftritte und betont immer wieder, wie viel es ihm bedeute, sich mit einem vernunftbegabten Menschen unterhalten zu können. Mit seiner Frau sind solche Gespräche nicht möglich. Sie interessiert sich nicht für anthropologische Themen. Sie interessiert sich für das große Haus, den Garten, die beide Söhne, die Nachbarinnen. Edith hat ein Foto von ihr gesehen, das Philipp in der Brieftasche mit sich trägt. Eine kleine, rothaarige Frau mit lebhaften Augen. Ein Spaniel liegt neben ihr auf der dunkel marmorierten Terrasse. Sie gleichen sich. Das rötlichgoldene Fell, die braunen Augen, der lethargische Ausdruck des

Gesichts. Die Schatten des Hundes und der Frau vereinigen sich und wachsen bedrohlich die weiß verputzte Hauswand empor. Das Bild jagt Edith Angst ein. Es vermittelt eine Realität, die sie degradiert, schmutzig macht, überflüssig.

Sie können mit den Augen zweierlei signalisieren, sagt Philipp gerade zur Moderatorin. *Sympathie oder Ablehnung* … Dies ist seine Einleitung, um zum »Kopulationsblick« zu gelangen, ein unerschöpfliches und sehr beliebtes Thema, weil es die Leute zum Lachen reizt und die wissenschaftliche Strenge der Interviews mildert.

Als sie selbst Philipp zum ersten Mal begegnete, auf einer Party vor sechs Jahren, sahen sie sich quer durchs Zimmer an. Sie war damals erst ein Jahr mit Tom verheiratet und unempfindlich gegen eindeutige Blickkontakte – so glaubte sie jedenfalls. Außerdem verabscheute sie männliches Imponiergehabe. Philipp hatte sein Balzrevier abgesteckt, von hier bis zur Tür. Wenn eine gutaussehende Frau den Raum betrat, blähten sich seine Nasenflügel. Später, als er mit ihr tanzte und sie, schon etwas champagnerselig, zwei Wollfussel aus seinem Haar entfernte, erklärte er ihr, Affen lausten sich gegenseitig, wünschten sie mehr als nur Rudelfreundschaft. Und was sie über ihn und das Balzrevier gesagt habe, erwärme sein Herz außerordentlich. Er sei Anthropologe und begierig darauf, Frauen kennenzulernen, die sich für seine Wissenschaft interessierten. Edith erinnert sich daran, laut aufgelacht und sich für einen Moment an ihn gedrückt zu haben, nicht ohne Berechnung, auch daran erinnert sie sich. Sie spürt noch heute seinen Körper an dem ihren, die Muskeln seiner Schenkel, viel härter, als sie vermutet hatte.

Sie verloren sich aus den Augen. Erst einige Jahre später trafen sie sich wieder. Sie schrieb Artikel für eine Frauenzeitschrift und stieß in einer der Redaktionen auf ihn. Er schien ihr kleiner geworden zu sein, vielleicht, weil er zugenommen hatte. Er war jetzt ebenfalls verheiratet und baute gerade ein Haus, fünfzig

Kilometer von der Stadt entfernt, in der Edith und Tom lebten. Sie gingen miteinander zum Essen, und sie erzählte ihm, daß Tom in seiner Firma Karriere mache und wenig Zeit für sie habe. Signale habe sie ihm gesandt, wie ein Leuchtturm in der Nacht, behauptete er später, obwohl das ihrer Meinung nach übertrieben war. Zu jener Zeit sehnte sie sich nicht nach einem Liebhaber, sondern nach einem Freund, einem tröstlichen, gutgelaunten Kerl, der mit ihr durch die Kneipen zog, Zigarillos rauchte und sie vergessen ließ, daß Einsamkeit um so weher tat, je näher man mit einem Menschen zusammenlebte. Er mußte das gespürt und in seine Taktik einbezogen haben, denn obwohl er keinen Zweifel daran ließ, wie sehr sie ihm gefiel, versuchte er nicht, sie zu verführen. Er telefonierte mit ihr, er schrieb ihr und warf die Zettel in ihren Briefkasten, lustige kleine Mitteilungen, die er mit Zeichnungen versah und mit anthropologischen Witzchen würzte. Sie wußte um seine Flirtereien mit anderen Frauen und tat, als würde sie das kaltlassen. Sie spielte sich auf als Ratgeberin, als geschlechtslose Kameradin, aber das war sie nicht, dazu gefiel er ihr zu gut. Sie mochte seine Art, sich zu kleiden, sie mochte den Duft seiner Haut – als sie ihm das einmal eingestand, sprach er von Duftködern –, sie mochte auch die Art, wie er beim Gehen die Schultern nach vorne schob und wie seine weiche Stimme umkippte, wenn er lachte. Je öfter sie ihn sah, desto mehr wuchs ihre Erregung.

Edith holt sich aus der Küche ein Glas Wein und Chips. Philipps Stimme verfolgt sie, er ist jetzt beim Geschlechtstrieb, der seiner Meinung nach bei Frauen stärker ausgebildet ist als bei Männern. Er verweist auf Hündinnen und Äffinnen, überhaupt auf die eindeutige Paarungsaufforderung brünstiger weiblicher Säugetiere. Darüber hat er schon früher Artikel geschrieben; im Grunde ist sein Buch, das jetzt so Furore macht, nichts anderes als eine Zusammenfassung dieser seiner Artikel, die er im Laufe der letzten Jahre veröffentlicht hat. Edith geht ins Wohnzimmer zurück und sieht, wie Philipp sein Gewicht auf dem unbequemen Stuhl im Studio verlagert und sorgsam darauf bedacht ist, seine lässige Haltung nicht zu verlieren. Jetzt kam sicherlich gleich das Bonmot über weibliche Verführerinnen, die, einmal entschlossen, schnurstracks auf das Männchen losgehen und es zum Beischlaf auffordern. *Sehr oft geht die Initiative von den Frauen aus,* sagt Philipp tatsächlich in diesem Moment und lächelt die Moderatorin an, die dieses Lächeln amüsiert erwidert.

Eines Tages traf Edith sich mit ihm in einem Hotelzimmer. Es geschah übergangslos, sie rief ihn an, er schlug es vor, und es spielte auch keine Rolle, daß sowohl er als auch sie verheiratet waren. Ihre Ehepartner waren nur Details, über die man in nüchternem Ton sprach. *Tom hat eine Vorstandssitzung ... Iris ist heute mit den Kindern im Schwimmbad ...* Sie wußte, warum sie ihren Mann betrog: Sie fühlte sich allein gelassen. Warum Philipp die Regeln verletzte, konnte sie nur ahnen. Eine Art Jagdinstinkt, den eine eroberte, legitim erworbene Beute auf Dauer nicht auszulöschen vermochte. Vielleicht auch das uneingestandene Gefühl von Verlassenheit, wie bei ihr. Er brauchte Gespräche, Diskussionen, den Austausch politischer Meinungen. Er erklärte ihr, er sei es müde, diesen Austausch nur mit vielen grundsätzlichen Erklärungen in Gang setzen zu können, weil seine Frau sich nicht für Dinge interessierte, die außerhalb des Clans stattfanden. Mit Edith konnte er reden. Sie fand die Balance, sich einerseits selbst mitzuteilen und andererseits ihm zuzuhören. Sie ergänzten sich, auch in ihren schlechten Eigenschaften. Seine Ungeduld, seine Gereiztheit, das Gefühl der Langeweile banalen alltäglichen Dingen gegenüber, wohnten auch in ihr. Auch die Eitelkeit und der Hunger nach Erfolg. Sie mochte es auch, wie er mit ihrem Körper umging, wenngleich ihnen beiden nicht immer Erfolg beschieden war. Das unterschied sie von seinen Affen- und Elefantenpaaren, da war immer nur die Rede von der begonnenen und beendeten Kopulation, *Erfolg inbegriffen,* sagte Edith einmal scherzend; aber in diesen Dingen verstand Philipp keinen Spaß. Er konnte tagelang darüber grübeln, warum das letzte Paarungsverhalten im Hilton-Hotel nicht so erfolgreich gewesen war, wie es, laut seiner anthropologischen Einschätzung, hätte sein müssen.

Edith stopft sich den Mund mit Chips voll und überlegt, ob Philipps Frau in diesem Moment ebenfalls auf ihrer Wohnzimmercouch sitzt und orale, paprikabestreute Ersatzbefriedigung praktiziert. Sie hat nie mit Philipp über den Geschlechtstrieb seiner Frau oder seinen eigenen Geschlechtstrieb gesprochen, wenn er zu Hause ist. Es gibt Dinge, über die man nicht spricht. Anfangs, so erinnert sie sich, quälten solche Fragen sie. Die beiden haben getrennte Schlafzimmer, das weiß sie. Aber was ist mit den vielen Wochenenden, die sie zusammen verreisen, was mit den Urlauben? Da sieht sie die rotfellige Iris mit dem länglichen Spanielgesicht neben Philipp im Doppelbett liegen, sie sieht Iris' halbgeschlossene Augen, sieht, wie sie sich herumdreht mit dem animalischen Reiz einer Frau, die kein Hehl daraus macht, daß ihr Denken und Fühlen stets um die Familie kreist. Alles schiebt sich stückchenweise zusammen, wie ein Film, den man cuttert und der, wenn die Gedanken am Ende angekommen sind, die Phantasiebilder ihre endgültige Fassung erhalten haben, in grausamer Schärfe abläuft. Vielleicht hat Philipp mit Iris keine Paarungsschwierigkeiten, weil er sich ihr überlegen fühlt – oder weil sie eine viel weiblichere Ausstrahlung hat als Edith, die so gern feministische Artikel schreibt und irgend etwas tun möchte, das die Welt verbessert. Sie ist sich nicht sicher, wo er Iris und sie einreiht. Manchmal hat sie ihn im Verdacht, daß er es als angenehm empfindet, mit zwei ganz

verschiedenartigen Frauen zu leben. Dann wieder kommt es ihr so vor, als leide er, wie sie, unter der Schmach der Heimlichkeiten und der gestohlenen Stunden und auch unter dem Gefühl des Verlusts, wenn sie getrennt sind.
Das ist auch die Zeit, da sie sich wünscht, Tom möge auf immer und ewig verschwinden. Sie malt sich aus, daß er sich in eine andere Frau verliebt und es ihr errötend und schuldbewußt gesteht. Sie sieht sich ihn tröstend umarmen, sie hört ihre beruhigende Stimme, die ihm versichert, daß kein Mensch des anderen Besitz sei, sie packt in Gedanken Toms Koffer und wünscht ihm Glück für die Zukunft. Dann wieder klingelt es an ihrer Tür, ein Polizist teilt ihr mit, ihr Mann sei verunglückt, er läge im Koma, oder er sei querschnittgelähmt. Sie eilt ins Krankenhaus, sie tut alles, um Toms Lage zu erleichtern, sie läßt die Wohnung umbauen, sie umsorgt Tom, sie wird von allen bewundert ob ihres selbstlosen Tuns; aber im Grunde ist sie unendlich erleichtert, weil Toms Krankheit sie frei macht. Manchmal nimmt ihre Phantasie sogar Toms Tod in Kauf, dann, wenn sie sich mit Tom gestritten hat. Wenn ihr bewußt wird, daß er nur das von ihr fordert, was sie, wie ein Schutzschild, an der Oberfläche trägt. Oder wenn er nur – um mit Philipp zu sprechen – während des Balzrituals zärtlich ist und außerhalb ihres Schlafzimmers sofort wieder zum nüchternen Geschäftsmann wird.

Nun ist er unweigerlich bei der Hirnrinde und beim PEA-Molekül angelangt. Edith erinnert sich lebhaft an jenen Nachmittag, als er ihr die Zusammenhänge erklärt hat. Sie hatten sich in einem Appartement getroffen, das einem von Philipps Freunden gehörte, der für ein halbes Jahr nach New York gegangen war. Sie saßen mit untergeschlagenen Beinen auf dem Bett und tranken Rotwein. Im Radio spielten sie Lieder von Theodorakis. Es war eine jener Stunden, in denen Edith trunken ist von dem, was sie *Leben* nennt. Philipp zeichnete mit dem Finger den

Sitz des Reptiliengehirns, des limbischen Systems und der Hirnrinde auf die Bettdecke. Der kleine Finger seiner rechten Hand tupfte Milliarden von Nervenzellen zwischen das lila Rosettenmuster. Danach hüpfte der Zeigefinger von Zelle zu Zelle, *Reize,* sagte Philipp. Er ließ seinen Finger auf ihrer Brust nieder und kam nicht mehr dazu, die Gehirnstimulation aufgrund PEA-gesättigter Neuronen zu erklären. Auch die Versuchsreihen bei Mäusen vernachlässigte er.
Das war ihre glücklichste Zeit, da er ihrer beider Verliebtheit zum Anlaß nahm, ihr seine Theorien zu erklären. Und doch ahnte sie schon damals, daß ihr limbisches System – um bei seinen Erklärungen zu bleiben – ihr Dinge vorgaukelte, die nicht real waren. Sonst hätte sie schon zu jenem Zeitpunkt erkannt, wie ausgewogen Philipp ihrer aller Leben regelte. Das kam wahrscheinlich daher, daß er aufgrund seiner Studien wußte, daß Verliebtheit nach einiger Zeit nachließ. In der Regel nach fünfzehn Monaten, sagte er. Wenn's lange dauert, vielleicht drei Jahre. Aber nur, wenn man sich nicht zu oft sieht.
Sie sahen sich nicht oft. Das lag einerseits an den vielen Reisen, die Philipp unternahm, andererseits auch an der Entfernung ihrer beider Wohnorte. Philipp hatte seine Dozententätigkeit wesentlich eingeschränkt und arbeitete als freier Autor zu Hause. Seine Frau hatte ihm, zusammen mit einem Innenarchitekten, ein Arbeitszimmer eingerichtet. Er liebte es von Anfang an. Sie ist ein echtes Talent in allem, was mit dem Haus zusammenhängt, sagte er zu Edith. Das war auch ein Teil seiner Ausgewogenheit, daß er seine Frau Edith gegenüber lobte. Manchmal ärgerte sie sich darüber, denn das zeigte ihr, daß er mit der Situation viel besser fertig wurde als sie. In seinem Inneren mußte sich ein Schalter befinden, den er nach Bedarf ein- und ausknipsen konnte, wenn er von seiner Frau zu ihr und wieder zurückging. Vielleicht hing es mit seinem Verständnis von Lebensgenuß zusammen. *Nimm, was du kriegen kannst, du lebst nur einmal …*

Er war überzeugt davon, daß er sich auch mit dieser These im Recht befand, und vielleicht war er auch im Recht. Zerrissenheit kannte er nicht, zumindest sprach er nicht davon. Manchmal schloß Edith mit sich selbst Wetten ab. Wenn sie sich am Freitag sahen, würde er mittwochs wieder anrufen. Wenn er mit ihr einen ganzen Tag und einen Abend verbrachte, fuhr er mit seiner Frau in einen Wochenendurlaub. Meist gewann sie ihre Wetten gegen sich selbst. Dann weinte sie und schrieb einen Artikel für ein feministisches Blatt, in dem sie sich über die absolute Bindungsunfähigkeit der Männer ausließ. Diese Artikel erfreuten sich großer Beliebtheit, und sie kam in den Ruf, eine scharfe Verfechterin radikal-feministischen Gedankenguts zu sein.
Ja. Das Schlimme war wohl, daß sie sich nicht so gut kontrollieren konnte wie er. Wenn sie sich verabschiedeten, drängte es sie eine Stunde später schon, mit ihm zu telefonieren. Natürlich tat sie es nicht – sie tat nie etwas, das ihn in Schwierigkeiten hätte bringen können. Aber ihr wurde klar, daß seine Empfindungen und die ihren sich nicht glichen, bei aller Harmonie ihrer anderen Eigenschaften. Natürlich hatte er auch dafür eine Erklärung. Uralte Muster prägten sich da aus, meinte er. Frauen hätten aufgrund ihrer vor Jahrmillionen erworbenen Verhaltensstrukturen den Drang und das sprachliche Talent, sich mitzuteilen. Die Männer seien Einzelgänger, Späher, schweigsame Späher, er lächelte bei diesem Argument. Natürlich lächelte Edith zurück. Trotzdem verstärkte, ja, verdoppelte sich in ihr das Gefühl der Einsamkeit. Ihr genügte es vollauf, ihren Ehemann der Sparte der schweigsamen Späher zuordnen zu müssen. Von ihrem Liebhaber erwartete sie Wärme und Mitteilungsbedürfnis.

Sie dreht den Ton lauter. Philipp spricht nun seine Thesen über Monogamie und Ehe an. Monogamie sei etwas Natürliches, proklamiert er, die Menschen bilden Paare, das sei eines ihrer

Hauptmerkmale. So weit, so gut. Er richtet sich auf, strafft sich. Woran er aber nicht glaube, fährt er fort, sei die Treue in der Ehe. Monogamie bedeute ja lediglich, daß man gleichzeitig nur mit einer Person in ehelicher Gemeinschaft lebe. Von sexueller Treue sei nirgends die Rede. Und er führt Beispiele einiger indianischer und afrikanischer Stämme an und kommt nun unweigerlich zur sexuellen Doppelmoral. Dieses Thema stellt eines der erfolgreichsten Kapitel seines Buches dar. Er hat es ausgesprochen witzig verfaßt, populärwissenschaftlich, wie er einmal grinsend meinte, und er wird deswegen vor allen Dingen von den Frauen heiß geliebt, obwohl er natürlich nichts Neues sagt, wenn er Männer als Samenträger bezeichnet, die sich seit Jahrhunderten das patriarchalische Recht anmaßen, die Frauen ausschließlich als Nährboden dieses Samens zu betrachten und ihnen keinerlei gleichberechtigte sexuelle Vielfalt zugestehen. Edith schenkt nochmals Wein nach. Sie denkt an Iris. Sie sieht die beiden vor sich, in zwei voneinander getrennten Bildchen, wie in einer Comic-Serie. Zwei Frauen, auf zwei Sofas, in zwei Wohnzimmern. Sie starren auf den Fernsehapparat. Die Ehefrau überrascht, weil ihr Mann Monogamie nicht mit sexueller Treue gleichsetzt, die Geliebte verächtlich schnaubend ob der Lippenbekenntnisse vor laufender Kamera. Denn sie glaubt, inzwischen besser Bescheid darüber zu wissen, was sich in Philipps Inneren abspielt.

Einmal verreisten sie zwei Tage. Es hatte viel Mühe bereitet, dieses Zusammensein zu arrangieren. Philipp nahm eine Vortragsreise zum Anlaß und erregte so bei Iris keinen Verdacht. Edith mußte dagegen eine Freundin bemühen, was sie nicht gern tat, weil sie, gleich einer kriminell Geschulten, der Ansicht war, daß Mitwisser immer eine Gefahr darstellten. Als Philipp und sie endlich im Hotel dieser anderen Stadt zusammentrafen, waren sie befangen. Zwei Tage lagen vor ihnen, und in ihren Gesprächen hatten sie diese Tage so mit Erleben und Erlieben vollgepackt, daß sie im ersten Moment nicht wußten, womit sie beginnen sollten. Sie besichtigten die Altstadt, sie gingen essen und kauften Champagner, den sie mit aufs Hotelzimmer nahmen. Doch leider war dies eine jener Nächte, da ihre Körper nicht im Gleichklang lebten. Philipp war, wie immer, deprimiert über ihrer beider Unzulänglichkeit, obwohl Edith ihm versicherte, es zähle nur die Tatsache, daß sie zusammen seien. Sie öffneten den Champagner und hörten ein Klavierkonzert im Radio. Von der Straße fiel ein Streifen Licht ins Zimmer. Edith legte ihren Kopf auf Philipps nackte Schulter. Was würdest du tun, wenn deine Frau auch ein Verhältnis hat? fragte sie plötzlich. Nie, ihr ganzes Leben nicht, würde sie den leisen Ruck vergessen, der durch seinen Körper lief. Er sah sie an, mißtrauisch, ablehnend. Ihr fiel eine Textstelle seines Buches ein, in der von Ehebruch die Rede war und die darauf hinwies, daß in vielen Kulturen niemals von männlichem, sondern nur von weiblichem Ehebruch gesprochen wurde. Auch geahndet wurde in diesen Kulturen nur der weibliche Ehebruch. Für einen winzigen Moment flackerte in Philipps Augen ein wildes Licht auf. Die Lippenhaut spannte sich über den Zähnen. Das Verhalten des Primaten, schoß es Edith durch den Kopf. Dazu die dumpfe Schwüle im Zimmer, die schweißgefleckten Laken … Etwas Ursprüngliches, Grundsätzliches spielte sich ab, und nichts sollte mehr so werden, wie es war.

Philipp kommt jetzt zum Ende. Er hält sein Buch hoch und verabschiedet sich. Edith sieht, wie er und die Moderatorin sich ein herzliches Lächeln schenken, Musik erklingt, ein Werbeblock wird eingespielt. Edith steht auf und geht ins Badezimmer. Sie putzt sich die Zähne und frisiert sich. Tom ist verreist. Seine Firma gründet in Italien eine Tochtergesellschaft. Deshalb nutzen sie und Philipp die Gelegenheit, sich in Ediths Wohnung zu treffen.

Dann sitzt er ihr gegenüber. Er trinkt Wein. Sein Gesicht ist gerötet, er freut sich über den Erfolg; denn ein Erfolg ist das Interview gewesen, das hat man ihm bestätigt. Er lehnt sich zurück, dehnt die Arme. Er kann nicht lange bleiben, auch seine Frau hat die Sendung gesehen, auch sie wartet mit einem Glas Wein auf ihn. Er zieht seinen Terminkalender aus der Tasche, eine fast obszöne Geste in diesem Moment, und fährt mit dem Finger die Tage des Monats entlang. Er schlägt ein Treffen in der kommenden Woche vor. Edith fühlt sich wie eine Geschäftspartnerin, fast ist sie versucht, auch ihren Terminkalender zu Rate zu ziehen. *Tut mir leid ... Aber wie wär's mit einem kleinen Mittagessen und anschließender Kopulation am Tag darauf?*

Sie steht auf und holt das braune Kuvert, in dem die Fotos sind. Sie legt ihm das Kuvert auf den Schoß. Sie habe viel über seine Thesen nachgedacht, sagt sie, auch über das Thema der außerehelichen Beziehungen. In seinem Buch stehe, das Verlangen nach Seitensprüngen sei gleichermaßen bei Mann und Frau vorhanden. Das stimme. Schließlich sei er verheiratet und habe mit ihr ein Verhältnis, auch sie sei gebunden und schlafe mit ihm. Und dann setzt sie hinzu, auch seine Frau habe eins, ein Verhältnis nämlich, soviel nur zur Untermauerung seiner Thesen. Sie deutet auf das Kuvert, in dem sich die Bilder befinden. Sie hat sie selbst geknipst. Es war purer Zufall, daß sie Iris' Vorliebe für einen anderen Mann entdeckte. Sie sah sie einmal in der Stadt, in einem Weinlokal, an einem Abend, an dem Philipp eine Lesung hatte. Die Situation war eindeutig. Der Mann hielt Iris' Hand und lächelte sie zärtlich an. Iri's Gesicht verwandelte sich. Auch ihr Körper schien sich mit Leben zu füllen, beweglicher zu werden, nichts erinnerte mehr an die rothaarige, müde wirkende Frau auf Philipps Foto. Natürlich hat sie damals Philipp nichts von ihrer Entdeckung erzählt. Eine fast kumpelhafte Freude wuchs in ihr, wenn sie an die erlebte Szene dachte. Dann aber, als durch Philipps Körper jener bedeutsame Ruck ging, als seine Augen wild aufflackerten, festigte sich in ihr der Wunsch, herauszufinden, was er, der große Menschenkenner und Anthropologe, wirklich dachte, wie er wirklich empfand und reagierte. Wie es mit seiner Wahrheitsliebe sich selbst gegenüber stand. Da sie die Abende kannte, an denen er nicht in der Stadt weilte, war es für sie ein leichtes, getarnt in einem Auto Iris' Tür zu beobachten. Sie hatte früher als Reporterin gearbeitet, sie kannte sich aus in dem Geschäft.

Philipp blickt auf die Fotos, er sitzt wie erstarrt. Sie könnte jetzt natürlich sagen, daß sie nur sein Gewissen habe erleichtern wollen. Oder daß etwas Unbekanntes in ihr sie zur Aufklärung getrieben habe. Eifersucht auf seine makellose Frau vielleicht, das würde er als psychisch geschulter Wissenschaftler sicherlich verstehen. Aber sie tut es nicht, weil es nicht der Wahrheit entspräche. Sie steht nur da und sieht ihn an. Sie kann ihr Verhalten nicht erklären. Sie will ihm im Grunde nicht schaden, sie will nur, daß er Farbe bekennt. Sie ist wütend auf ihn, weil er zum besten Beispiel seiner eigenen Theorien mutiert. *Sogar bestimmte Affenarten treiben jeden männlichen Artgenossen sofort aus dem eigenen Revier* ... Seine Worte während einer Talk-Show. Wie in einem Schnelldurchlauf tauchen die Themen seines Buches vor ihr auf. Werbung, Verliebtheit, Eroberung, Paarung, Bindung. Am Ende, als Nachwort sozusagen, müßte bei einem Verfasser seines Ranges die Akzeptanz jeglichen menschlichen Verhaltens stehen, auch des Verhaltens seiner Frau.

Als er sich mit wütend vorgestrecktem Kopf erhebt, gekränkt, mit einem Gesicht, das sich schon nicht mehr mit ihr, sondern mit Iris befaßt, als er die Fotos an sich nimmt und geht, weiß sie, daß es für immer ist.

Viel zu jung für eine Witwe

Das Hotel lag am Meer. Es hieß »Napoleone«. Ein kleiner weißer Kasten, in dem junge Leute und Hochzeitspärchen abstiegen. Der maurische Bungalow daneben versteckte sich hinter süß duftenden Hecken. Violette Blüten und wilder Wein rankten sich um seine weißen Säulen. Und Geschichten. Traurige Geschichten.

»Gehört angeblich einem deutschen Ehepaar, das Haus«, sagten die jungen Leute zu David. David wohnte seit ein paar Tagen im »Napoleone«. Er war neunzehn. Schmaler Rücken, eckige Schultern, braunes Haar. Mit trotzigem Gesicht hatte er bei seiner Ankunft die schweren Bergschuhe ins Hotel geschleppt, auch ein Seil und einen kleinen Kocher. Alle fragten ihn, warum er am Strand wohne, wenn er doch ins Gebirge wolle? Er hatte die Achseln gezuckt. Bereit sein sei alles, meinte er, und was es denn nun mit dem Haus und dem Ehepaar auf sich habe?

»Die beiden kamen immer zum Bergsteigen und Klettern nach Korsika. Letztes Jahr hat's den Mann erwischt.«

»Beim Klettern?«

»Nein. Auf dem Weg zum Monte Cinto. Er wurde von einem Schneesturm überrascht, mitten im Mai.«

»Und seine Frau?«

»Die war nicht dabei an jenem Tag. Ist schon ein Schicksal, nicht?«

David sah zur Villa hinüber. Die Läden waren geschlossen. Auf dem Mosaikboden der Terrasse lag Sand. Der Monte Cinto, dachte David. Das wär' ne Wucht.

Und dann sah er sie eines Tages, die Witwe. Sie mochte um die dreißig sein. Sie war mittelgroß und hatte einen fast knabenhaft schmalen Körper. Ihre Haut war von einem olivfarbenen Braun. Sie trug einen roten Badeanzug.
»Sie sieht nicht aus wie eine Witwe«, sagte David.
Die jungen Leute lachten. »Wie sieht denn deiner Meinung nach eine Witwe aus?«
»Irgendwie ... düsterer«, sagte David.

Eines Morgens sprang sein Tennisball auf die mosaikverzierte Terrasse. Ein gelber kleiner Ball, der unter einen Sonnenstuhl rollte. Auf dem Stuhl saß die Witwe.
»'tschuldigung«, sagte David und bückte sich nach dem Ball.
Die Witwe richtete sich auf und musterte ihn. Sie schien erstaunt, sie hielt sogar für einen Moment den Atem an. Dann faßte sie sich. »Sie wohnen im Hotel?«
»Ja.«
Sie deutete auf einen Krug mit Limonade. Kleine Eisstückchen schwammen an der Oberfläche. »Möchten Sie ein Glas?«
David nickte.
»Setzen Sie sich«, sagte die Witwe. Sie schlüpfte in eine langärmelige, weiße Bluse. Die olivfarbene Haut ihrer Arme schimmerte durch den weißen Stoff.
»Gefällt es Ihnen hier?«
David setzte sich auf den Rand eines Korbstuhls.
»Ich wollte eigentlich nicht ans Meer, sondern ins Binnenland. Ins Gebirge. Aber meine Eltern waren dagegen.«
»Warum?«
David verdrehte die Augen. »Sie machen sich andauernd Sorgen. Daß mir etwas zustößt in den Bergen ...« Er unterbrach sich. Mein Gott, was faselte er denn! War er denn von allen guten Geistern verlassen?
In ihrem Gesicht regte sich gar nichts. Es blieb glatt und unbe-

teiligt. »Ja. Kann viel passieren im Gebirge.« Sie starrte in die Ferne.

Er versuchte abzulenken. »Ist aber auch am Strand herrlich, so viel Wasser und ... Sand.« Er drehte das Glas in seiner Hand. Etwas in ihm wollte sich schleunigst aus dem Staub machen, doch etwas anderes hielt ihn fest.

Sie lehnte sich zurück und setzte ihre Sonnenbrille auf. In den Gläsern der Brille spiegelten sich Olivenbäume.

»So, so. Sie wollten also ins Gebirge«, murmelte sie.

David spuckte einen Eiswürfel ins Gras. »Der Monte Cinto ... verstehen Sie? Oder ... darf ich nicht reden über den Monte Cinto?«

Ihre Augen waren immer noch aus dunklem Glas und mausetot. »Doch. Reden Sie nur.« Sie tat so, als ob sie lächele. Die Winkel ihrer Lippen bogen sich nach oben, zwei Falten bildeten sich. Wie eingeritzt, dachte David.

»Seit Jahren löchere ich meinen Vater, mit mir nach Korsika zu fahren und den Cinto zu besteigen. Gibt ja eine Route, die gar nicht gefährlich ist. Nur anstrengend. Aber er wollte nicht.«

»Warum nicht?«

»Gäbe so viele Berge daheim in Deutschland, sagt er. So ist er halt, mein Vater. Ziemlich altmodisch.«

»Und Sie wollen unbedingt auf den Cinto?«

»Ja. Das will ich. Ich habe darüber gelesen. Über das Asco-Tal, wo sich damals die allerersten Siedler einnisteten. Über die Hirten. Die Grotten. Die Wasserfälle. Die Felsen. Und über den herrlichen Ausblick bis hinunter zur Küste.« David hatte sich in Hitze geredet, wie immer, wenn es um den Monte Cinto ging.

»Ich gehe mit Ihnen auf den Cinto«, sagte die Witwe und setzte die Sonnenbrille ab. Ihre Augen blieben ernst, doch der Mund lächelte. Jetzt lächelte er wirklich. »Ich heiße übrigens Cora.« Sie gab ihm die Hand.

Cora. Der Name paßte zur ihr.

Am nächsten Morgen besprachen sie alles. Cora meinte, am ersten Tag würden sie nur bis zu einem Biwakplatz gehen. Ein bißchen über zweitausend Meter. Dort würden sie übernachten. Am nächsten Tag dann zum Gipfel. Und zurück.
»Schaffst du das?«
»Mit Leichtigkeit.«
»Es wird heiß werden. Und wir haben einiges zu schleppen. Rucksäcke, Schlafsäcke, Kochgeschirr ...«
David blickte aufs Meer hinaus. Ein Sonnenuntergang in der Einsamkeit der korsischen Berge. Mit dieser Frau. Der Witwe. Die Cora hieß und eine olivfarbene Haut besaß. Jetzt war er froh, daß sein Vater ihn nicht begleitet hatte.
»Du bist so ruhig? Hast du Bedenken? Du mußt es sagen, wenn du Bedenken hast.«
»Ich war schon auf der Zugspitze. Nicht mit der Gondel. Zu Fuß.«
»Aha. Er war schon auf der Zugspitze, der junge Mann«, meinte Cora. Den »jungen Mann« betonte sie extra. Hätte sie sich ruhig sparen können, dachte David.

Die Freunde im Hotel staunten. »Mit der Witwe?« sagten sie. »Du gehst mit der Witwe auf den Cinto? Daß die das macht?«
»Warum sollte sie es nicht machen?«
»Aus Pietätsgründen. Wo doch ihr Mann auf dem Cinto umgekommen ist. Daß sie das überhaupt aushält ...«
»Über manche Sachen kommt man eben nur mit einer Radikalkur hinweg.«
»Und du bist die Radikalkur?« Sie lachten.
David lachte auch, obwohl ihm gar nicht zum Lachen war. Er dachte nämlich ein Stückchen weiter als bis zum Berg Cinto, er dachte um zehn Ecken. Was da wohl lag? Ein aufregendes Abenteuer? Aber was für ein Abenteuer? Warum nahm sie ihn

überhaupt mit? Zugegeben, es war wirklich nicht normal. Vielleicht zog es sie tatsächlich zu der Stelle, an der man ihren Mann gefunden hatte? Vielleicht heulte sie sich die Augen aus und kehrte wieder um und kam mit ihm gar nicht bis zum Gipfel des Cinto? Aber nein. Sie sah nicht aus wie eine Frau, die heulend im Gebirge herumstand. Eher wie eine Frau, die genau das tat, wozu sie Lust hatte. Und jetzt hatte sie eben Lust, mit ihm eine Bergtour zu machen.

Sie fuhren durch die Schluchten des Ascos, kahl, wild, fast unheimlich türmten die Felsen sich auf. Dann durch Weideland, mit Kiefern und Wacholderbüschen bewachsen. Schaf- und Ziegenherden grasten, graue Gehöfte lagen in der Ferne. In San Michele, der kleinen Kirche des Ortes Asco, entzündeten sie eine Kerze. Auf dem Stagno-Plateau parkten sie das Auto. Der Aufstieg begann.

Cora schien langsam zu gehen, und trotzdem hatte David Mühe, mit ihr Schritt zu halten.

»Sag mir, wenn ich zu schnell bin«, sagte Cora.

»Ist schon okay«, schnaufte David.

Kiefern und Wacholdersträuche blieben zurück, die schroffen Felsen rückten wieder näher, die Sonne brannte erbarmungslos. Was Cora wohl empfand? Sicher dachte sie jetzt an ihren Mann, der auch hier gegangen war und dann oben, auf dem Weg zum Gipfel, vom Schnee überrascht wurde.

»Soll ich Ihnen vielleicht das Kochgeschirr abnehmen?« fragte er. »Mein Rucksack ist viel leichter als der Ihre.«

Sie gab keine Antwort. Sie hockte sich auf einen Felsbrocken und strich mit dem Finger über die scharfkantigen Schrunden. Die Muskeln an ihrem Hals bewegten sich.

Am späten Nachmittag hatten sie die Stelle erreicht, an der sie nächtigen wollten. Große, rotgeäderte Felsplatten leuchteten in der Sonne, Geröll, Schotter und Steine bedeckten den Hang.

Sie breiteten die Schlafmatten aus, suchten dürres Gehölz, saßen abends am Feuer und sahen zu, wie der Himmel sich färbte, wie er dunkler wurde, wie die ersten Sterne aufleuchteten, und die Luft, fliederfarben, die Bergzacken wie mit rosa Tusche in den Himmel malte.
»Es ist … gigantisch«, sagte David. »So still. Und die Sterne … so nah.«
Cora streifte ihn mit einem Blick. »Ja. Gigantisch. Unfaßbar. Überwältigend. Und … schrecklich.« Sie lehnte sich zurück und bettete den Kopf auf die verschränkten Arme. Ihr Gesicht war ganz weiß.
»Ich dachte, ich könnte nie mehr hierherkommen. Aber man kann alles, wenn man will.«
David starrte ins Feuer. »Wie ist es passiert?«
Coras Stimme klang nüchtern, sachlich. »Dort oben war's. Wo die kleinen Höhlen sind. Er hat versucht, in einer der Höhlen zu überleben, aber der Temperatursturz war zu groß. Er ist erfroren.«
David schwieg, und Cora sah wieder zu den Höhlen hinüber. »Es ist, als sei alles, was mein Leben ausgemacht hat, hier oben geblieben. Hier drüben …« Sie machte eine kraftlose Bewegung mit der Hand. »Du bist noch so jung, du wirst es nicht verstehen. Etwas geht zu Ende. Ein Mensch, den du sehr geliebt hast, ist fort … Ich habe ihn immer geliebt. Schon zu einer Zeit, da ich noch jünger war als du. Wenn er ins Haus kam … Und wie er lachte. So unbekümmert. So fröhlich. Weißt du, was der Name Cora bedeutet? fragte er mich einmal und hob mich hoch und setzte mich auf die Schaukel im Garten meiner Eltern. Cora bedeutet Augapfel, Liebling der Götter … Liebling der Götter.« Sie schnalzte verächtlich mit der Zunge. Schwieg eine Weile. Und sagte dann noch einmal: »Ich habe ihn immer geliebt. Bis zuletzt.«
Das dürre Holz knackte.

»Warum haben Sie ausgerechnet mich mitgenommen? fragte David beklommen.
Sie lachte auf, es klang verzweifelt. »Weil du ihm so ähnlich bist. Du siehst aus, wie er aussah, als er zum ersten Mal in unser Haus kam. Der schmale Rücken, die brauen Haare ... Genau wie er.« Sie preßte die Hände an die Augen. »Ich hatte das Gefühl, daß ich mit dir zusammen auf diesen Berg gehen müsse. Um etwas zu verstehen. Oder zu erfahren, wer weiß?«
Ein blaues Licht zuckte in der Ferne. Irgendwo, drüben an der Küste, gab's ein Gewitter. David legte einen Arm um Coras Schultern und drückte sie unbeholfen an sich. Jetzt dachte er nicht mehr ein Stückchen weiter – er dachte ein Stück zurück. Cora und ich vor hundert Jahren, dachte er. Drunten im Hochland. In einem der grauen Gehöfte. Er sah Coras Hände, sie kneteten Schafskäse und rührten in einer Schüssel mit Kastanienbrei. Er sah lange Bergwinter vor sich, hörte den Sturm, der ums Haus pfiff. Er sah sich die Herden beschützen, gehüllt in einen Mantel aus Ziegenfell, während Cora an der offenen Feuerstelle Fleisch briet.
Sein Arm begann zu zittern. Und ein Wind kam auf und zerrte an den Gurten des Biwakzeltes. Der Mond war voll. Eine Wolkenbank schob sich davor.
Cora wandte sich David mit geschlossenen Augen zu und umarmte ihn. Sie tastete nach seinem Gesicht und flüsterte einen fremden Namen. In der Ferne zuckten die blauen Lichter wie Zungen, die über den Himmel leckten. Der Wind trug den Geruch der sonnenwarmen Felsen und des Feuers zu ihnen herüber.
Am nächsten Morgen verbarg sie ihr Gesicht wieder hinter der dunklen Brille. Sie sprach nur das Nötigste. Als sie den Gipfel des Berges erreichten, nahm sie die Brille ab.
»Schau ...«, sagte sie. »Im Westen siehst du bis zum Golf von Ajaccio, im Norden kannst du Calvi erkennen und das Cap

Corse.« Sie wandte sich ab und stand lange auf demselben Fleck. Dann setzte sie die Brille wieder auf.

Sie brachte ihn mit dem Auto zum Hotel zurück. David stieg aus, schulterte seinen Rucksack und pfiff ein bißchen durch die Zähne. Wieder war es später Nachmittag, die gleiche Stunde wie tags zuvor, als sie ihre Schlafmatten ausgebreitet und dürres Holz gesucht hatten.
Sie kurbelte das Seitenfenster herunter.
»Ich fahre nächste Woche nach Hause«, sagte David. Die Sonne brannte auf seinen Kopf, er fuhr mit der Zunge über die Lippen, auf der sich kleine Bläschen gebildet hatten.
Cora sah geradeaus. Ihre Augen waren weit geöffnet.
Er wartete noch eine Weile und malte mit der Schuhspitze ein großes C in den Straßenstaub.
»Viel Glück, David«, sagte Cora. »Und danke, daß du mitgekommen bist.«
Er nickte und ging auf das Hotel zu. Er drehte sich nicht um. Er hatte sich geschworen, sich nicht umzudrehen.

»Wie war sie, die Witwe?« fragten die jungen Leute.
»Nett. Kameradschaftlich«, antwortete David und erinnerte sich an Coras Hände, die nach seinem Gesicht tasteten.
»Wie alt ist sie eigentlich?«
»Achtundzwanzig.«
»Viel zu jung für eine Witwe. Und der Cinto? Wie war's auf dem Cinto?«
»Toller Berg. Tolle Tour.«
»Habt ihr zusammen in einem Zelt übernachtet?« Sie knufften ihn in die Seite.
»Ich habe im Freien geschlafen, in meinem Schlafsack«, sagte David.
Ja. Im Freien hatten sie geschlafen. Und es schmerzte, die Sterne

zu sehen und zu wissen, daß man nichts war, gar nichts. Ein bißchen Fleisch, Blut und Knochen auf einem Berg, der sich nicht um einen kümmerte. Wie Fliegendreck auf einem riesigen Felsen, so war man.

Am nächsten Abend sagte ihm der Hotelbesitzer, die Witwe, die nebenan wohne, wolle ihn dringend sprechen. David schlüpfte in saubere Jeans und ein frisches Shirt und ging zu Coras Haus hinüber.

Auf der Terrasse stand eine große schlanke Frau, die David nicht kannte. Sie war wesentlich älter als Cora, doch sie hatte Coras helle Augen und ihr gekraustes Haar.

Sie wirkte beunruhigt. »Sind Sie der junge Mann, der mit Cora auf dem Cinto war?«

»Ja«, antwortete David erstaunt.

»Ich bin Coras Schwester, ich kam heute nachmittag erst auf die Insel.« Sie musterte ihn. »Cora erzählte mir noch am Telefon, daß sie mit Ihnen auf den Cinto wolle.« Ihr Gesicht verschattete sich. »Ich selbst gehe nicht mehr in die Berge, seit mein Mann ... Nun, Sie werden's ja gehört haben, daß er bei einem Schneesturm umkam.«

Für einen Moment war alles still. Kein Lüftchen regte sich.

Dann sagte David: »Ja. Ich habe davon gehört. Es tut mir sehr leid.«

Sie sagte ihm, wie beunruhigt sie sei. Denn Cora habe sich, nachdem sie ihn beim Hotel abgesetzt habe, entschlossen, wieder zum Asco-Tal zurückzufahren. Lediglich eine Nachricht habe sie hinterlassen, die nichts besage und über nichts Auskunft gebe. Nur, daß sie zum Cinto zurückkehre. Ob sie etwas vergessen habe, einen Rucksack vielleicht, oder ob sie sich mit anderen Bergsteigern habe treffen wollen?

Davids Herz verkrampfte sich. Er schüttelte den Kopf. »Sie hat nichts gesagt, gar nichts.«

Die Nacht blieb er am Strand. Er stellte sich vor, neben Cora auf dem Gipfel des Monte Cinto zu stehen und tief unten das Rauschen des Meeres zu hören. Er stellte sich vor, daß sie an seiner Hand den Weg zurückging bis hin zu den grauen Gehöften, wo die Ziegen und Schafe weideten, wo sie in Sicherheit war. Er stellte sich endlos viele Stufen vor, die er in die Luft baute und die er nur hinaufzulaufen brauchte, um Cora zu holen.

Sie fanden sie nach fünf Tagen in einer der Höhlen. Sie hinterließ ihrer Schwester einen Brief. Ein Mann hätte sie verlassen, den sie, Cora, sehr geliebt hätte. Das könne sie nicht überwinden, das sei ihr erst jetzt klargeworden.

Ein langer Tag

Als Dieter beschloß, mir Bildung beizubringen, verfrachtete er mich eines Tages ins Theater. Er erklärte mir, daß es sich bei dem Stück um die Lebensgeschichte des Autors handele und das Ganze eine grauenhafte Entlarvung von dessen eigener, verheerender Familiensituation sei.
Ich fühlte mich zu Hause in der Story. Der Vater entpuppte sich als geiziger, scheinheiliger Idiot, die Mutter nahm Koks, der eine Sohn kränkelte, der andere war Alkoholiker. Und alle taten nach außen hin so, als wäre der häusliche Saustall auf Hochglanz poliert.
Warum ich Ihnen das erzähle? Weil der Titel des Stückes mir so gut gefallen hat. *Eines langen Tages Reise in die Nacht.*
O ja. Du gehst durch deine Tage und zappelst dich ab, oder du zappelst dich nicht ab und läßt dich treiben, egal. Du trudelst jedenfalls trostlos und unaufhaltsam der Nacht zu. Es sei denn, du gehörst zu den Glücklichen, die stets wissen, was für sie das Beste ist. Dann kannst du zwar nichts an der Tatsache ändern, daß du mit jedem Aufwachen der Nacht ein Stückchen näher bist, aber *wie* du reist, ist vielleicht eine Sekunde der Überlegung wert. Du sitzt im Zug, guckst aus dem Fenster und siehst auf deiner Seite nur eine Dreckswüste, die sich ausdehnt, bis Himmel und Erde sich berühren. Auf der anderen Seite des Zuges aber blinken Goldfelder durch die Fenster. Da schwindelst du dich auf die andere Seite des Zuges hinüber. Du steigst bei der nächsten Haltestelle aus, trittst auf das Gold, sinkst ein – und stehst wieder im Dreck. Warum? Weil du es nicht gelernt hast, auf Gold zu gehen? Kann sein. Kann aber auch sein, daß

du zu clever bist, Gold für Gold zu halten. Oder du verlierst den Glauben an Gold; dann verwandelt es sich vor deinen Augen in Schmutz. Wenn du zum Beispiel als Kind deinen Alten nicht mehr für den Größten hältst, weil er deine Mutter ohrfeigt, wird das Gold, das dich trug, zu Schlamm. Wenn du später merkst, daß der Kerl, den du liebst, gar nicht auf dich, sondern auf deine Lohntüte scharf ist, wird der Schlamm zäh wie Leim. Du fängst an, um dich zu schlagen, aber man erzählt dir, daß du den Dreck trotzdem für Gold halten mußt. Denn nur wer *nicht* zweifelt, und *nicht* um sich schlägt, erringt das bessere Leben – nach dem Tod natürlich. Und keiner gibt zu, daß du nur Spucke bist im großen Maul der Ewigkeit.
Und schon sind wir mittendrin in Eddis, Dieters und meiner Geschichte. Eddi ist der Böse, Dieter der Gute. Ich der Pingpongball, der zwischen Gut und Böse hin- und herhüpft, weil ich nicht weiß, ob das Gute gar so gut und das Böse gar so böse ist. Eddi – das war mein Freund, schon seit meinem sechzehnten Lebensjahr. Da arbeitete ich als Lehrmädchen im Friseursalon Suttner. Doch die Lehre gab ich auf, weil Eddi arbeitslos wurde und meinte, wir könnten mehr Geld verdienen, wenn wir als Vertreter rumzögen. Also rannten wir von Haustür zu Haustür und verkauften die blödsinnigsten Dinge. Zeitschriften und Staubsauger. Und nachts in den Kneipen Pornos und geklaute Videos. Dann kam Eddi auf die Idee mit dem gefälschten Ausweis vom Behindertenwerk. Wir kauften billige Bastkörbchen, Kernseife und Wäscheleinen im Großmarkt und verschacherten alles zu gepfefferten Preisen. Da haben sie uns dann geschnappt. Eddi verknackten sie zu ein paar Monaten, er war schon vorbestraft. Ich erhielt eine Jugendstrafe. Ich mußte an einem Wochenende in einem Behindertenheim arbeiten, das sollte mir vor Augen führen, wie unmoralisch ich gehandelt hatte. Also schob ich an einem Samstag einen Rollstuhl durch den Park und half am Sonntag einem armlosen jungen Mann beim

Essen. Der Typ im Rollstuhl war von einem Bonzenauto überrollt worden, das ein Politiker lenkte, der auch heute noch Politiker ist. Des Armlosen Mutter hatte vor fünfundzwanzig Jahren während der Schwangerschaft auf die deutsche Chemie vertraut. Aber natürlich waren es speziell meine Bastkörbchen gewesen, die diesen armen Teufeln geschadet hatten. Der Armlose sagte mir, ich hätte eigentlich nur ein paar Hausfrauen in spießigen Reihenhäusern Gelegenheit gegeben, sich wie edle Menschen zu fühlen. Am Morgen hätten sie noch mit schlechtem Gewissen in ihrer Ikea-Küche gesessen, am Abend legten sie mit mildem Lächeln ihr Vollkornbrot in ein Bastkörbchen. Wenn man den Faden weiterstrickte, meinte er, schliefen sie in dieser Nacht sogar ausnahmsweise wieder mit ihren Männern. Eine gute Tat ziehe bekanntlich andere nach sich!

Nach der Haft ging's mit Eddi ziemlich bergab. Als er auf den Dreh kam, mich vorn an der Haustür klingeln zu lassen, damit er durch den Hintereingang reinkam, um zu klauen, trennte ich mich von ihm. Ich wollte endgültig auf die andere Seite des Zuges. Ich kriegte einen Job als Bedienung, aber natürlich kreuzte Eddi auf und winkte mit Geld, das er angeblich ganz legal als Autohändler verdient hatte, und ich fiel wieder auf ihn rein. Denn jetzt war ich schon zwanzig und wurde sentimental. Ich blätterte Möbelkataloge durch, ich glotzte mir auf Kinderspielplätzen die Augen aus dem Kopf, und abends beim Fernsehen schaltete ich auf Familienserien.
Dann buchteten sie Eddi wieder ein. Ja, ja. Die legalen Autos! Zu der Zeit arbeitete ich gerade in der Bahnhofskneipe. Eines Tages kam Dieter rein, er trug Anzug und Krawatte und bestellte ein Pils. Er gefiel mir. Er erzählte so nett von seiner Familie, und er hatte gute Manieren. Er kam jeden Abend, und nach ein paar Wochen nahm er mich mit nach Hause. Seine Mutter hatte Schnitzel gebraten, sein Vater deckte den Tisch,

wir tranken Wein, und nachher führte mich Dieter mit feierlichem Gesicht in sein Zimmer. Ich knöpfte schon meine Bluse auf, aber er holte keinen Gummi aus der Schublade, sondern ein EDV-Diplom. Als ich es in der Hand hielt, tanzten auf dem Wort »Diplom« die herrlichsten Bilder. Möbelkatalog-Bilder. Ein lächelnder Mann, eine lächelnde Frau, zwei grinsende Kinder um einen Couchtisch. Sie spielten »Mensch-ärgere-dich-nicht«, und draußen schien die Sonne.
Genau so ein Wohnzimmer versprach mir Dieter. Und die Kinder und das Lächeln und die Sonne. Und weil zu dem Katalog-Wohnzimmer ein Minimum an Bildung gehörte, schleppte er mich ins Theater. *Eines langen Tages Reise in die Nacht* ... Ich versuchte noch am gleichen Abend, ihm von meiner Vergangenheit mit Eddi zu erzählen, aber er wollte nichts davon hören. Es sei ihm egal, was ich vorher gemacht hätte, meinte er, und aus welchem Milieu ich stammte. Das Wichtigste seien die Anlagen. Und ich hätte gute Anlagen, ich sei intelligent, das sähe er auf den ersten Blick. Tja. Mein Zug raste durch einen sonnigen Tag, und ich saß auf der richtigen Seite.
Dann kam Eddi aus dem Knast zurück. Er lachte sich halbtot, als er hörte, daß ich demnächst heiraten und in eine andere Stadt ziehen wollte. Dieter hatte eine Stellung als Programmierer in einem Elektrokonzern erhalten. Diese Firma saß im Norden. Ich erklärte Eddi, daß für mich die Vergangenheit passé sei und daß ich mich bereits am nächsten Tag zu Dieter auf den Weg machen würde. Eddi wünschte mir mit verächtlichem Lächeln Glück für mein zukünftiges Leben und drückte mir seine neue Telefonnummer in die Hand, für alle Fälle, sagte er. Ich erschrak. Das zukünftige Leben ... Ich hatte so meine Erfahrungen mit dem Begriff »Leben«. Das Leben ist, was es dich gelehrt hat, daß es sei. Da paßte, in meinem Fall, das Glück nicht hinein. Bis jetzt wenigstens nicht.
Und dann kam dieser lange, lange Tag. Meine Reise in den Nor-

den. Ich stand mit den gepackten Koffern auf dem Bahnsteig. Ich war guter Dinge. Ich wollte nichts anderes, als am Ende dieses Tages zu Hause zu sein. Bei Dieter.
Der Zug hatte Verspätung, es war heiß, die Sonne fraß sich in die Haut. Ich trug ein bananengelbes Leinenkleid, das bis zum Hals geknöpft war. Ich reiste erster Klasse, ich besaß natürlich auch eine Platzkarte – Dieter hatte sich um alles gekümmert. Ich kontrollierte die Nummern, blieb stehen. Ein Dicker in Nadelstreifen saß auf meinem Platz, er breitete gerade seine Zeitung aus.
»Ist wohl ein kleiner Irrtum, Mann«, sagte ich und lächelte höflich.
Er sah auf, musterte mich und blätterte weiter in seiner Zeitung.
»Sie sitzen auf meinem Platz«, sagte ich.
Er zog ein Ticket aus der Tasche und reichte es mir. Wortlos. Vielleicht war er stumm, vielleicht schämte er sich seiner Stimme, was weiß ich. Ich verglich seine Platzkarte mit der meinen – es war haargenau dieselbe.
»Die haben sich vertan«, sagte ich und lächelte wieder.
Inzwischen fuhr der Zug an. Ich hielt Ausschau nach einem Schaffner, weil der dicke Stumme wieder in seiner Zeitung las. Ich merkte, wie die Wut in mir hochstieg. Aber entweder lag es an meinem vornehmen Kleid oder an Dieters erfolgreicher Erziehung – ich beherrschte mich. Ich stellte meine beiden Koffer dem Dicken direkt vor die Füße und setzte mich darauf. Als der Schaffner kam, zog er die Augenbrauen hoch. Ich hielt ihm mein Ticket hin, stumm – ich war ja lernfähig.
Der Schaffner schien überfordert. Er konnte den Dicken nicht bewegen, gentlemanlike den Platz zu räumen, und mir konnte er keinen neuen verschaffen, weil der Zug ausgebucht war. Als ich ihn freundlich darauf hinwies, daß ich nicht gewillt sei, ein paar Stunden dem Fettwanst zu Füßen zu sitzen, geschah etwas

Seltsames: Der Fettwanst und der Schaffner starrten sich in die Augen und erkannten die Übereinstimmung ihrer Meinungen. Sie katalogisierten mich. Sie wollten mich auf die andere Seite des Zuges schaffen, in diesem Fall in den Vorraum, wo das Telefon hing und die Leute ein- und ausstiegen. Das Ganze sei ein peinliches Versehen, eine Versicherungsangelegenheit, mit der man sich erst nach Ankunft des Zuges befassen könne, sagte der Schaffner milde.

Was das hieße, fragte ich, stand auf und zog mein bananengelbes Kleid glatt. Ich spürte kleine Rinnsale von Schweiß zwischen meinen Schulterblättern.

Das hieße, meinte der Schaffner, daß ich leider, leider, da auch der Speisewagen noch geschlossen sei, mit meinen Koffern aufs Zwischendeck müßte.

»Warum nicht er?« fragte ich und zeigte auf den stummen Dicken.

Der Schaffner zuckte die Achseln.

An dem Dicken geschah ein Wunder – er sprach. »Weil ich vor Ihnen da war«, raunzte er.

Allmählich weitete sich das Problem zu einer juristisch-philosophischen Frage. Beide besaßen wir eine Besitzurkunde auf ein Stückchen Land. Der Sheriff weilte in einer anderen Stadt. Was also tun?

Ich schlug einen Kompromiß vor. Die Hälfte der Zeit – von der ein Drittel vorbei war – konnte der Dicke auf seinen Platz beharren, die andere Hälfte ich.

Der Schaffner sah den Dicken hoffnungsfroh an, doch der schüttelte den Kopf. »Das ist, wie gesagt, nicht mein Problem, das ist sein Problem«, sagte er und deutete auf den Schaffner.

Jetzt sah ich den Schaffner hoffnungsfroh an.

»Es ist ein bürokratisches Problem.« Der Schaffner blickte über unsere Köpfe hinweg zum Fenster hinaus. Der Zug raste an ein paar Schrebergärten vorbei, eine Frau hängte Wäsche

auf die Leine. Der Schaffner seufzte und sagte zu mir: »Wenden Sie sich am Zielbahnhof wegen einer Entschädigung an die Auskunft.«
»Ich will keine Entschädigung, ich will einen Sitzplatz«, sagte ich und öffnete den obersten Knopf meines Bananenkleides.
Jetzt verstanden sich der Dicke und der Schaffner wieder. Fazit: Sie mochten mich nicht. Das brachte sie zu dem Entschluß, mich zu ignorieren. Der Schaffner murmelte, er müsse sich auch noch um andere Fahrgäste kümmern, der Dicke vertiefte sich in die Börsennachrichten.
Was jetzt? Faustrecht? Ich stand eine Weile da und betrachtete nachdenklich die Halbglatze des Dicken. Was hätte Dieter getan? Dieter hätte sich in den Vorraum begeben, sich auf seine beiden Koffer gesetzt und einen Brief an die Bahndirektion entworfen. Den vorbeieilenden Schaffner hätte er herausfordernd gemustert, um ihm zu zeigen, was alles an Unangenehmem am Zielbahnhof auf ihn zukäme. Den Schaffner hätte das einen Dreck gekümmert, die Zwillingstickets waren schließlich nicht sein Irrtum. Die Bahndirektion hätte Dieter nach geraumer Zeit eine höfliche Antwort und eine Gutschrift für die verpatzte Platzreservierung zugesandt. Das Schreiben hätte Dieter unter »R« wie Reklamationen abgeheftet.
Und Eddi? Der schrieb nicht gern Briefe. Der hätte dem Dicken auf die Glatze gespuckt, ihn am Kragen aus dem offenen Fenster gehalten und ihn gefragt, ob er nicht wisse, wie man sich in Gegenwart einer Dame benehme. Der Dicke hätte sich gewehrt, und Eddi hätte, ohne auf den Sheriff zu warten, mit einem seiner mörderischen Kinnhaken für Gerechtigkeit gesorgt. Dafür wäre er wieder in den Knast gegangen. Wegen der vielen Vorstrafen, Sie wissen ja.
Ich schrieb leider auch nicht gern Briefe und hatte, wegen der Hitze, auch keine Spucke mehr im Mund. Ich zerrte meine zwei Koffer um die Ecke, setzte mich drauf, nahm einen Spiegel aus

meiner Handtasche und beobachtete den Sitzplatz des Dicken. Und richtig. Nach einer guten halben Stunde sah er sich vorsichtig um – nichts zu sehen vom Bananenkleid! – und watschelte zu den Toiletten am anderen Ende des Flurs. Als er verschwunden war, zerrte ich meine Koffer neben seinen Platz, wuchtete sie ins Netz, legte die Zeitung des Dicken ordentlich auf den Fußboden, auch die Zigaretten und das Feuerzeug. Dann kramte ich einen Möbelkatalog aus der Tasche und begann, mich für Eichenwohnzimmer zu interessieren.
Das Schnauben des Dicken war unüberhörbar. Ich sah hoch, lächelte ihn an und hielt ihm mein Platzticket unter die Nase. Er schrie nach dem Schaffner.
»Das ist Ihr Problem«, sagte ich lässig zu jenem und vertiefte mich wieder in den Möbelkatalog. Ich war jetzt bei den Kinderzimmern angelangt.
Der Dicke stauchte den Schaffner zusammen. Der flüchtete augenblicklich wieder zu Passagieren, die ihn dringender benötigten. Da wuchtete der Dicke kurzerhand meine beiden Koffer aus dem Netz, schmiß sie auf den Boden, zerrte mich hoch, schubste mich auf die Koffer und ließ sich in den Sitz plumpsen.
Wenn dir ein Kerl zu nahe kommt, wehre dich mit einem Tritt in die Eier, hatte meine Mutter immer gepredigt. Nun gut, der Kerl war mir zu nahe gekommen, also befolgte ich den Rat meiner Mutter.
Der Dicke heulte auf. Ein Tumult entstand, und leider kam ich nicht mehr dazu, den Eiertritt als Notwehr zu deklarieren. Wir näherten uns nämlich dem Zielbahnhof, und da wartete nicht nur Dieter auf mich, sondern auch die Bahnpolizei. Der Dicke und der Schaffner beschuldigten mich, von Anfang an aggressiv und unverschämt gewesen zu sein, der Dicke erstattete Anzeige wegen Körperverletzung, dann eine wegen Beleidigung, und kündigte auch Schadensersatzklage an, weil er durch mein uneinsichtiges Verhalten einen wichtigen Termin verpaßt habe. Ich

wollte ebenfalls Anzeige erstatten wegen tätlichen Angriffs und Nötigung, aber Dieter nahm mich wütend beiseite, sagte mir, daß er einen Brief an die Bahndirektion schreiben werde, und bat – ohne mich überhaupt angehört zu haben – in meinem Namen den Dicken um Verzeihung. Ob er sich das mit der Anzeige nicht noch einmal überlegen wolle?
Ich starrte Dieter an. Da war ich also auf der richtigen Seite des Zuges ausgestiegen, und, hopplahopp, was passierte? Ich stand schon wieder knöcheltief im Dreck. Und, sehen Sie, genau in diesem Moment wünschte ich mir Eddi herbei. Ihn und sein schiefes Grinsen, seine großkotzigen Sprüche und seine gezielten Kinnhaken. Eddi hätte erst gar nicht gefragt, er hätte mir auf jeden Fall bedingungslos geglaubt. Er hätte den Dicken auf die Matte geschickt und den Schaffner obendrauf gesetzt. So ist eben Eddi.
»Warum hörst du dir nicht *meine* Version der Geschichte an?« fragte ich Dieter ganz ruhig, weil ich immer noch Sehnsucht nach dem Eichenwohnzimmer hatte.
»Mein Gott, Lilo! Ich habe genug gehört. Wir sind doch hier nicht im Wilden Westen«, sagte Dieter ärgerlich und lächelte die Nadelstreifen entschuldigend an.
Tatsächlich nicht? In diesem Moment krachte in meinem Möbelkatalog alles zusammen, ich konnte es richtig sehen: die Einbauwand, die Polsterstühle, der Couchtisch, die Kinderbetten.
»Na komm schon«, sagte Dieter und faßte nach meinem Arm. »War ein langer Tag ... für uns alle.«
Ich nahm den Möbelkatalog aus der Handtasche und warf ihn Dieter vor die Füße. »Schenk' ich dir.« Dann drehte ich mich um und ging davon. Nicht mal die zwei Koffer nahm ich mit, ich hatte ja Eddis Telefonnummer.
Tja. So war das mit Eddi, Dieter und mir. *Eines langen Tages Reise in die Nacht* ... Sollten Sie sich mal ansehen, das Stück. Vielleicht paßt der Titel ja auch zu Ihrem Leben ...

Mandelsplitter

Margaret erinnert sich, daß sie, wie heute, am Küchentisch gesessen und Kuchenteig angerührt hatte, als Felix ihr sagte, Frank, ihr Mann, und Susi, seine Frau, hätten ein Verhältnis. Sie erinnert sich auch, daß sie gelacht hatte. Felix war bekannt für seine absurden Scherze. Aber dann, als sie ihn betrachtete, die feisten Wangen, die Tränensäcke unter den Augen, und ihn mit dem drahtigen, sportlichen Frank verglich, kam ihr die Geschichte gar nicht mehr so unwahrscheinlich vor. An noch etwas erinnert sich Margaret: an ihr schlechtes Gewissen. Wenn Frank mit der Frau seines besten Freundes schlief, die obendrein auch noch Margarets beste Freundin war, dann lag die Schuld bei ihr. Denn damals lag das Empfinden der eigenen Unzulänglichkeit wie ein grauer Schatten über ihr, der sie überallhin begleitete. Sogar die Frauenmagazine trichterten es einem ein: Wenn dein Mann fremdgeht, überprüfe dein Aussehen, deine Laune, deine Fähigkeit, ihn zu verführen, deine Bereitschaft, über manches hinwegzusehen.

Margaret schlägt die Eier auf und hört, wie Susi die Tür aufsperrt und ihren Mantel an die Garderobe hängt. Sie schaut kurz ins Zimmer und lächelt, als sie die Teigschüssel sieht.

»Der Kuchen schon fertig?«

Margaret lächelt zurück. »In einer Stunde.« Sie rührt die Eier unter den Teig und versucht sich daran zu erinnern, wie sie als junge Frau gewesen ist. Es ist so lange her. Die Person von damals hat nichts mehr mit ihr zu tun. Eine Fremde. Was, um Himmels willen, hatte sie sich damals bloß erhofft?

Kitschige Geborgenheit? Verzuckerte Sicherheit? Oder gar das honigschwere Wort Liebe?

Margaret und Frank hatten jung geheiratet. »Wir wünschen uns eine weiße Hochzeit, ein eigenes Haus und bald schon Kinder«, hatte Frank den Freunden erklärt. Margaret hatte hinzugefügt: »Und Rosen im Garten und einen Napfkuchen mit Mandelsplittern am Sonntag.« Bei diesen Worten lachte sie entschuldigend, und die Freunde lachten mit. Denn damals waren Rosen im Garten und Napfkuchen am Sonntag so ziemlich das Spießigste, das es gab.

Frank, als blutjunger Anwalt, trat in eine Kanzlei ein. Der Beruf des Rechtsanwalts paßte zu ihm. Frank war sehr sachlich, manchmal zynisch. Es bereitete ihm keine Schwierigkeiten, auf Menschen zuzugehen, aber er hatte Schwierigkeiten, Menschen wirklich zu verstehen. Doch das fiel nicht weiter auf. Er befaßte sich mit Wirtschaftsrecht, da existierten nur Partner oder Kontrahenten. Eigentlich verspürte Frank auch kein großes Bedürfnis, sich mit Menschen zu befassen. Er war egozentrisch. Er gab es sogar zu, er gefiel sich in der Rolle des Egozentrikers.

Margaret arbeitete als Krankenschwester. Sie liebte ihren Beruf. Wenn Sie Patienten betreute, den Ärzten zur Hand ging, die Krankenunterlagen in Ordnung hielt, dann kam sie sich wichtig vor, ernstgenommen, ein Gefühl, das sie, die von ihren Eltern immer als unpraktisch und hilflos hingestellt wurde, brauchte. Vielleicht war dies auch der Grund, warum sie Franks Stärke so bewunderte. Sie wäre gern so nüchtern und ichbezogen gewesen wie er. Sie wußte, daß es sich leichter lebte, wenn man quasi als Himmelskugel im eigenen Mittelpunkt schwebte. Aber sie brachte diese Einstellung zu sich selbst nicht auf. Sie war eher wie einer der vielen Fixsterne, von denen die alten Astronomen glaubten, sie seien an der Himmelskugel festgeheftet.

Als Axel und Simone geboren wurden, gab Margaret ihren Beruf schweren Herzens auf. »Die Familie geht vor«, sagte sie und bemühte sich, auch wirklich zu glauben, was sie sagte. Dennoch – ab und zu verspürte sie einen Stich der Enttäuschung und der Eifersucht. Gesellschaftliche und politische Strukturen änderten sich, weibliche und männliche Emanzipation schritt voran. Sie aber hatte das Gefühl, als kreise vor ihren Fenstern in wirbelndem Reigen das Leben, während ihre Tage dahingingen mit Windelwaschen, mit Kochen, Putzen und Backen. Die Mandelsplitterkuchen reihten sich aneinander, als seien die Jahre, *ihre* Jahre, eine große Bäckerei, die sie betrieb, um ihre Illusionen nicht verhungern zu lassen. Als sie eines Tages in Tränen ausbrach, weil der Napfkuchen verbrannte, stand sie lange vorm Spiegel und suchte in ihrem Gesicht nach Dingen, die ihr vertraut waren; aber sogar ihr Lächeln kam ihr künstlich vor.

Und dann ereignete sich diese schreckliche Geschichte zwischen Frank und Susi. Diese Uralt-Geschichte. Der Ehemann und die beste Freundin ... Was sollte sie tun? Sich scheiden lassen? Oder die Kinder als Druckmittel benutzen?

Doch die Kinder waren inzwischen erwachsen. Axel studierte in einer anderen Stadt, und Simone bereitete sich auf das Abitur vor. Und Scheidung? Was sollte sie nach der Scheidung mit sich anfangen?

Als Felix sich damals verabschiedet hatte, saß sie lange in der Küche und starrte auf ihre Hände. Susi. Susi arbeitete als Buchhändlerin. Susi hatte eigene politische Ansichten. Susi hatte keine Kinder. Susi trug schwarze Unterwäsche. Susi lehnte es ab, Napfkuchen zu backen. Susi entsprach genau dem Bild der Frau, das Frank immer verabscheut hatte.

Am Abend, als Frank nach Hause kam, blieb sie wortkarg, in der Nacht lag sie ohne Schlaf.

»Was ist mit dir?« fragte Frank am nächsten Morgen.
»Warum hast du mir nicht gesagt, daß du mit Susi ein Verhältnis hast?«
Er erklärte ihr, daß er nur sie liebe, daß er nie auf sie verzichten wolle. Er sagte ihr, daß er kein Recht habe, sie zu bitten, bei ihm zu bleiben, daß er ihre Entscheidung, wie immer sie ausfallen möge, akzeptiere. Aber daß sie bedenken möge, was alles sie beide verbinde.
Er saß wie ein x-beliebiger Anwalt vor ihr, der ihr erklärte, daß es für alles im Leben eine Regelung gebe. Felix, Susi, er und Margaret waren in seinen Sätzen keine Menschen aus Fleisch und Blut. Sie waren Sachen, die man hin- und herschieben konnte und die bis zum Kern erklärbar waren. Und natürlich war seine Akzeptanz ihrer etwaigen Entscheidung reine Heuchelei. Er wußte, daß sie ihre Ehe nicht aufgeben würde. So wie er niemals die Kanzlei aufgegeben hätte, in der er inzwischen Sozius war. Gab man auf, wofür man Jahre seines Lebens gearbeitet hatte?
Sie beschloß also, den momentanen Zustand hinzunehmen. Sie redete sich ein, daß man nicht mehr im Mittelalter lebe, daß man nicht prüde sein dürfe. Sie zog Bilanz. Susi war berufstätig? Nun, sie würde es auch wieder sein. Susi war emanzipiert? Auch sie würde es lernen, frei und selbständig zu handeln. Susi trug schwarze Unterwäsche? Schwarze Unterwäsche paßten zu ihrem blonden, zarten Typ noch besser als zu Susis vitaler Stämmigkeit.
Frank freute sich, daß sie sich wie erwachsene und zivilisierte Menschen benahmen. Er begrüßte es, daß Margaret wieder als Krankenschwester arbeitete, er nahm sehr positiv die schwarze Unterwäsche zur Kenntnis und aß sonntags immer noch gern Napfkuchen mit Mandelsplittern.
Es war Felix, der den Stein ins Rollen brachte. Felix packte seine Koffer und reichte die Scheidung ein.

»Ich bin doch kein Volltrottel. Gibt auch noch andere Frauen auf der Welt«, sagte er und verschwand. Da aber Felix verschwunden und Susi somit frei war, eskalierte die Situation.
»Ich liebe Frank«, sagte Susi. »Und wenn ich erst geschieden bin, können wir zusammenleben.«
In Margaret kochte es. Sie spürte eine Wut, die ihr neu war. Sie hatte schließlich alles getan, was man von ihr verlangte. Was wollte man noch? »Frank will uns aber beide haben«, sagte sie.
»Frank wird sich entscheiden müssen«, antwortete Susi.
Frank entschied sich nicht. Er vermochte nicht einzusehen, warum er sein Leben ändern sollte. Er hatte eine perfekte Frau und eine amüsante Geliebte. Eine Entscheidung war überflüssig. Eines Tages rief Susi an.
»Du hast gewonnen, Margaret. Ich eigne mich nicht zur Dauergeliebten. Ich habe mit Frank Schluß gemacht. Es ist mir sehr schwer gefallen, und momentan komm' ich mir vor wie amputiert.« Sie zögerte ein wenig. »Wenn du kannst, Margaret, dann verzeih mir. Und wenn du mich mal brauchst ... Ich bin immer für dich da, auch wenn dir das jetzt lächerlich erscheinen mag ...« Sie legte schnell auf, und sonderbarerweise bedrückte Margaret der Verlust von Susis Freundschaft mehr als Franks ständige Untreue.
Am Abend kam er mit einer Flasche Champagner und einem Rosenstrauß nach Hause. Er entkorkte den Champagner und sagte: »Ich will nicht, daß du weiterhin so leidest. Ich habe mich deshalb von Susi getrennt.«
Sie starrte ihn an. Er kehrte zu ihr zurück. Er kehrte zurück, weil Susi ihm den Laufpaß gegeben hatte. Er schmückte sich mit fremden moralischen Federn. Irgendwie entwich bei seinen Worten die Luft aus der Himmelskugel, nur mehr ein Stück Stoff blieb übrig, wie bei einem Heißluftballon – und der Fixstern fiel ab.

Sie nahm das Glas mit dem Champagner und trank es auf einen Zug leer. »Nicht nur Susi hat dich verlassen, mein Lieber. Ich werde auch gehen.«
Er konnte es nicht verstehen. Er wollte wissen, warum.
»Vielleicht ist meine Liebe aufgebraucht?«
Er sah sie an, als hätte sie das Bürgerliche Gesetzbuch in Frage gestellt.

Da sie nicht gleich eine eigene Wohnung fand, zog sie zu Susi. Ihr war, als hätten Susi und sie eine lange Schlacht geschlagen, Blessuren davongetragen, deren Herkunft nur sie verstehen und heilen konnten. Sie beide litten unter der Trennung von Frank, nur sie beide zusammen konnten also versuchen, mit der neuen Situation zurechtzukommen. Und nach und nach begannen sie tatsächlich, ihre Freiheit zu genießen. Simone, Margarets Tochter, hatte ihr Abitur bestanden und ging als Au-pair-Mädchen nach Frankreich, der Sohn heiratete. Verpflichtungen, die jahrelang wie ein Joch auf Margarets Schultern gelastet hatten, verschwanden über Nacht. War das Leben nicht schön? Und ob. Susi buchte eine lange Auslandsreise, Margaret freundete sich mit einem Arzt an, sie ging wieder tanzen, sie besuchte Konzerte, sie lernte, leichtsinnig zu werden.
»Heute habe ich zufällig Frank getroffen. Er sieht erbärmlich aus«, meinte Susi eines Tages.
»Wie schön«, gab Margaret zur Antwort. Doch insgeheim sorgte sie sich um Frank. War er krank? Er befand sich in einem gefährlichen Alter. Dann ärgerte sie sich. Er war ihr doch gleichgültig. Also konnte es ihr auch egal sein, wie gefährlich sich sein Alter auf seine Gesundheit auswirkte.
»Er will uns ab und zu mal besuchen. Hast du was dagegen?«
Margarets Herz klopfte schneller. Dieser Funke Hoffnung ... Seltsam, daß er immer noch vorhanden war. »Meinetwegen«, sagte sie und tat, als ließe sie das alles kalt.

Er kam nur einmal. Er verhielt sich vollkommen neutral. Ihm läge nur daran, meinte er, sie beide nicht ganz aus den Augen zu verlieren. Freundschaft, das war es, was er anbot.
Und dann, eines Nachts, erreichte sie dieser Anruf aus dem Krankenhaus. Frank hatte einen Unfall gehabt, mit dem Auto. Als sie mit Susi an seinem Bett stand, tat er ihr unendlich leid. Er war jetzt Ende vierzig. Sein Fleisch wurde schlaff, die Haare auf seiner Brust färbten sich grau. Am liebsten hätte sie die Laken glattgestrichen und all jene kleinen Arbeiten für ihn verrichtet, die sie als Krankenschwester sonst für Fremde tat.
Frank erzählte, er habe einen völligen Blackout erlitten, man diagnostiziere eine Herzschwäche. Der Arm sei gebrochen und ein paar Rippen.
»Ich hab' dir doch gesagt, du sollst mit dem Taxi nach Hause fahren. Dir ging's doch den ganzen Abend schon so schlecht«, stammelte Susi.
Margaret spürte, wie sie erstarrte. Sie fühlte, wie schon einmal, den Boden unter ihren Füßen schwinden.
Also wieder belogen. Wieder Frank und Susi. Wie lange das wohl schon ging? Seit seinem Besuch vor vielen Monaten? Ihr wurde fast übel. Betrogen in der Wohnung, in der sie jetzt mit Susi lebte, und betrogen in dem Haus, in dem sie zuvor mit Frank gewohnt hatte. Wie eine Heimatlose kam sie sich vor. Und Frank? Was war er? Ein Parasit, ein dunkles, zähes Gespinst, das sich ausbreitete, wo immer sie sich aufhielt? Und warum verschwieg Susi ihr, daß sie sich mit Frank versöhnt hatte? Man hätte doch darüber reden können? Wozu die Heimlichkeit?
Sie sagte: »Frank kann in diesem Zustand unmöglich allein im Haus sein, wenn er hier entlassen wird. Willst du nicht zu ihm ziehen, Susi?«
Susi senkte den Kopf. Dann nickte sie, ohne Margaret anzusehen.

Eine lange Zeit verging. Eines Tages klingelte bei Margaret das Telefon. Es war Susi.
»Wieso hast du dich nie bei mir gemeldet?« fragte Margaret.
»Du weißt ja. Das Haus, der Garten ... Seit Frank und ich verheiratet sind, habe ich kaum noch Zeit für mich.«
»Geht es ihm gut?«
»Er arbeitet zuviel. Er kommt abends immer so spät heim. Manchmal denke ich, er hat eine andere.« Susis Stimme klang belegt.
Margaret schwieg.
»Ich brauche dieses Rezept«, sagte Susi.
»Welches Rezept?«
»Das verdammte Napfkuchenrezept. Das mit den Mandelsplittern. Frank meinte, ich solle dich fragen.«
Margarets Mund wurde trocken. Sollte sie lachen oder weinen? Sie beide waren also auswechselbar, ob Ehefrau, ob Geliebte, was blieb, war das Kuchenrezept. Sie umklammerte den Hörer und sagte: »Ich muß mit dir reden, Susi.«

Susi holt die Kuchenform aus dem Schrank, sticht mit dem Löffel ein Stück Butter ab und fettet die Form ein. Dann nimmt sie einen zweiten Rührlöffel und rührt, zusammen mit Margaret, ein letztes Mal den Teig um. »Er muß bald da sein«, sagt sie. Sie sieht zu, wie Margaret den Teig in die Form gießt, wie sie die Mandelsplitter bereitstellt und den Herd einschaltet.
Margaret sagt: »Du solltest jetzt nach Hause fahren. Sonst sieht er dich, und das wäre fatal.«
Susi holt ihren Mantel, küßt Margaret auf die Wange und geht.

Als Frank, wie fast jeden Abend, an Margarets Tür steht, mit diesem Gesicht, das sie erst kennt, seit er ihr Geliebter ist, bittet sie ihn nicht herein. Sie drückt ihm lediglich den in Folie ein-

geschlagenen Mandelkuchen in die Hand und meint, sie habe einen dringenden Anruf aus dem Krankenhaus erhalten, sie müsse für eine Kollegin einspringen. Aber sie habe ihm, als Entschädigung sozusagen, einen Mandelkuchen gebacken. Sie zwinkert ihm liebevoll zu, als wolle sie sagen: Sieh nur. Ich war deine Ehefrau, ich bin deine Geliebte, ich weiß also am besten, was dir guttut. Sie sieht, daß er noch beim Hinuntergehen den Kuchen auspackt, ein Stück abreißt und in den Mund stopft.
Am Steuer seines Autos bricht er zusammen. Das führerlose Auto rast in die Schaufensterscheibe einer Konditorei. Er ist sofort tot. Herzinsuffizienz, wie schon beim ersten Unfall, so vermutet man. Das steht auch auf dem Totenschein: Herzinsuffizienz. Und irgendwie, denkt Margaret, ist er tatsächlich an der Schwäche und Unzulänglichkeit seines Herzens gestorben.

Nach der Beerdigung sitzen sie und Susi in jener Konditorei, in deren Schaufenster Frank sein Leben beendete. Die Scheiben sind inzwischen erneuert worden. Margaret erzählt, daß im Krankenhaus eine Untersuchung durchgeführt werde, da in einen der Giftschränke eingebrochen worden sei. Man vermutet den Raub eines Drogenabhängigen.
Sie und Susi lächeln sich an. Dann bestellen sie sich zwei Mandeltörtchen. Sie finden, das sind sie Frank schuldig.

Die gläserne Frau

Sie steht vor der Büste der *Gläsernen Frau*, und je länger sie das Kunstwerk betrachtet, desto verwirrter und trostloser wird ihr zumute. Den kahlen, durchsichtigen Kopf durchziehen bunte Drähte, durch das Gehirn winden sich Kabel wie dicke Wülste, an denen Chips und Schaltstellen hängen. Hals und Brustraum gleichen einer ausgedehnten Relaisstation, Spulen kreisen, und anstelle des Herzens prangt eine Aluminiumscheibe, umgeben von weiteren Glasspulen und feinen, ineinandergeschlungenen Drähten.

Sie setzt sich auf eine Bank und versucht, sich zu beruhigen. Doch immer wieder wandert ihr Blick zu dem weißgetünchten Sockel zurück, auf dem die Büste steht. Sie ist taghell beleuchtet. Das gleißende Licht verleiht ihr etwas Makaberes, Abstoßendes, als säße man in einem der Neuzeit angepaßten Vorraum der Hölle, in dem das Grauen nicht schwer und dunkel ist, sondern Lichtgestalt annimmt. Melanie tastet nach ihrem Hals, sie fühlt das jagende Pochen ihres Herzens und bildet sich ein, in ihrem Inneren ebenfalls Drähte und Schaltstellen so deutlich zu spüren wie ein Ingenieur, der Stromstöße mißt und sich Gedanken darüber macht, wann einer dieser Drähte verschmoren oder eine dieser Schaltstellen ausfallen und den sorgfältig ausgetüftelten, künstlichen Kreislauf zum Erliegen bringen würde. Ja. *Sie* ist es, die auf diesem Sockel ruht, nackt, durchschaubar, berechenbar, funktionell und funktionierend.

Kaltes Entsetzen erfaßt sie. Ihr kommt es vor, als sei ihr warm pulsierender, geheimnisvoller Körper in Trümmer gegangen, als sei er neu geschaffen worden als gläserne Hülle, die man mit allerlei Mechanischem auffüllt, um sich ihrer so bedienen zu können, wie man es für richtig hält. Wie *er* es für richtig hält, denkt sie. Sie blickt nervös um sich. Sie argwöhnt, daß Wolfram auch ihre Gedanken lesen kann, wenn er nur nah genug an sie herankommt. Und er kommt an sie heran! Er besitzt seine eigene zielstrebige Methode, sich an Menschen heranzuschleichen und ihre Gedanken aufzusaugen, sie zu filtern, zu reinigen und wie klares Wasser, ohne Farbe und Geschmack, in die Körper zurückzupumpen. Warum hat sie das nicht eher bemerkt? Schon damals, als sie ihn kennenlernte?

***

Da hatte sie gerade ihr Studium beendet. Sie arbeitete als Lektorin in einem kleinen Verlag, der Romane und Lyrikbändchen veröffentlichte. Sie war eine junge Frau mit langem, glatten braunen Haar. Sie trug mit Vorliebe schwarze Kleider und umrandete ihre Augen mit einem schwarzen Kajalstift. Sie bewohnte ein Appartement in der Innenstadt, fuhr mit dem Fahrrad ins Büro und betätigte sich abends in der Friedensbewegung. Sie las am liebsten Manuskripte unbekannter Autoren. Es war ihr dann, als betrete sie als erste eine neugeschaffene, unberührte Welt, manchmal fremd, manchmal von Anfang an vertraut. In ihrer Verantwortung lag es, diese Welt zu erforschen, sie mit Respekt zu behandeln, denn nur mit dem nötigen Respekt und der nötigen Achtung erwarb man sich das Recht, Urteile abzugeben. Mit der Zeit bescheinigte man ihr ein feines Gespür für neue Begabungen, und sie war sehr stolz auf den guten Ruf, den sie genoß.

Sie besaß auch eine klare Vorstellung darüber, wie ihr eigenes Leben verlaufen sollte: mit einem Mann, mit ihrem Beruf, mit einem oder zwei Kindern. Als sie Wolfram kennenlernte – er war Flugzeugtechniker – und er sie als gleichberechtigte Partnerin akzeptierte, wähnte sie sich auf dem Gipfel ihres Glücks. Nichts mehr konnte ihr geschehen. Damals redete sie gern davon, daß Kopf und Herz zusammengehörten, wolle man sein Leben erfolgreich gestalten. Ließe man seinen Verstand genauso zu Wort kommen wie das Gefühl, dozierte sie, dann sei man gefeit gegen allzu große Enttäuschungen – Krankheit und Tod natürlich ausgenommen, aber wer dächte in so jungen Jahren schon an Krankheiten und an Todesfälle?

Damals schrieb sie auch Gedichte. Sie spielten in den dunklen Hafengassen ihrer Heimatstadt, zwischen Mülleimern, Kneipen und Bordelle. Sie beschrieb schäbige Viertel, schäbige, armselige Menschen, denen ihr ganzes Mitleid gehörte. Einmal kaufte sie in einer der heruntergekommenen Kneipen sogar Gift und saß stundenlang vor dem weißen Tütchen, um zu erfühlen, wie einer Frau zumute war, die einen Mord begehen wollte. Die Gedichte wurden in einem Lyrikband veröffentlicht und in den Zeitungen gut besprochen. Man erwarte sich, so formulierte es ein Kritiker, noch viel von diesem jungen Talent, man feierte sie als Entdeckung, weil es ihr möglich sei, die Realität zu verwandeln, ihr eine neue Dimension zu verleihen, ihre Sprache sei kraftvoll, herb und dennoch voller Poesie.

Als Wolfram und sie heirateten, zogen sie in einen kleinen Vorort. Deine Poesie braucht Blumen, scherzte Wolfram, und obwohl sie sich nicht gern von der Stadt und ihren geheimnisvollen Straßen, vom Hafen, den rauchigen Lokalen, den Bordellen und den heruntergekommenen Mietshäusern trennte, stimmte sie Wolfram zu. Draußen war die Luft gesünder, und man lebte billiger. Natürlich, ihre Freundinnen fehlten ihr. Auch die abendlichen Kneipengespräche mit ihren Kollegen, die spontanen Theaterbesuche, die Mitarbeit in der Friedensinitiative.

Andererseits war es beruhigend, wie weitblickend und sachlich Wolfram ihrer beider Leben regelte. Er wolle ihr den Kopf für ihren Beruf und für ihre dichterische Entfaltung freihalten, sagte er. Es sei sein Traum von jeher gewesen, nicht nur eine scheinbare, sondern eine wirkliche Einheit mit der Frau, die er liebe, zu erreichen. Er hielte nichts von diesem Trend des Abstandhaltens innerhalb der Ehe, den getrennten Bankkonten, den getrennten Abrechnungen, dem getrennten Freundeskreis. Alles könne man zusammen tun, so wie man sich alles erzählen und mitteilen solle, der eine müsse den anderen kennen wie sich selbst.

Also errichteten sie ein gemeinsames Bankkonto. Sie führten auch einen gemeinsamen Terminkalender, so daß jeder wußte, wo der andere im Notfall zu erreichen war. Sie telefonierten miteinander, und wenn sie in ihren Büros ankamen oder wenn sie dieselben verließen, erzählten sie sich am Abend, was sie tagsüber alles getan und erledigt hatten, sie verkehrten nur mit Leuten, die sie beide leiden konnten, sie gingen nie getrennt ins Kino, sondern einigten sich auf einen Film, den er wie sie mochten. Sie verzichtete auf ihren Frauenstammtisch, er auf seinen Fußballclub. Sie unterließ sogar ihre Tagebucheintragungen, weil sie einerseits nicht wollte, daß Wolfram ihre intimsten Gedanken las, sie andererseits aber wußte, wie eifersüchtig er auf Dinge war, die ihn von ihrem Leben ausschlossen. Als er merkte, daß sie ihr Tagebuch nicht mehr benützte, umarmte er sie voller Dankbarkeit und meinte, er sei ihr Tagebuch, ihm könne sie alles anvertrauen, jetzt, erst jetzt, seien sie beide einander transparent geworden, erst jetzt sei der Gleichklang erreicht. Sein Gesicht leuchtete bei diesen Worten, so daß sich ihr Unbehagen legte und sie sich sagte, das Glück, das sie ihm durch solch kleine Gesten schenkte, sei der Opfer wohl wert. Außerdem glaubte sie, ihn zu verstehen. Er hatte sein Leben in Heimen und Internaten verbracht, seine Eltern kümmerten sich nicht um ihn, daher sein Drang, einen anderen Menschen ganz für sich zu beanspruchen, ihn besitzen zu wollen, mit Haut und Haar. Trotzdem fragte sie ihn eines Tages mit einem Lächeln, spielerisch: »Was würdest du tun, wenn ich einen anderen Mann kennenlernte und mit ihm ein Verhältnis hätte?«

»Ich würde zuerst ihn und dann dich umbringen«, antwortete er.

»Du würdest mir nicht verzeihen? Oder mich gehen lassen?«

»Niemals.«

Sie lachte. »Das meinst du nicht im Ernst.«

»Ich gebe nie etwas her, das mir gehört. Lieber mache ich es kaputt.« Jetzt lachte auch er. Dieses Lachen prägte sich ihr ein. Es war knapp und hoch, verzerrt wie eine schlechte Tonbandaufnahme. Er bat sie auch, das Rauchen zu unterlassen. »Ich denke nur an deine Gesundheit«, sagte er und hüstelte mit vorwurfsvollem Gesicht, wenn sie sich dennoch ab und zu eine Zigarette anzündete. Auch ihren gelegentlichen Heißhunger auf Süßigkeiten schränkte er ein. Er versteckte die Schokoladentafeln, die sie nach Hause schleppte, und neckte sie mit ihrer Labilität. Sie lachten viel in diesen Tagen. Das Lachen half Melanie über jenes leichte Bedauern hinweg, nicht mehr so frei und ungebunden wie früher zu sein. Dieses Bedauern war wie kurze, feine Stiche, die man sofort wieder vergaß, wenn sie vorüber waren.

Als sie ihren dritten Hochzeitstag feierten, erzählte er ihr, daß er befördert worden sei. Nun könne sie sich ganz ihrer künstlerischen Tätigkeit widmen, sie brauche sich nicht mehr als schlechtbezahlte Lektorin abzurackern, er verdiene genügend Geld, um sie beide zu ernähren. Denn Lyrik sei natürlich etwas, das finanziell nicht honoriert werden würde. Vor allen Dingen jene Lyrik nicht, die *sie* schrieb, die in unbeleuchteten Gassen spielte, zwischen Aschentonnen und Abfallhaufen, Bordellen und Kneipen. Die nicht geeignet sei für Geburtstage und Hoch-

zeiten. Er tat amüsiert, aber in seiner Stimme schwang ein kritischer Unterton.
Trotz aller Entschuldigungen, die sie sich für ihn ausdachte, stieg dieses Mal das Unbehagen stärker in ihr auf wie Blasen in einem Teig, der übersäuert war. Sie sah sich in ihrer Vorortwohnung hocken und an einem Bleistift knabbern. Grüne-Witwen-Lyrik. Was konnte sie schon erleben in dem sauber geputzten Viertel, in dem sie wohnten? Die Vorhänge wurden zugezogen, die Fensterläden geschlossen. Hier schrie man seinen Protest nicht heraus, man flüsterte ihn. Man war nicht laut und vulgär, man betrank sich nicht öffentlich, man kehrte seinen Schmutz unter den Teppich. Die Luft war dünn hier draußen, die Farben ausgebleicht.
Sie führten lange Debatten über das Thema, aber Wolfram besaß die besseren Argumente. Dachte sie nicht auch daran, ein Kind zu bekommen? Was gab es für eine Frau Schöneres, als Hausarbeit, Kinderbetreuung und berufliche Tätigkeit in den eigenen vier Wänden ausüben zu können? Unabhängig zu sein von starren Arbeitszeiten, nörglerischen Vorgesetzten, launischen Kollegen, von Bussen, die im Winter nicht regelmäßig fuhren und in denen man im Sommer vor Hitze zerging? Sich den Tag einteilen zu können, sein eigener *Herr* zu sein – Melanie kräuselte bei diesem Vergleich die Lippen und fragte scheinheilig, wie eine Frau es wohl schaffen solle, der eigene Herr zu werden?
Aber schließlich gab sie seinem Drängen nach. Anfangs gefiel sie sich sogar in der Rolle der freiberuflichen Intellektuellen. Wenn die Nachbarinnen sie fragten, was sie denn den ganzen Tag treibe, antwortete sie: »Ich schreibe Gedichte.« Sie verschenkte ihre Lyrikbändchen und wärmte sich in dem Ansehen, das sie sich durch den Status der Künstlerin erwarb.
Doch mit der Zeit wurde sie unruhig. Die kleine Wohnung war im Nu aufgeräumt; die Einkäufe erledigte sie einmal die Woche

zusammen mit Wolfram, da sie allein so leicht dem Kaufrausch verfalle, scherzte er. Also fertigten sie eine Liste an und kauften nur, was sie vorher besprochen hatten. Auch das Telefon konnte sie nicht mehr zwanglos benutzen, um ihre Freundinnen im Verlag oder in den Redaktionen anzurufen. Denn Wolfram hatte sich zu einer bahnbrechenden Neuheit entschlossen: ein Apparat, der die angerufenen Nummern, die Dauer des Telefonats und dessen Kosten aufzeichnete und auf einer monatlichen Liste erfaßte. Als er ihr die Vorteile dieser Errungenschaft erläuterte, war ihr, als sei nun der Kontakt zur Außenwelt völlig abgeschnitten. Sie konnte sich gut vorstellen, wie er mit gerunzelter Stirn die Liste überprüfte und sich fragte, warum sie mit Ellen oder Hanna so lange telefoniert hatte und wer sich hinter jener Nummer verbarg, die sie jeden Montag zur gleichen Zeit anwählte. Sie war in der Tat der totalen Kontrolle unterworfen: das gemeinsame Bankkonto und das Haushaltsbuch gaben Aufschluß über ihre Ausgaben, der Terminkalender über ihre An- und Abwesenheiten, die Telefonabrechnung über ihre Außenkontakte. Ihren Freundeskreis hatte sie längst verloren, das Tagebuchschreiben aufgegeben, und einmal ertappte sie Wolfram sogar dabei, wie er den Müll nach Zigarettenkippen durchwühlte.

Ihr neuer Lyrikband wurde von der Kritik negativ besprochen. Wieder ein vermeintliches Talent, hieß es, das eine Eintagsfliege gewesen sei, das nicht hielte, was man sich versprochen habe. Melanie war zuerst bestürzt, dann zornig, dann tief deprimiert. Sie stellte sich vor den Spiegel. Nichts von ihr war geblieben. Sie war eine x-beliebige Hausfrau in einem x-beliebigen Vorort geworden, schlimmer noch: Sie verkümmerte zu einer Frau ohne eigene Identität. Sie hatte keine Ideen mehr, sie hatte ihre Phantasie und damit ihre Seele verloren. Sie zog auch keine schwarzen Kleider mehr an, sie schminkte sich nicht, sie band sich keinen Schal mehr ins Haar oder setzte verrückte Hüte auf. Sie erinnerte sich genau des Gefühls, das sie immer durchströmt hatte, als sie noch verrückte Hüte trug. Dieses Klingen in ihr, diese Leichtigkeit, diese unbändige Lust am Leben. Immer öfter kamen ihr die Bilder der früheren geschäftigen Zeiten in den Sinn. Die flatternden Röcke, wenn sie aus dem Bus sprang, die hastig verschlungenen Sandwiches während der Redaktionssitzungen, die Gespräche mit den Autoren, mit den Buchhändlern, mit den Agenten. Sie sehnte sich so sehr nach dieser Zeit zurück, daß sie die Sehnsucht in ihrem Körper spüren konnte wie ein leichtes Ziehen, das vom Herzen ausstrahlte und alle Glieder erfaßte.

Auch körperlich blieb sie unfruchtbar. So sehr Wolfram und sie sich bemühten – sie wurde nicht schwanger. Warum also nutzlos zu Hause herumsitzen? Doch wenn sie Wolfram gegenüber erwähnte, daß sie gern wieder arbeiten würde, zog dies tagelange Diskussionen nach sich, die stets damit endeten, daß er nicht mehr mit ihr sprach und mit blassem, bösen Gesicht an ihr vorbeiging, als hätte sie ihn persönlich beleidigt oder, schlimmer noch, Verrat an ihrem Lebensplan begangen.

Dann traf sie einen Kollegen wieder, der eine Anstellung als Journalist bei einer großen Zeitung in Berlin erhalten hatte. »Ein Grund zum Feiern«, sagte er und brachte sie in eine jener Kneipen, in denen sie früher immer gesessen, getrunken und gelacht hatte. Sie stand an der Theke und sog den säuerlichen Geruch verschütteten Bieres ein; wie elektrisiert war sie, am liebsten hätte sie alle Menschen in diesem Lokal umarmt und sich mit ihnen verbrüdert. Darüber vergaß sie die Zeit, und als sie das erste Mal auf die Uhr blickte, war es bereits nach Mitternacht. Sie bat den Wirt, telefonieren zu dürfen.

Zuerst erkannte sie Wolframs Stimme gar nicht. Sie war hoch, schrill, von Wut verzerrt.

»Bitte entschuldige«, sagte sie beklommen. »Ich habe Konrad getroffen, einen früheren Kollegen. Er hat einen neuen Job ergattert und hat mich zur Feier des Tages eingeladen.«

»Komm sofort nach Hause«, war alles, was Wolfram erwiderte. Dann legte er auf.

Konrad brachte sie zu einem Taxistand. »Es geht mich natürlich nichts an, Melanie. Aber du hast dich irgendwie verändert. Hast du Angst vor deinem Mann?«

Sie versuchte zu lachen. Angst? Aber nein, sie habe keine Angst. Und wirklich, es sei nicht in Ordnung, den ganzen Abend nichts von sich hören zu lassen, unhöflich, rücksichtslos sei es. Sie lächelte Konrad noch einmal zu, bevor sie die Taxitür schloß, sie winkte übertrieben fröhlich, aber innerlich war sie wie erfroren.

Als sie die Wohnung betrat, stand Wolfram im Flur. Er hatte seinen Bademantel an, sie sah ein Stück seiner behaarten Brust. Schweigend packte er sie bei den Schultern und schob sie vor sich her ins Wohnzimmer. »Was denkst du dir eigentlich?« schrie er sie an. »Einen ganzen Abend mit diesem Kerl zusammen! Fast hätte ich die Polizei benachrichtigt.«

Melanie tat erstaunt. Mein Gott! So schlimm sei es nun auch wieder nicht, sich einmal zu verspäten. Was sie eigentlich sei? Seine Gefangene?

Er würdigte sie keiner Antwort. Sie zog eine Zigarettenpackung, die sie sich gekauft hatte, aus der Tasche und zündete sich eine Zigarette an. Da kein Aschenbecher auf dem Tisch stand, stippte sie die Asche in eine Blumenvase und begegnete voller Trotz Wolframs verächtlichem Blick.

Hinterher bestrafte er sie mit tagelangem Schweigen. Dieses Schweigen zersetzte die rebellischen Vorsätze, die sie gefaßt hatte, es machte sie schuldig, obwohl sie sich nicht schuldig fühlte. Sie rief Konrad an und traf sich mit ihm in einem Café. Ohne

sagen zu können, warum, hatte sie eines ihrer schwarzen langen Kleider aus dem Schrank geholt und ihre Augen mit schwarzem Kajalstift umrandet. Auch einen Hut setzte sie auf, einen ihrer verrücktesten Hüte, mit breiter Krempe.
Sofort fühlte sie sich besser, selbstbewußter. Vielleicht waren das Kleid und der Hut auch der Grund, warum sie mit Konrad nach Hause ging. Nicht sie war es, die das alles tat, sondern eine andere, eine längst Vergessene. Sie bildete sich ein, sie würde zusammen mit Konrad eine Antwort auf die Frage finden, warum alles um sie herum an Farbe verlor, warum das Talent in ihr vertrocknet war, warum ihre Blumen nicht mehr blühten. Konrad meinte, ihr Weg zu sich selbst gleiche einem zerbrochenen Mosaik, das man erst mühsam wieder zusammenfüge müsse. Aber sie könne es schaffen, wenn sie an sich glaube und sich aus der Umklammerung befreie. Er redete behutsam mit ihr, voll zärtlichem Mitgefühl, und am Ende war sie so dankbar für seine Anteilnahme, so berauscht von seiner Bewunderung, daß sie mit ihm schlief. Schon während sie sich auszog, empfand sie ihre Schuld als erdrückend, doch gleichzeitig durchströmte sie eine grausame Freude bei dem Gedanken an Wolfram, der nichtsahnend in seinem Büro saß und sich neue Möglichkeiten ausdachte, sie zu kontrollieren und zu reglementieren.

Dann reiste Konrad ab. Sie brachte ihn zum Bahnhof, sie küßten sich. Für einen Moment schloß Melanie die Augen und überlegte, was wäre, wenn sie einfach mit Konrad in den Zug steigen und verschwinden würde. Alles hinter sich lassen, weggehen. Ohne Erklärung, ohne Debatten, nur sie, ihre schwarzen Kleider und ihre verrückten Hüte. Als sie die Augen wieder öffnete, sah sie Wolfram. Er stand neben einem Zeitungskiosk und starrte zu ihr und Konrad herüber. Ein Schauer durchfuhr sie, ein Entsetzen wie ein Blitz. Sie preßte die Augen zusammen, öffnete sie und versuchte es aufs neue: Gott sei Dank! Sie hatte sich geirrt! Kein Wolfram! Warum auch? Er saß in seinem Büro! Oder nicht?

»Hattest du einen schönen Tag?« fragte er sie am Abend.
Sie nickte und sah ihm ins Gesicht. Nichts war darin zu erkennen. Leer.
»Ich habe heute Konrad zur Bahn gebracht«, sagte sie. »Du weißt doch, dieser frühere Kollege, der nun in Berlin arbeiten wird …« Sie beobachtete ihn genau. Er lächelte, legte sich Salat vor, er kaute, er wischte den Mund mit der Serviette ab, er trank.
»So, so, Berlin also«, sagte er, und es schien, als sei damit das Thema beendet.

Eine Woche später erfuhr sie es vom Leiter des Verlages, für den sie gearbeitet hatte.
»Mein Gott, Melanie! Es ist schrecklich! Konrad ist ermordet worden. Erdrosselt. In dem Berliner Hotel, in dem er wohnte. Niemand weiß, warum. Er hatte keine Feinde, auch Raubmord scheidet aus. Es ist einfach unfaßbar, unverständlich.«
Früher hatte Melanie in ihren Gedichten oft über die Angst geschrieben; aber früher, das wurde ihr jetzt klar, hatte sie gar nicht gewußt, was für ein Gefühl das war. Angst machte schutzlos. Sie öffnete die Poren. Sie schärfte die Sinne, jeder Laut durchfuhr einen wie ein Messer, die Luft um einen herum roch verbrannt, auf der Zunge lag ein trockener, bitterer Geschmack. Angst umklammerte das Herz wie einen aufgeregten kleinen Vogel und drückte zu, erbarmungslos.

Sie erfuhr, daß Konrad an einem Tag ermordet worden war, an dem Wolfram sich auf einer eintägigen Geschäftsreise befunden hatte, auf einem Seminar in Frankfurt, zusammen mit einem

Kollegen. Sie fand sogar das Ticket nach Frankfurt in seinem Anzug. Melanie war so erleichtert, daß sie auflachte. Wolfram konnte sich unmöglich gleichzeitig in Berlin und Frankfurt aufgehalten haben! Wolfram war also unschuldig. Sie öffnete eine Flasche Wein und war beschwipst, als er am Abend nach Hause kam.

»Nanu? So gut gelaunt?«

Sie nickte und wollte ihn umarmen. Vielleicht wurde doch noch alles gut. Vielleicht konnten sie dieses Mal über ihre Probleme sprechen, ohne daß er in beleidigte Schweigsamkeit verfiel. Sie drückte sich an ihn, aber er befreite sich und sagte, er fühle sich nicht wohl. Eine Grippe wahrscheinlich.

Danach hatte sie den Eindruck, ständig beobachtet zu werden. Manchmal, auf der Straße, drehte sie sich um, ging zurück, prüfte die Hauseingänge, die Nischen und Seitenstraßen. Doch nie sah sie ein bekanntes Gesicht; es war, als sei ihr ein Fremder auf den Fersen, dessen Nähe fröstelndes Unbehagen bereitete und der zu Luft wurde, wenn man versuchte, ihn zu fassen. Sie legte Köder aus. Den Brief einer Freundin, auf eine bestimmte Weise gefaltet, einen Straßenbahnschein mit aufgestempelter Uhrzeit, die Eintrittskarte einer Galerie. Sie war sicher, daß Wolfram ihre Taschen durchsuchte und in ihren Unterlagen schnüffelte. Der Brief lag ein bißchen anders, der Straßenbahnschein verschwand. Als sie die Kassette öffnete, in der sie ihren Paß und persönliche Papiere aufbewahrte, entdeckte sie, daß das weiße Tütchen mit dem Gift fehlte, das sie vor so vielen Jahren in einem ihrer Gedichte beschrieben hatte. *Ich gebe nie etwas her, das mir gehört. Lieber mache ich es kaputt* ... Mit zitternden Händen suchte sie nach Wolframs Zugticket, das sich immer noch in seiner Anzugtasche befand. Warum hatte er es aufbewahrt? Normalerweise wurde es der Reisekostenabrechnung beigefügt, da die Firma die Kosten erstattete. Er aber hatte auf das Geld verzichtet. Warum? Um

notfalls sofort ein Alibi nachweisen zu können? Ihr Unbehagen wandelte sich abermals in Angst, die Angst in Panik.
Sie richtete es ein, daß sie jenen Arbeitskollegen traf, mit dem Wolfram angeblich in Frankfurt war. Der Mann zuckte für den Bruchteil einer Sekunde zusammen, kaum wahrnehmbar.
Melanie plauderte mit ihm und sagte dann, schelmisch mit dem Finger drohend: »Geben Sie nur zu, daß Wolfram gar nicht mit Ihnen in Frankfurt war.«
Der Mann schwieg verlegen.
Melanie lächelte, und bei Gott, noch kein Lächeln war ihr so schwergefallen. »Ich weiß ja, daß er eine alte Freundin in Berlin hat, die er ab und zu besucht. Ist doch nichts dabei. Aber er denkt immer, er kränkt mich, wenn er es mir erzählt.« Sie tat, als überlege sie. »Wir wollen nichts zu ihm sagen. Lassen wir ihm sein kleines Geheimnis, nicht wahr?«
Der Mann lachte erleichtert und meinte, was für ein Glück Wolfram doch habe. Eine so lebenskluge Frau ... Sie verabschiedeten sich herzlich.
In dieser Nacht tat Melanie kein Auge zu. *Zuerst würde ich ihn umbringen, dann dich* ..., sang es in ihr. Sie zweifelte keinen Moment daran, daß Wolfram auch den zweiten Teil seines Versprechens wahr machen würde. Ihr fiel auf, daß er seit jenem Tag, da sie in Konrads Wohnung gewesen war, nicht mehr mit ihr geschlafen hatte. All ihre Zärtlichkeiten hatte er abgewiesen.
Er mußte sie, seit Konrad aufgetaucht war, ständig beobachtet haben. Er war besessen, verrückt, und ihr Todesurteil war so gut wie gesprochen. Er ließ sich nur Zeit, er war raffiniert. Zwischen Konrads Tod und dem ihren durfte keine Verbindung hergestellt werden. Außerdem bereitete es ihm Spaß, sich Zeit zu lassen. Sie hatte ihn einmal ertappt, wie er einer Katze zusah, die eine Maus fing. Er rührte keinen Finger, als die Katze die Maus hin- und herrollte, sie ins Maul nahm, wieder fal-

len ließ, wieder fing ... Sie, Melanie, galt ihm jetzt so viel wie die Maus!

* * *

Die »Gläserne Frau« sieht sie mit toten Augen an. Sie ist Struktur von Melanies Realität. Erst wenn sie die Büste besitzt, wenn ihr Denken nur noch logischer Impuls und analytische Folgerung ist, wenn ihr Inneres reibungslos und ohne jedes Gefühl funktioniert – das weiß Melanie mit einemmal –, kann sie sich von Wolfram befreien.
Sie erhebt sich. Sie spricht mit dem Besitzer der Galerie, sie stellt einen Scheck über eine hohe Summe aus und kauft die »Gläserne Frau«. Die Büste wird noch am gleichen Tag geliefert werden. Dann geht Melanie zur Bank, hebt alles Geld ab, das noch verfügbar ist, und fährt nach Hause. Sie sucht nach dem Gift und findet es in Wolframs Schreibtisch. Es ist mit Klebestreifen an der Rückwand seiner Schublade befestigt. Sorgfältig mixt sie den Fruchtcocktail, den Wolfram stets vor dem Essen zu sich nimmt. Sie zieht Handschuhe an, schüttet den Cocktail in ein Glas und rührt das Pulver unter. Als die »Gläserne Frau« geliefert wird, stellt sie diese im Wohnzimmer auf eine Konsole, die direkt neben dem Eßtisch steht. Sie fährt mit beiden Händen über das Glas, sie spürt die Vibration, verursacht durch das stete Pochen der auf der Aluminiumscheibe angebrachten größten Schaltstelle. Jene Aluminiumscheibe, die das Herz darstellt, unverwüstbar, unbeeindruckbar, auswechselbar.

Am Abend setzt Wolfram sich sofort zu Tisch. Er starrt zur Konsole. »Was für ein schreckliches Ding. Woher hast du es?«
»Ich habe es gekauft.«
»Du hast dafür auch noch Geld bezahlt?«

Melanie deutet auf den Cocktail, und er trinkt in gierigen Zügen, ohne seinen Blick von der Büste zu wenden.
»Du liebst doch transparente Dinge«, sagt Melanie und betrachtet ihren Mann mit kalten Augen. Er ist älter und dicker geworden, das ist alles, was sie feststellt.
Dann sagt sie unvermittelt: »Du hast Konrad umgebracht.«
Wolfram zuckt zusammen. Die beiden sehen sich ins Gesicht, stumm. Wolfram beginnt zu lächeln. Es gefällt ihr nicht, wie er lächelt. Sein Mund verzerrt sich. »Du hast mich mit ihm betrogen.«
»Und das gibt dir das Recht, Menschen zu töten?«
»Wir sind ...« Er unterbricht sich. »Wir *waren* etwas Besonderes. Wir hatten eine besondere Beziehung, eine unauflösliche. Die üblichen Konventionen und Moralvorstellungen galten nicht für uns. Ich hätte alles für dich getan. Auch gemordet.«
»Das hast du inzwischen bewiesen. Und nun soll wohl ich dran glauben.«
Er setzt zum Sprechen an. Da fährt seine Hand zum Hals, er ringt nach Luft, er krümmt sich vor Schmerz zusammen, ein wenig Schaum tritt vor den Mund. Seine Augen blicken überrascht, als hätte er etwas übersehen, etwas nicht berechnet, nicht bedacht.
Melanie bleibt reglos sitzen. Ein paar Gedichtzeilen fallen ihr ein. Jetzt ist sie die Katze, die die Maus im Maul hält, die sie hin- und herrollt, sie zappeln läßt, durch die Luft schleudert, wieder aufnimmt und darauf wartet, daß sie stirbt. Ein paar Minuten vergehen, eine Viertelstunde. Die »Gläserne Frau« blickt starr und unverwandt auf Wolfram. Sein Kopf liegt, zur Seite gedreht, auf der Tischplatte. Die Schaumbläschen an den Mundrändern trocknen zu einem braunen Schorf, die Arme hängen nach unten. Das Glas ist umgekippt und liegt neben seinem Kopf.

Melanie streift die Handschuhe über und tippt auf Wolframs Briefpapier ein Geständnis. Wolfram bezichtigt sich darin des Mordes an Konrad und nennt als Zeugen jenen Mann, der ohne ihn nach Frankfurt reiste. Das Motiv für die Tat sei Eifersucht gewesen. Aber obwohl Konrad nicht mehr existiere, habe ihn heute seine Frau verlassen. Daher habe sein Leben keinen Sinn mehr.
Melanie fügt dem Briefpapier Wolframs Fingerabdrücke bei und fälscht die Unterschrift. Sie ist sich ziemlich sicher, daß man keine weiteren Nachforschungen anstellen wird, zumal Wolframs rechter Daumen wegen einer Schnittwunde bandagiert ist.
Sie packt ihre zwei Lyrikbände, die schwarzen Kleider, die Hüte und die bunten Schals in den Koffer. Als sie die Wohnung verläßt, ist es Mitternacht. Sie schaut zurück. Die Büste der »Gläsernen Frau« schimmert geheimnisvoll im Licht der Wandlampen. Die batteriebetriebenen Spulen kreisen, die Relaisstationen arbeiten. Es ist, als hielte die Frau bei Wolfram Wacht, als nehme sie – durchschaubar, funktionell und funktionierend – Melanies Platz ein. Während sie, Melanie, frei wird.

Die gerechte Strafe

»Nun, Claire«, sagt Ray und lächelt der jungen Frau zu. Er hat dieses Lächeln parat wie einen Schalter, den man an- und ausknipst. »Was sagen Sie zu Bernard Flechter und seinen ›Feuersäulen‹? Ist es ein guter Krimi? Einer, der Sie anspricht?«

Claire wird rot. Sie ist groß, überschlank, ein nervöser Typ und krankhaft schüchtern. Und hübsch auf eine verborgene Weise, auf den zweiten Blick. Sie erinnert mich an jene braunen Vögel, die leise keckernd in den Büschen sitzen und des Nachts mit wachsamen Augen in die Finsternis starren. Ja. Mit wachsamen Augen. So starrt Claire Ray an.

Er ist Dozent. Abendschullehrer. Er hat eine Schreibwerkstatt und den Literaturzirkel »Lernen mit netten Nachbarn« gegründet. Ich helfe ihm dabei. Ich bin arbeitslose Kunsttherapeutin. Kunsttherapeuten sind momentan nicht sehr gefragt.

Ray und ich leben in einem flachen unkomfortablen Haus außerhalb der Stadt am Rande eines Wäldchens. Wir haben auch eine Katze, Milli. Wir könnten glücklich sein, wenn Ray nicht die fatale Angewohnheit hätte, mit all seinen Schülerinnen zu flirten, egal, ob sie alt oder jung sind. Das ist wie ein mühelos in Gang zu setzender Mechanismus bei ihm. Er will, daß ihn die Frauen lieben, und meistens tun sie's auch.

»Trauen Sie sich nur, Claire«, sagt Ray jetzt.

Claire sieht ihm in die Augen. »Ich finde diesen Bernard Flechter ... brutal.« Sie räuspert sich und wiederholt den Satz mit fester Stimme. »Ich finde die Art, wie Bernard Flechter schreibt, brutal.«

»Warum?«
»So ohne jedes Einfühlungsvermögen. Nur um der Brutalität willen. Der Held geht hin, überschüttet seine Opfer mit Benzin ... Aber warum er das tut ... Jeder Mensch hat doch Beweggründe.« Sie bricht ab.
»Sie meinen, Patricia Highsmith liegt Ihnen mehr?«
Claire nickt, ihre Röte vertieft sich.
»Sie vergöttert Patricia Highsmith«, sagt Eric, Claires Verlobter, spöttisch, und ich sehe, wie Claire zusammenzuckt.
Was für eine seltsame Beziehung! Er behandelt sie schändlich. Unterdrückt sie. Ist krank vor Eifersucht. Vor allen Dingen auf Ray. Denn es ist unverkennbar, daß Claire in Ray mehr sieht als einen in Literatur und Theaterwissenschaften versierten Kursleiter. Manchmal, wenn sie sich unbeobachtet glaubt, betrachtet sie ihn mit einem Verlangen, einem Brennen in den Augen, das mich ärgert. Wenn sie meinen Blick spürt, beugt sie sich über ihren Schreibblock und kritzelt hastig die Seiten voll.
»Sie ist in dich verliebt«, sage ich eines Abends zu Ray und setze hinzu, daß sie mich stets geflissentlich übersehen und nicht einmal antworten würde, wenn ich das Wort an sie richte.
»Ich glaube, sie haßt mich«, sage ich.
Aber Ray lacht nur. »Na und? Die meisten Frauen, die als Erwachsene noch mal die Schulbank drücken, verlieben sich in ihre Lehrer. Und die Männer in ihre hübsche Lehrerin. C'est la vie.«

In der darauffolgenden Stunde streiten sich Claire und Eric. Sie gibt eine Antwort, die Eric nicht paßt. Ray versucht zu schlichten. Eric schreit Ray an, und Claire, die sanfte, schüchterne Claire, hackt plötzlich wie eine Taube auf ihren Verlobten ein.
»Laß Ray Miller in Ruhe«, sagt sie so scharf, daß Eric verstummt. Er stiert sie an. Sie sitzt da mit weißen Lippen, ihre Hände umklammern einen Bleistift. Der Bleistift bricht mitten-

durch. Claire starrt auf die beiden Hälften und beginnt zu weinen.
Nach der Stunde – Ray und ich räumen das Schreibpult auf – bleibt Eric bei uns stehen. »Ich gebe Ihnen einen guten Rat«, sagt er drohend zu Ray. »Lassen Sie die Finger von meiner Verlobten.«
»Wie bitte?«
»Sie sollen Ihre Finger von Claire lassen.«
»Claire ist Teilnehmerin dieses Kurses. Mehr nicht«, antwortet Ray knapp.
»Es ist nicht zu übersehen, daß Sie sie bevorzugen. Und was Sie sonst noch alles mit ihr tun ... Halten Sie mich bloß nicht für blöd.« Er schweigt und bleibt beharrlich stehen.
Rays Augen funkeln vor Zorn. »Wenn ich Claire verteidige, dann nur, weil Sie selbst sich Ihrer Verlobten gegenüber wie ein Flegel benehmen.«
»Woher wollen Sie das wissen? Wann hat sie es Ihnen erzählt?«
Plötzlich fährt er vor und wischt Bücher, Schreibmaterial und Blätter vom Pult. Versetzt dem Stuhl neben mir einen Tritt. Dann geht er.
Ich beginne zu zittern, noch im Auto ist mir übel vor Angst.
»Komm, vergiß es«, meint Ray beruhigend. »Er ist ein Angeber. Ein Tyrann. Hunde, die bellen, beißen nicht, glaub mir.«
Ich rate ihm, diesen Eric nicht zu unterschätzen. »Er ist ein Fanatiker. Er besucht diesen Kurs nur, um die absolute Kontrolle über Claire zu behalten. Und die hat er nicht mehr, seit sie sich so abhängig macht von dir.«
Ray grinst. »Deine Phantasie möchte ich haben.« Er schraubt seine Stimme hoch. »Claire ist rasend in dich verliebt. Eric ist irre. Frau Kurth aus der Falkner-Klasse selbstmordgefährdet ... Weißt du ... *Du* solltest schriftstellern ... Bei deinem Hang zur Dramatik!«
Ich mag es nicht, wenn Ray mich wie ein Kind behandelt. Er

tut es immer dann, wenn er von Dingen, die ihm unangenehm sind, ablenken will. Ich sehe in den Rückspiegel – wir fahren gerade durch einen dunklen Forst – und schließe geblendet die Augen. Der Fahrer hinter uns muß verrückt sein. Er verfolgt uns schon die ganze Zeit. Und jetzt schaltet er auch noch das Fernlicht ein!

»Der verdammte Idiot!« schreie ich auf.

Der Wagen kommt immer näher, er rammt uns fast. Ray flucht und schließt ebenfalls für einen Moment geblendet die Augen.

»Ray! Es ist ein schwarzes Auto. Eric ... Er fährt ein schwarzes Auto!«

»Hör auf jetzt!« sagt Ray ärgerlich. »Manchmal treibst du es ein bißchen zu weit mit deinem Einfallsreichtum.«

Seit gestern fühle ich mich nervös und abgespannt.

»Was ist los mit dir?« Ray tätschelt mir die Hand.

»Ich schlafe so schlecht. Ich träume immer, daß jemand ums Haus schleicht. Und erst gestern abend, als ich in der Küche stand und kochte, da war mir ... Erinnerst du dich an den ›Schrei der Eule‹? Das Mädchen in dem einsamen Haus im Wald? Wenn nun nicht nur Claire unsere Patricia Highsmith liebt? Sondern auch Eric Frank? Vielleicht hat er beschlossen, sich an dir zu rächen, indem er versucht, mich zu ängstigen?«

Ray schüttelt den Kopf. »Warum soll er sich an mir rächen? Mein Gewissen ist rein wie Schnee.«

Es gibt auch schmutzigen Schnee, denke ich da.

Am Donnerstag kommt Claire allein. Eric sei krank, sagt sie. Sie setzt sich an ihren Tisch und starrt Ray an, unverwandt wie immer.

»Heute werden wir unseren grausamen Benzinmörder mal ein bißchen links liegen lassen«, sagt Ray. »Wir haben einen Grund zu feiern. Judy hat Geburtstag.« Er lächelt mir zu. »Und wenn

Sie gestatten, machen wir auch ein wenig früher Schluß als sonst. Ich möchte mit Judy zum Abendessen ins Restaurant gehen.«

Als ich Claire den Becher mit dem Sekt reiche, bedankt sie sich. »Und alles Gute, vor allen Dingen auch zur Hochzeit. Sie heiraten doch bald?« murmelt sie.

Ich bin überrascht. Wie kommt sie darauf? »Heiraten? Tja, ich weiß nicht ... Vielleicht im nächsten Jahr.«

»Sie werden sicher sehr glücklich sein«, sagt Claire, und plötzlich tut sie mir leid. Ich frage: »Sie und Eric ... Wann heiraten Sie denn?«

Sie zuckt die Achseln, in ihren Augen stehen Tränen.

»Sie brauchen ihn ja nicht zu nehmen«, sage ich leise.

Sie sieht mich ohne jede Regung an und trinkt ihren Becher aus. In einem Zug. Dann erhält ihr Gesicht einen Ausdruck, als hätte sie sich zu etwas Besonderem entschlossen, ihre Lippen werden ganz schmal. »Wenn ich mich von ihm trenne, bringt er mich um. Judy ...« Sie zögert. »Bitte sagen Sie Ray, er soll sich in acht nehmen ... Vor Eric, meine ich. Er haßt ihn. Und wenn Eric haßt, ist er zu allem fähig.« Sie weicht meinem Blick aus. Warum? Ich sehe zu Ray hinüber. Er beobachtet uns.

Ihre Worte gehen mir nicht aus dem Sinn; während des ganzen Abendessens bin ich zerstreut und nachdenklich. Als wir nach Hause kommen, ist es bereits spät. Die Scheinwerfer des Autos beleuchten den Weg. Da, ein Schatten! Ich zucke zusammen und reiße die Autotür auf.

Auf dem Rasen liegt Milli, unsere Katze, mit gebrochenem Rückgrat. Ihre kleinen Vorderpfoten baumeln leblos, als ich sie aufhebe.

»Sie muß auf den Kirschbaum geklettert und abgestürzt sein«, sagt Ray.

»Katzen stürzen nicht ab. Sie brechen sich auch nicht ohne weiteres das Rückgrat«, schluchze ich. Aber Ray bleibt bei seiner Version, und ich wage nicht, ihm von Claires Warnung zu erzählen. Er würde mich auslachen. Schließlich, was habe ich schon für Beweise?

In der darauffolgenden Woche muß Ray für zwei Tage verreisen. Seine Mutter ist erkrankt, und er will nach dem Rechten sehen. »Nimm mich mit«, flehe ich ihn an. »Ich will nicht allein im Haus bleiben, ich habe Angst.«

Es ist unser erster großer Streit. Ray wirft mir vor, hinter jedem Vorhang Gespenster zu sehen. Ich solle doch endlich einmal meinen Verstand benutzen und logisch denken. Nicht wahr: Der Autofahrer, der uns fast von der Straße gedrängt hat, war ein Rowdy. Niemand schlich ums Haus. Und die Katze war gestürzt. »Außerdem mußt du die Donnerstagsstunde übernehmen«, sagt er und packt seinen Koffer.

Ich übernehme die Donnerstagsstunde. Sie verläuft ohne Zwischenfälle. Claire ist in sich gekehrt, Eric noch immer krank. Ich esse hinterher eine Kleinigkeit in der Stadt und schließe, als ich nach Hause komme, alle Fenster. Dann nehme ich eine Dusche und gehe zu Bett.

Kurz nach Mitternacht höre ich ein Geräusch in der Diele. Ein Brett knarrt. Meine Schlafzimmertür steht offen. Das Fenster im Flur ist ein verschwommenes Viereck, das sich gegen den Nachthimmel abhebt. Es ist jemand im Haus. Ich spüre es.

Ich schlüpfe aus dem Bett, taste nach meinem Morgenrock. Mein Herz jagt. Ray, oh, Ray, warum hast du mir nicht geglaubt!

Dann rieche ich es – Benzin! Der unverkennbare ekelhafte Geruch von Benzin!

»Nein!« schreie ich auf und stürze auf den Flur und zum Fenster. Der Griff klemmt. Ich zittere vor Anstrengung. Hände grei-

fen nach mir. Ziehen mich zurück. Überschütten mich mit Benzin. Mir wird übel. Ich schlage um mich. Zertrümmere mit bloßen Fäusten die Scheibe. Werfe mich mit den Schultern nach draußen. Falle.
Ich rieche Gras und Erde und höre ein Keuchen, dicht über mir, am Fenster. Ich denke: Brennen, er soll brennen! Brennen wie eine Feuersäule. Er, nicht ich.
Feuer. Ich brauche Feuer, o Gott, woher bekomme ich Feuer? Ich schluchze und greife nach der brennenden Petroleumlampe, die auf einem Sockel steht und die Einfahrt zur Garage markiert. Ich hebe die Lampe hoch und schleudere sie durchs Fenster. Es gibt eine Stichflamme, und ich vergrabe meinen Kopf in den Armen.

Es ist Eric Frank, der mich findet. Er alarmiert die Polizei, die Feuerwehr, schleppt mich zum Auto und fährt mich in die Klinik. Ich habe Schnittwunden an beiden Händen, ein verstauchtes Schultergelenk, eine Unterkühlung, einen Schock. Drei Räume unseres Haues liegen in Schutt und Asche. Verglüht, verkohlt. Man findet Claire im Flur, unter dem Fenster, aus dem ich gestürzt bin. Der Kanister liegt neben ihr. Sie ist erstickt, in den Flammen erstickt.
Alle sind entsetzt über Claires Tat. Die gerechte Strafe habe sie ereilt, sagen die Leute. Auch Ray ist erschüttert und meint, er verzeihe es sich nie, meine Befürchtungen in den Wind geschlagen zu haben. Aber da ist etwas in seiner Stimme, das mich aufhorchen läßt. Ein Erschrecken, ein Schuldbewußtsein. Als ich ihn deswegen zur Rede stelle, meint er, ja, er fühle sich schuldig, weil er im Unterricht diesen Krimi mit der Benzinleiche besprochen habe. Das habe Claire doch erst auf die Mordidee gebracht.
Und wenn er Hitchock besprochen hätte, würde Claire sich eben für Gift oder eine Pistole entschieden haben, sage ich.

Ray zuckt die Achseln. Er wendet sich ab. Ich spüre, wie er mir immer fremder wird. Als sei ich mit dem Sprung aus dem Fenster auch aus unserem Leben gesprungen. Oder als hätte Claire den Boden zwischen ihm und mir verbrannt.
Da finde in eines Tages Claires eilig bekritzelte Zettel. Ihre Stimme fällt mir ein, dünn wie Bindfaden. So dünn sind auch die Worte auf den Zetteln, karge Worte, voller Sehnsucht. Ray hat die Zettel achtlos in einen alten Briefumschlag gestopft. Weg damit. Er hat mich belogen, er hat Claire belogen. Er hat sie glauben lassen, daß er sie liebe. Daß ich ihm im Weg sei, er aber keine Möglichkeit sähe, sich so ohne weiteres von mir zu trennen. Er hat nicht bedacht, daß Claire krank war. Und daß die Haut ihres Herzens so dünn war wie ihre Stimme. Er begab sich ins Feuer, aber nicht er kam darin um, o nein, nicht er.
Ich starre lange auf die Zettel. Ich bin nicht mehr sicher, ob Claire ihre gerechte Strafe erhalten hat. Gar nicht mehr sicher.

Der Flug des Falters

Als Mascha mich verließ, als sie ihre Koffer packte und mit diesen aufgeworfenen, trotzigen Lippen sagte, ich gehe also, es ist alles besprochen, es tut mir leid, wie es kam und daß es so kam … und als sie in ihren Mantel schlüpfte und eilig, mit bebenden Händen, den Gürtel knotete, da saß ich auf dem Sofa und machte mich ganz leer. Ich sperrte gleichsam alle Empfindungen aus, nickte Mascha zu und griff nach einem Gedichtband. Ich spürte, daß sie noch einen Augenblick zu mir herübersah, daß sie auf ein Wort wartete, das beschwichtigte, das uns entlastete, aber ich saß nur da und starrte auf das Buch in meiner Hand. Da nahm Mascha den Ring ab, den ich ihr einmal geschenkt hatte, und legte ihn auf den Tisch. Es war ein schmaler Goldreif, auf dem ein Falter saß. Ich hatte den Ring bei einem Juwelier für Mascha anfertigen lassen, weil ich sie im Scherz oft mit einem Schmetterling verglich. Daß sie jetzt diesen Ring zurückgab, tat mir weh. Ich ballte meine Hände zu Fäusten, um ein Zittern zu unterdrücken. Ich sah einen Falter vor mir, der von Blume zu Blume gaukelte, dann verwandelte er sich, und nun war es Mascha, die auf einer bunten Wiese von Blütenkelch zu Blütenkelch tanzte.
In diesem Moment warf sie den Wohnungsschlüssel in den Tonkrug draußen im Flur. Es klang wie ein Schuß, und ich fuhr erschrocken auf.

Ich wurde krank. Eine Grippe, die sich endlos hinzog, und mein Arzt meinte, es sei wichtig für mich, wieder zu Kräften zu kommen. Die Bibliothek müsse eben eine Zeitlang auf einen ihrer

fleißigsten Mitarbeiter verzichten ... Er lachte unsicher, als er dies sagte, und klopfte mir auf die Schulter. Er hatte meinen Vater die letzten Tage seines Lebens betreut, er hatte den Totenschein ausgestellt, als meine Mutter starb, und ich ahnte seinen aufkeimenden Verdacht: Er erinnerte sich an Mutter, wie sie, in verdunkelten Zimmern sitzend, die Zeit abwartete, die sie noch leben mußte, obwohl ihr das Leben so verzweifelt schwerfiel. »Die Neigung zu Depressionen«, sagte der Arzt, und seine Augen, die wie gesprenkelte Knöpfe hinter der dickglasigen Brille aufquollen, wurden besorgt. »Die Neigung zu Depressionen vererbt sich manchmal.« Er blickte auf meinen nackten Hals, um den ich ein Goldkettchen trug, an dem Maschas Ring baumelte. Ich wurde verlegen.
»Aber, aber, Herr Doktor ... Nur weil eine Frau mich verlassen hat ... Es hat nichts mehr zu bedeuten, wissen Sie ...« Ich lachte so unsicher wie er.

So war Mascha zu einer Frau, *die mich verlassen hat*, geworden, und ich ging zu meinem Vorgesetzten und erzählte, daß man einen allgemeinen körperlichen Schwächezustand diagnostiziert habe und ich nach Bad Nehlau, einem kleinen Kurort, reisen wolle. Mein Chef sah mich so uninteressiert an wie fast alle Menschen, die mit mir zu tun haben. Eine junge Frau, die als Aushilfe in der Bibliothek arbeitete, nannte mich einmal *verstaubt*, und als ich sie fragte, was sie damit meine, sagte sie: »Sie reden wie vor hundert Jahren ... Wie in Ihren alten Büchern. Und dann Ihre grauen Anzüge ...«
Mein Chef nickte und sagte, das ginge in Ordnung und Bad Nehlau kenne er, bloß solle ich ein komfortables Hotel wählen, in einem komfortablen Hotel ließe sich sogar die schlimmste Kur angenehm überstehen. Er nannte mir den Namen des Hotels, in dem er damals abgestiegen war, und schwärmte noch ein paar Minuten von der noblen Einrichtung, den grottengewölb-

ten Bädern, den gepflegten Tanzabenden. Er gab mir am Schluß die Hand und begleitete mich zur Tür, so sehr hatte ihn die Erinnerung erwärmt, und etwas von der Wärme seiner Erinnerung fiel mir zu wie ein unerwartetes Geschenk. Ich freute mich und ließ seine Hand erst los, als er mich erstaunt musterte. Da wurde ich verlegen und spürte, wie heiße Röte mir ins Gesicht fuhr, und ich ärgerte mich. Nach Maschas Abschied, so schien mir, gehörte es sich nicht mehr zu erröten. Maschas Abschied hatte mich erwachsen gemacht, obwohl ich natürlich schon lange erwachsen war, schon seit dem Tag, da Vater nach Hause kam, seine Aktentasche auf den Tisch legte und sagte: »Ich habe einen Tumor. Bösartig. Aber ich kann es nicht glauben, ich bin doch noch keine Sechzig.«

Ich reiste erster Klasse, ein Luxus, der mir, wie ich fand, zustand; denn allmählich gefiel ich mir in der Rolle des Verlassenen, Trauernden, und in Gedanken sah ich mich in meiner gepolsterten Ecke lehnen, ein junger Mann mit braunem Haar, rundem, gutgeschnittenem Gesicht und braunen, sanften Augen.

Ich hatte mich immer geärgert über mein fast mädchenhaft zartes Aussehen, erst Mascha hatte den Ärger von mir genommen; sie fand nichts dabei, einen Mann hübsch zu nennen. Aber das war zu der Zeit, als sie noch alles hübsch oder spaßig an mir fand, auch meine schüchterne Art und meine Vorliebe für alte Bücher und Gedichte. Immer war es mir überflüssig erschienen, aus den Ellbogen heraus zu leben, wenn das Dasein doch so seltsam war und manches Mal schon endete, bevor man sechzig Jahre zählte. Mascha hatte diese Gedanken weggelacht. Aber irgendwann mußte meine Art, das Leben ernst zu nehmen, ihr Lachen getötet haben, irgendwann mußte sie begonnen haben, mich nicht mehr hübsch oder spaßig zu finden.

Ich wählte also dieses Hotel, das mein Chef mir empfohlen hatte. Ich wählte es, weil ich nicht unhöflich sein wollte – sicher würde er mich nach meiner Rückkehr fragen, wo ich gewohnt hatte – und weil mir schien, daß in diesem Hotel alles gedämpfter, leiser geschah und ich ein großes Bedürfnis verspürte, gehüllt in einen Mantel aus gedämpfter und leiser Wohlerzogenheit über die letzten Monate nachzudenken. Also füllte ich den Meldezettel aus, ich schrieb: Hans Heilmann, mit kleinen ordentlichen Buchstaben, und der letzte Streit mit Mascha tauchte wie ein böses Licht in meinen Gedanken auf, der Streit, in dem sie mir, die Lippen trotzig verzogen, zurief: »Sogar deine Schrift ist so schrecklich ordentlich!«

Also die Ordentlichkeit war etwas gewesen, das sie gestört hatte. Ich vergaß, meine Adresse zu Ende zu schreiben, und überlegte, ob man seine Schrift unordentlich machen konnte, und wenn man sie unordentlich machte, ob man dann auch selber unordentlicher wurde und was für eine Art von Unordentlichkeit Mascha eigentlich gemeint hatte.

Die ersten Tage verliefen so hektisch, daß meine Nervosität anwuchs wie ein Baum voll winziger, spitzer Nadeln. Da das Hotel groß war und, wie der Prospekt prophezeite, für jeden etwas bot, hätte ich am liebsten alles auf einmal erlebt und genossen. Ich fuhr in Bademantel und Gummisandalen in die grottenartigen Gewölbe, ich legte mich auf gepolsterte Liegestühle, plätscherte in warmem Thermalwasser, ich schlenderte zu der Bar, an der man Fruchtsäfte und Milchgetränke bestellen konnte, ich besuchte die Sauna, das Dampfbad, ich ließ mich massieren, ich eilte zum Pavillon, um einen Schluck des salzhaltigen Kurwassers zu trinken, ich zog mich aus, ich zog mich an, ich zog mich um. Fast geriet ich in Panik, denn ich hatte noch keinen der vielen Wanderwege beschritten, die in die Umgebung führten, ich hatte das alte Rathaus, eine Sehenswürdigkeit des kleinen Bades, noch nicht besucht, ich hatte noch nicht den welligen Hügel erklommen, unter dessen hundertjähriger Eiche eine Kapelle stand, nichts, nichts hatte ich getan, dessen ich mich später bei einem Gespräch in der Kantine (vielleicht sogar am Tisch des Chefs?) rühmen konnte.

Der Speisesaal des Hotels war ganz in Weiß gehalten. Weiße Wände, weiße Möbel, weiße Tischdecken, weiße Servietten. Doch die Lüster und die in den Wandnischen verborgenen Lampen tauchten dieses blendende Weiß in sanftes goldenes Licht, ein Licht, das den Gesichtern der Frauen schmeichelte und eine ganz und gar rauschhafte Stimmung schuf. Als sitze man, fern der Welt, an der Tafel des Königs und warte auf eines der vielen Wunder aus Tausendundeiner Nacht.

Eines Abends, es war der fünfte, den ich in Bad Nehlau verlebte, öffnete sich die Flügeltür, und eine junge Frau betrat am Arm eines großen, stiernackigen Mannes den Saal. Der Klavierspieler, der in dem durch einen Rundbogen getrennten Raum Stunde für Stunde seinen melancholischen Überdruß in unsere Teller und Suppenschüsseln perlen ließ, hob, leicht lächelnd, den Kopf und verharrte für einen Moment in dieser Stellung. Überhaupt schien es, als verstumme das sanfte Summen des Speisesaals, es ebbte ab und wich zurück wie kleine Wellen am Strand. Die Frau blieb stehen. Sie trug ein Kleid in der verblichenen rosa Farbe von Flamingofedern. Sie war zierlich, hatte nachtschwarzes Haar, dunkle Augen und aufgeworfene Lippen. Hitze durchfuhr mich. Mascha. War es Mascha?
Nein, sie war es nicht. Aber sie hatte Maschas rasche Gebärden, ihre Art, den Kopf zu wenden und mit dem Kräuseln der Lippen und dem Zittern ihrer schweren Wimpern eine Art Begierde des Ganz-Nahsein-Wollens, des Besitzenwollens zu entfachen. Sie hatte Maschas dunkle Brauen, ihre leise Stimme und die vogelhaft leichte Art, hierhin und dorthin zu schauen, auf diesen und

jenen Gegenstand zu deuten, mit ihren Bewegungen gleichsam zu flattern, zu schweben, sie trug Staub auf ihren Flügeln, wie Mascha ihn getragen hatte – aber sie hatte nicht Maschas Lachen. Denn sie lachte nicht.

Am nächsten Morgen – ein kalter Februarmorgen war's, an dem der Wind dürre Blätter vor sich hertrieb – entschloß ich mich, die kleine Kapelle auf dem Hügel zu besuchen. Man hatte mir erzählt, daß es eine besondere Bewandtnis habe mit dieser Kapelle, sie sei bereits vor ein paar hundert Jahren erbaut worden, eine Bittkapelle sei es, und ein dickes Buch läge in dieser Kapelle, ein Buch, in dem Kranke und Unglückliche mit Gott reden und ihm ihre Anliegen dartun konnten. Oft schon seien die Bitten erfüllt worden, oft seien Kurgäste ohne Hoffnung auf Genesung trotzdem genesen, nachdem sie in dieser Kapelle ihr Gebet verrichtet und ihren Kummer dem Bittbuch anvertraut hätten.
Ich bin kein gläubiger Mensch. Ich wollte nicht zum Hügel mit der hundertjährigen Eiche und der kleinen Kapelle, um meinen Kummer den toten Seiten eines Buches anzuvertrauen. Ich wollte einfach wieder zu mir kommen, die Wirklichkeiten in meinem Leben neu erspüren – deshalb zog es mich nach draußen. Die frische Luft, der böige Wind, sie bliesen die Spinnweben aus meinen Gedanken, so kam es mir vor, und ich fühlte mich zum ersten Mal seit Tagen wieder wohl.
Der schmale Weg schlängelte sich wie ein graues Band den Hügel hinan, die Bäume, die diesen Weg säumten, streckten ihr dunkles Geäst in den Himmel, der gegen Osten zu aufriß und eine zarte Bläue zeigte. Grüne Spitzen lugten aus dem Boden, und zwischen den Wurzeln der Bäume gluckerte schmelzendes Eiswasser.
Dann sah ich sie. Sie schritt rasch und leicht voran, sie trug einen dicken Mantel und ein Tuch, das sie um ihr Haar geschlungen und im Nacken geknotet hatte. Sie blickte sich nicht um, sie eilte

zu der kleinen Kapelle und hob, als sie ankam, den schweren Messingbügel, zog die Tür auf und verschwand im Inneren des Raumes. Ich setzte mich, als ich bei der Kapelle ankam, auf die Bank, die unter der Eiche stand, obwohl es noch sehr kalt war. Es erschien mir ungezogen, indiskret, den dunklen, engen Raum zu betreten. Sicher wollte sie allein sein, sie hatte so zielbewußt den Hügel erklommen, daß ich zu ahnen glaubte, was in ihr vorging. Ein Wunsch, eine Bitte hatten sie hierhergebracht; ich sah sie, knieend auf einem Betschemel, den Kopf geneigt, die Hände gefaltet, und ich vergrub mich in einem heuchlerischen Gefühl der Diskretion – ich wollte alles von ihr wissen –, aber ich wollte sie nicht stören. Plötzlich tauchte ihr Kopf an einem der Fenster auf. Hastig erhob ich mich und trat hinter die Kapelle, blieb stehen und sah zum Tal hinab, in dem, krumm abgezirkelt wie die unbeholfenen Zeichenversuche eines Kindes, die dunklen Felder lagen. Krähen flatterten über die zu Eis erstarrten Furchen. Ich hörte, wie die Frau die Kapelle verließ und so hastig den Weg zurückeilte, wie sie ihn auf dem Hinweg genommen hatte. Und da, sehr jäh, aus einem der dunklen Felder heraus, trat der große, stiernackige Mann. Er ging ihr entgegen, mit wuchtigen, entschlossenen Schritten, er nahm ihren Arm, und sie sprachen miteinander, er in düsterer, zorniger Schwermut, sie sehr ruhig, sehr sanft, sie machte ganz den Eindruck, als sei sie in Gedanken noch auf dem Hügel, als hätte sie all ihre Lebendigkeit und Regungen in der weihrauchgeschwängerten Dämmrigkeit der kleinen Kapelle zurückgelassen. Dann deutete der Mann auf einen benachbarten Hügel, einen anderen Weg, sie schüttelte den Kopf, die beiden trennten sich.
Ich betrat die Kapelle. Zwei Kerzen flackerten neben einer Marienstatue. Den Altar schmückte ein Christusbild. Auf dem Sims eines der schachtartig zurückgesetzten Fenster lag ein Buch. Ich nahm es an mich und schlug es auf. Ich schauderte, als ich, Seite um Seite blätternd, die fremden Schriftzüge studierte, fließend

die einen, unbeholfen oder streng die anderen. Es berührte mich sonderbar, als sei ich ein Voyeur, der sich an den Qualen der anderen ergötzt. Wie unsinnig dieses Gestammel der Herzen war, dieser tiefe, hoffnungsvolle Glauben an einen, der uns nicht hörte, nicht sah, den es gar nicht gab; denn gäbe es ihn, sähe die Welt anders aus.

»HILF«, stand in dem Bittbuch der kleinen Kapelle,

»HILF! LASS MICH NICHT STERBEN.«

»MACHE IHN WIEDER GESUND, ER IST ALLES, WAS ICH HABE.«

»ICH BIN SO EINSAM.«

Und dann, in einer klaren, hohen Schrift, auf der letzten beschriebenen Seite der letzte Eintrag: HEUTE NACHT. AUF DER DACHTERRASSE. 10.00 Uhr.«

Ich war wie benommen. Welch banale Mitteilung. Welche Taktlosigkeit von ihr, unter all das Leid den Betrug zu setzen. Oder barg der Betrug eine Bitte? Und die Bitte einen Schmerz?

Ich trat ins Freie und überrannte fast den großen stiernackigen Mann. Sein Gesicht war grau wie nasses Gestein, das in der Sonne trocknet. Ich erschrak, Mitleid überflutete mich, und ich trat in die Kapelle zurück und versuchte, mit meinem Rücken das Fenster zu schützen, auf dessen Sims das Buch lag, die letzte Seite noch aufgeschlagen.

Er blickte sich um. Er suchte. Suchte nach einem Hinweis. Einem Menschen, einer Nachricht, einem Fingerzeig. Sein Mund verkniff sich, er umschritt mich, schob mich zur Seite. Ich murmelte eine Entschuldigung und verließ die Kapelle so rasch, als sei ich es, der etwas zu verbergen hätte. Plötzlich hörte ich seine Stimme, scharf wie ein Peitschenhieb: »Dann sind also Sie es? Haben Sie die Nachricht erhalten, ja? Heute nacht auf der Dachterrasse!« Er lachte.

Ich wandte mich um. »Sie irren sich«, sagte ich. »Ich bin ein Spaziergänger, weiter nichts.«

»So, so. Ein Spaziergänger und weiter nichts.« Er hob die Schultern, er atmete heftig. »Dann war die Nachricht nicht für Sie bestimmt, nein? Sie sind nur ein junger Mann, der spazieren geht. Ausgerechnet zu einer Kapelle. Wohl, um zu beten!«
»Denken Sie doch, was Sie wollen.«
»Aber gelesen haben Sie die Nachricht. Sonderbar, daß Sie sie gelesen haben. Wenn Sie meine Frau doch nicht kennen ...«
Ich wandte mich ab.
»Wissen Sie was?« rief er mir nach. »Meine Frau würde mich nie verlassen. Und ich sage Ihnen auch, warum. Weil sie mein Geld liebt.«
Ich lief den Weg zurück, als sei ich tatsächlich schuldig geworden; seine höhnischen Worte verfolgten mich; ich redete in Gedanken mit ihm, rechtfertigte mich. Warum nur? Weil diese Fremde mich an Mascha erinnerte? Weil ich, da ich Mascha kannte, auch sie zu kennen glaube?

Sie erschienen zum Abendessen, als sei nichts geschehen. Die junge Frau war blaß, sie wirkte abwesend und rührte das Essen kaum an. Ihr Mann beobachtete sie wie eine Katze, die vorm Mausloch sitzt, er lehnte sich zurück und rief Grüße an die Nachbartische, er schenkte Wein in die Gläser, er redete und lachte und aß, als könne nichts ihm den Appetit verderben. Immer aber lagen seine Augen auf ihr, abschätzend und beobachtend.
Nach dem Essen gingen sie zur Bar. Sie tranken Kaffee, und auch ich stellte mich an die Theke. Ich verlangte einen Cognac.
»Ich bin müde, Anna«, hörte ich ihn sagen, »ich glaube, ich gehe heute zeitig zu Bett.«
Also Anna hieß sie, dachte ich. Anna. Und Anna würde in einer Viertelstunde zur Dachterrasse gehen. Sie würde ungeduldig warten, ihren Mann in tiefem Schlummer vermutend, sie würde

auf und ab gehen, auf jedes Geräusch lauschen, bei jedem Knarren der Türen aufschrecken, voller Hoffnung und Sehnsucht. Plötzlich drehte der Mann sich zu mir um. Sein breites Gesicht verzog sich in scheinheiliger Überraschung. »Oh ... Kennen wir uns nicht? Sie sind doch ein Bekannter meiner Frau?«
Ich starrte ihn an. Annas Blick fuhr über mich hin, sie lächelte höflich und sagte: »Du irrst dich. Ich kenne keine Menschenseele in diesem Hotel, das weißt du doch.«
»Dann habe ich mich wohl getäuscht.« Er prostete mir zu.
Ich wandte mich heftig ab und umklammerte mein Glas.
»Sie haben etwas verloren«, hörte ich ihn da, dicht neben mir, sagen. Er bückte sich. Dann richtete er sich wieder auf und überreichte mir das Goldkettchen, an dem Maschas Ring baumelte.
»Ein Glücksbringer?« Er betrachtete den Ring eingehend.
Ich schwieg, schob das Amulett in meine Anzugtasche und gab vor, die Getränkekarte zu studieren.
»Ich komme noch nicht mit nach oben«, hörte ich Anna sagen. »Ich bin nicht müde, vielleicht lese ich noch ein wenig in der Bücherei. Oder gehe ein paar Schritte spazieren.«
Der Mann warf ihr einen höhnischen Blick zu. »Aber ja«, antwortete er, »geh nur ein bißchen spazieren, vielleicht zur Dachterrasse? Man hat dort einen wunderbaren Blick in die Tiefe, das ganze nächtliche Tal liegt vor einem.«
Er drückte seine Zigarette aus und schlenderte zur Rezeption. Sie starrte ihm mit zusammengekniffenen Augen nach, und er drehte sich noch einmal um und winkte ihr zu, bevor er den Lift betrat.
Armer Falter, dachte ich. Diese Nacht werden dir wohl die Flügel gestutzt werden. Ich sah dieser fremden Anna nach, wie sie jetzt ebenfalls zum Lift hastete und auf die Uhr blickte. Es war erst halb zehn. Zu früh für ihre Verabredung.
Ich fuhr ihr nach. Ich betrat die dunkle Terrasse, die durch viele

kleine Mäuerchen in Nischen getrennt war und von deren Brüstung aus man weit ins Land sehen konnte. Die nächtlichen Lichter des nahen Ortes blinkten, der Wind hatte sich gelegt, der Mond schob sich durch die Wolken.
Ich bemerkte ihren hellen Schatten in einer der Nischen. Sie stand ganz reglos, und ich trat neben die Balustrade und sagte leise: »Bitte verlassen Sie sofort die Terrasse, Sie werden von Ihrem Mann beobachtet. Er hat Ihre Nachricht in der Kapelle gefunden. Gehen Sie, bevor Ihr Freund kommt und vielleicht ein Unglück geschieht.«
»Wer sind Sie ...« begann sie.
»Hören Sie. Ihr Mann. Er hat Ihre Nachricht in der Kapelle gelesen. Egal, wen Sie erwarten, er lauert Ihnen beiden auf, glauben Sie mir.« Ich flüsterte und sah mich ängstlich um. Sie lief ein paar Schritte zur Tür. Dann blieb sie noch einmal stehen, wandte den Kopf. »Warum tun Sie das?«
»Sie würden es nicht verstehen«, sagte ich, und eigentlich verstand ich es selbst nicht.
Als ich, lange nach ihr, die Terrasse verlassen wollte, packte mich jemand bei den Schultern und riß mich herum. Schlug mich, unvermittelt und plötzlich, schlug mich mit harten Fäusten ins Gesicht, schlug mich auf Hals und Brust, trat mit schweren Schuhen gegen meine Beine. Ich stolperte und schrie auf. Ich bin kein Kämpfer. Ich verbarg meinen Kopf zwischen den Armen und sackte in die Knie. Ich stöhnte. Ich spürte warme Feuchtigkeit meinen Hals herabrinnen. Ich krümmte mich zusammen. Ich hatte Angst.
»Aber natürlich, Sie kennen ja meine Frau nicht«, zischte eine haßerfüllte Stimme. Die Stimme kam aus weiter Ferne, und während ich das Bewußtsein verlor, dachte ich an Mascha und daß sie vielleicht zu mir zurückkehrte, wenn ich krank wurde, und daß ich ihr schreiben würde, ja, ich würde ihr schreiben, daß ich nicht mehr vorsichtig und ordentlich war, daß ich, ganz

im Gegenteil, blutend auf einer Terrasse lag, während die Nacht immer schwärzer wurde und Kälte und Schmerz mich überwältigten.

Ein dunkler Falter gaukelte über ein Feld herzförmiger Blumen. Nichts sonst bewegte sich in der sommerlichen Luft. Der Falter setzte sich auf die herzförmigen Blätter, die Flügel so sacht bewegend, als atme er.
Ich öffnete die Augen, und da saß Mascha auf einem Stuhl und sah mich an.
»Wie fühlen Sie sich. Haben Sie schlimme Schmerzen?«
Ich versuchte, den Kopf zu wenden.
»Man fand Sie erst am nächsten Morgen. Sie waren halbtot und vollkommen unterkühlt. Sie haben Rippenbrüche. Einen Riß in der Milz. Sie wurden operiert.«
Langsam, aus grauen Schleiern, stieg die Erinnerung auf.
»Anna?« flüsterte ich.
»Ja. Anna.« Sie lächelte sanft und legte ihre Hand auf meine Stirn.
»Liege ich im Krankenhaus?«
»Ja.«
Nach einer kurzen Weile fragte sie leise: »War er es?«
Ich schwieg.
»Natürlich«, sagte sie bitter, »natürlich war er es. Er dachte, Sie und ich ...« Sie schüttelte den Kopf, ihre Lippen zitterten. »Ich werde Sie morgen wieder besuchen.«
»Und Ihr Mann?«
»Er hat Angst vor Ihnen. Er redet nicht davon, aber er befürchtet, daß Sie die Polizei informieren. Er fragt auch nicht, wohin ich gehe. Er weiß, daß ich zu Ihnen gehe.«
Ich schloß die Augen. Und schlief wieder ein. Im Traum suchte ich nach dem Falter auf den herzförmigen Blättern, aber ich fand ihn nicht mehr.

Ein Polizist klopfte an die Tür. Er trat an mein Bett und bat um ein paar Auskünfte für sein Protokoll.
Ob ich Feinde hätte?
Ob ich beraubt worden sei?
Ob ich jemanden in der Dunkelheit hätte erkennen können?
Nein, ich hätte niemanden erkennen können. Alles sei so schnell gegangen. Ein Irrer wahrscheinlich.

Es ging mir von Tag zu Tag besser. Anna besuchte mich oft, sie brachte Blumen, Schokolade, Zeitschriften. Sie sprach nie von sich. Nur von Theaterstücken, die sie gesehen, von Büchern, die sie gelesen hatte. Lediglich einmal erzählte sie, sie habe vor ihrer Ehe als Innenarchitektin gearbeitet. So sei ihr auch ihr Mann begegnet, als sie den Auftrag erhielt, das Haus im Park einzurichten. Eine schöne Arbeit sei es gewesen, das Haus und der Park seien ihr ans Herz gewachsen, nie habe sie so empfunden, immer habe sie ein Vagabundenleben geführt, habe in der Stadt gewohnt, auf dem Land, habe sich verliebt, getrennt. »Immer unterwegs«, sagte sie.
Erst das Haus im Park habe ihr so etwas wie Heimat bedeutet. Und ihr Mann. Zu Anfang wenigstens. Als er sie noch nicht einsperrte und eifersüchtig jeden ihrer Schritte bewachte.
Ich drehte mich zur Wand. – Und zuerst hatte Mascha in Berlin mit einem Studenten zusammengelebt. Dann hatte sie sich in dessen Professor verliebt und kam mit ihm in die Bibliothek. Und zuerst hatte sie nur einen Koffer und eine Katze besessen, später hatte sie den Koffer auf meinen Schrank gestellt und der Katze in der Küche eine Decke auf den Boden gelegt. Aber als ich Pläne schmiedete und von Heirat sprach und der Katze einen Korb kaufte, wurde Mascha unruhig. »Sperr uns nicht ein«, sagte sie und schaffte den Korb auf den Speicher, weil die Katze ihn nicht benutzte.

»Morgen reisen wir ab«, sagte Anna leise und in meine Gedanken hinein.

»Und Ihr ... Freund?«

Sie biß sich auf die Lippen. »Er hat meine Nachricht in der Kapelle gar nicht gefunden. Er ist schon einen Tag früher nach Hause gefahren.«

»Ohne Ihnen Bescheid zu geben?«

Sie schwieg.

»Sie sollten sich trotzdem von Ihrem Mann trennen«, sagte ich.

Sie sah mich an, lange Zeit. »Das ist nicht so einfach.« Sie blickte aus dem Fenster. »Als Kind habe ich immer die Vögel beneidet. Sie schwingen sich in die Luft und fliegen höher und höher. Sie lassen alles hinter sich. Oder die Schmetterlinge. Wußten Sie, daß es Schmetterlinge gibt, die vom Mittelmeer bis hoch in den Norden fliegen?«

Ich lächelte, griff nach meinem Kettchen und blickte auf Maschas Ring, auf dem der Falter saß. Ich öffnete das Kettchen und reichte es Anna. »Es soll Ihnen Glück bringen.«

Sie strich mit dem Finger über den Falter. Dann legte sie sich das Kettchen um, beugte sich zu mir und küßte mich auf die Stirn.

Die Tür fiel hinter ihr zu, und ich starrte lange auf einen Bund Schneeglöckchen, den sie mir vor ein paar Tagen gebracht hatte. Die zarten Blätter verfärbten sich an den Rändern, die Stengel hatten ihre Farbe verloren und waren fast weiß.

Als ich nach Hause zurückkehrte, war mir, als hätte sich alles verändert. Ich lud meinen Arzt zum Abendessen ein, schließlich kannte er mich so viele Jahre, und wirklich, er freute sich und erzählte von seiner Praxis, von seiner Familie, und ich erinnere mich, daß wir viel lachten.

Mein Chef hörte sich aufmerksam meinen Bericht über den Krankenhausaufenthalt an. Er zwinkerte mir zu und meinte, ihm könne ich nichts vormachen, in eine Eifersuchtstragödie sei ich geraten, warum auch nicht, ein so gutaussehender junger Mann. Ich zwinkerte zurück, und jedesmal, wenn er mich nun auf der Treppe sieht, begrüßt er mich, und einmal bat er mich zu sich und fragte, ob ich Interesse hätte, an einem Computerprogramm mitzuarbeiten, das für die Bibliothek erstellt würde.

Dann, eines Tages, las ich den Artikel. Eine Frau, Innenarchitektin, war von ihrem Mann aus Eifersucht ermordet worden, als er bei ihr einen Ring fand, auf dem ein goldener Schmetterling saß. Er kenne diesen Ring, sagte der Mann der Polizei, seine Frau habe ihn von ihrem Liebhaber erhalten. Er habe im Affekt gehandelt.

Ganz in Weiß

Es begann an einem kalten Winterabend. Der Lastwagen stand in einer dunklen Toreinfahrt. Er war nicht beleuchtet.
Klaus-Jürgen bremste zu spät. Er war ein rasanter Fahrer, und rasante Fahrer konnten unmöglich mit Hindernissen an Örtlichkeiten rechnen, die nicht dazu geeignet waren, Hindernisse zu beherbergen.
Im Fahrerhaus des Lastwagens saß ein junger schwarzgelockter Mann, eine blonde Frau im Arm. Er hielt sie zärtlich, hielt sie fest, und Klaus-Jürgens Zorn wuchs. Er war an diesem Tage jeglicher Romantik abhold, denn am Morgen hatte er sich mit Monika, seiner Braut, wegen des Aufgebots gestritten. Monika war ein temperamentvolles Mädchen, das zu Widerspruch neigte. Klaus-Jürgen aber verabscheute weiblichen Widerspruch. Weiblicher Widerspruch versaute ihm den ganzen Tag, machte ihn zerstreut und führte ihn in dunkle Toreinfahrten, in der unbeleuchtete Lastwagen herumstanden.
Klaus-Jürgen beschimpfte den Mann.
Der Mann beschimpfte Klaus-Jürgen.
Die blonde Frau holte die Polizei.
Das war, wie Klaus-Jürgen verächtlich befand, so überflüssig wie ein Kropf. Und typisch Weib. Klaus-Jürgen hatte ein paar Bier getrunken, er hatte seinen Ärger über Monika mit zwei Schnäpsen (oder waren es gar drei gewesen?) hinuntergespült, er hatte heute nichts übrig für die Polizei. Er war heute der Polizei so abhold wie der Romantik.
Erst ein paar Stunden später kam er nach Hause. Total erschöpft. Medizinische Blutsauger hatten ihn malträtiert, ein

Protokoll war ihm aufgenötigt worden, und sein Führerschein purzelte in affenartiger Geschwindigkeit in eine verbeamtete Schublade. Er hatte, bei Gott, Zuspruch nötig.
Den er aber nicht bekam. Weil Monika nicht die Unbill roch, die ihm widerfahren war, sondern nur die drei Schnäpse (oder waren es gar vier gewesen?). Und weil das für ihn bestimmte Schnitzel in ihrer Pfanne so viel an Substanz verloren hatte, daß man es getrost als nicht vorhanden einstufen konnte.
Monika erlaubte sich eine bissige Bemerkung.
Klaus-Jürgen biß zurück. Denn im Grunde, so hatte er sich bei der Heimfahrt im Taxi zurechtgelegt, war seine Braut an dem ganzen Unglück schuld – der Streit am Morgen, nicht wahr? Da fand er es schon ausgesprochen impertinent, ihm Vorhaltungen machen zu wollen.
»Ich hatte einen Autounfall«, grollte er.
»Oh, mein Gott, du Ärmster«, rief Monika sofort erschrocken aus. »Hast du dich verletzt?«
»Ich mich nicht. Aber das Auto! Ganz eingebeult! Es fährt noch, aber wir werden ein neues brauchen. Und aufs Revier mußte ich auch.«
»Wieso mußtest du aufs Revier?«
»Weil das idiotische Weib, das neben dem noch idiotischeren Fahrer saß, die Polizei geholt hat. Ich bin ein cooler Typ, du kennst mich, Monika. Alkohol macht mir gar nichts. Schuld war dieser Kerl! Was mußte er sich in die Einfahrt stellen? Unbeleuchtet! Du weißt schon, die Einfahrt zu den Garagen.«
Wie es dem unbeleuchteten Kerl gehe? Ob der verletzt worden sei? fragte Monika besorgt.
Klaus-Jürgen lachte verächtlich. »Verletzt! In einem Lastwagen!«
»Und was ist mit deinem Führerschein?«
»Den haben sie behalten, die Ignoranten.«
»Für wie lange?«

»Bis zur Verhandlung. Und dann wahrscheinlich noch ein paar Monate.«
Monika sagte, sie habe sich oft gewundert, warum sein Führerschein nicht schon eher …
Klaus-Jürgen antwortete, ihn würde wundern, wieso *sie* überhaupt in den Besitz eines solchen gekommen sei. Bei der bescheuerten Fahrweise …

Doch wie das Leben so spielt – plötzlich war er angewiesen auf die bescheuerte Fahrweise seiner Braut. Nahm er sie nicht in Kauf, mußte er eine halbe Stunde eher aufstehen und dreimal den Bus wechseln, wollte er sein Büro pünktlich erreichen. Auch zum wöchentlichen Tischtennisabend mochte er ungern joggen, so weit ging sein sportlicher Ehrgeiz auch wieder nicht. Und wenn sie eingeladen waren, fuhr er nachts aus Kostengründen lieber im eigenen Auto als mit dem Taxi nach Hause.
»Mein Gott, wenn sie nur fahren könnte!« sagte er zu seinen Freunden. Doch die grundlegendsten Dinge kapiere sie nicht. Überhaupt kein Gespür habe sie für das Auto! Knüppel dahin, als säße sie auf einem Traktor, und in den Kurven bringe sie den Fuß nicht von der Kupplung aus lauter Angst, der Motor sterbe ab. Und erst das Einparken! Blind könne er's noch besser!
»Seltsam, daß Monika noch nie einen Unfall hatte, du aber schon mindestens fünf«, sagte Bertrand, sein Freund. Bertrand verehrte Monika.
»Sie hatte noch nie einen Unfall, weil sie so wenig fährt«, erklärte Klaus-Jürgen.
»Weil du mich nicht fahren läßt«, konterte Monika.
»Weil du so miserabel fährst«, sagte Klaus-Jürgen. Er war unbestritten ein Logiker.

Schrecklich sei er, klagte Monika den Freundinnen, schier zum Wahnsinnigwerden. Eine tibetanische Gebetsmühle der nervtötendsten Sorte. *Paß auf, es wird rot!* kreische er bei jeder Ampel, als ob sie farbenblind sei. *Steh nicht auf der Kupplung ... Guten-Tag-Guten-Morgen, das Getriebe läßt schön grüßen ... Siehst du nicht, daß hier nur dreißig erlaubt sind ... Auf dieser Straße fahren nur notorische Penner die erlaubten Sechzig, alle anderen passen sich dem Verkehrsfluß an ... Wieso hast du jetzt diesen Deppen im Mercedes einfädeln lassen, so kommen wir nie nach Hause!*

»Du kennst ihn doch«, sagten die Freundinnen.

Monika wurde still. Kannte sie ihn wirklich?

Der Tag der Verhandlung kam. Und brachte, was befürchtet: Klaus-Jürgens Führerschein blieb in Gewahrsam.

»Das übersteh' ich nicht«, stöhnte er. Noch mal drei Monate neben Monika auf dem Beifahrersitz, das raube ihm unweigerlich den Verstand. Und morgen würde das neue Auto geliefert, ein weißer Volvo, ihm bräche es das Herz, wenn er daran denke, daß sie es sei, die den Wagen lenke. Keine zehn Tage, und der Schlitten hätte eine Beule!

Als das Auto, von Monika kutschiert, durch die Toreinfahrt rollte, schlich sich in Klaus-Jürgens Augen frenetische Begeisterung; er umtanzte es, als sei es eine chromblitzende heilige Kuh und er der große Häuptling Zulumakker.

»Mein Schätzchen«, flüsterte er und fuhr mit zarter Hand über die roten Sitzpolster, »du bist das hübscheste Ding, das ich je gesehen habe.«

»Meinst du mich?« fragte Monika spitz.

Dann nahte der Hochzeitstermin. In Klaus-Jürgen machte sich Vorfreude breit. Sein Liebling! Ganz in Weiß! In spiegelndem Glanz! Mit Fünfklanghupe! Blumengeschmückt! Er träumte tagsüber aus dem Fenster, so sehr freute er sich.

Auch Monika verfiel in tiefe Nachdenklichkeit. Manchmal be-

obachtete sie Klaus-Jürgen. Studierte ihn. Wie er nach dem Essen rief. Den alten Garbo-Film, ohne zu fragen, aus- und die Sportschau andrehte. Die Füße hochlegte und noch ein Bier verlangte. Und mit seinen Autopostern sogar das Schlafzimmer tapezierte.
»Ich werde ihn prüfen«, sagte sie eines sonnigen Frühlingstages zu ihren Freundinnen.
»Wie willst du ihn prüfen?«
»Ich werde feststellen, wo die Wertigkeiten liegen.«
»Welche Wertigkeiten?«
Monika lächelte geheimnisvoll.

Einen Tag vor der Hochzeit holte sie Klaus-Jürgen vom Büro ab. »Vergiß nicht, dich anzugurten«, sagte sie freundlich und fuhr das weiße Auto ruhig und sicher durch den Verkehr.
Klaus-Jürgen meinte: »Du stehst schon wieder viel zu lange auf der Kupplung.«
Als sie bei der Garage ankamen, fragte Monika sanft: »Wie sehr liebst du mich eigentlich? Genausosehr wie dein Auto?«
»Jetzt würg den Motor nicht so ab«, schrie Klaus-Jürgen.
Da geleitete Monika langsam, mit verträumtem Gesicht, des Häuptling Zulumakkers heilige Kuh gegen das Garagentor. Glas klirrte, Lack splitterte, Blech ächzte.
Klaus-Jürgens Augen wurden starr. Schweißperlen sammelten sich auf seiner Stirn, Mordlust saß in seinen Augen.
Monika betrachtete ihn eine Weile. Als er mit blauen Lippen nach dem Warndreieck griff und auf sie losgehen wollte, zog sie den Zündschlüssel ab und warf ihn Klaus-Jürgen in den Schoß.
»Das war's dann wohl«, sagte sie und stieg aus. Auch aus seinem Leben.
Sie rief nämlich den Pfarrer an.
Und ihre Eltern.
Und Bertrand.

Von Klaus-Jürgen hat man nie wieder etwas gehört. Die einen meinten, er sei in eine Nervenheilanstalt eingewiesen worden, in der die Ärzte es ihm gestatteten, einen der Kotflügel seines weißen Autos mit ins Bett zu nehmen. Die anderen sagten, er hause im Staatsforst in einem verrosteten Cadillac und verfasse täglich mehrere Pamphlete gegen die Frau am Steuer. Die abenteuerlichste Geschichte aber erzählte der Kfz-Mechaniker, von dem Klaus-Jürgen früher immer seinen Autolack bezogen hatte und dessen Schwager Standesbeamter war. Der hatte ihm nämlich erzählt, ein Mann, dessen schneeweißes, über und über mit Blumen geschmücktes Auto vor der Tür stand, sei bei ihm erschienen und habe um eine Heiratserlaubnis gebeten. Für sich und sein Auto.

Es war Sommer

Er mochte etwa dreißig Jahre alt sein. Das dunkle Haar stieß an den Hemdkragen, das Gesicht, blaß und schmal, hatte ein Feuer, das in den Augen saß.

Er kam aus Deutschland. Aus dem Norden. Zehn Jahre war es her, seit er in derselben schachttiefen Gasse gestanden hatte, in dem kleinen spanischen Dorf, eine Wegstunde von Pamplona entfernt.

Im Westen das Gebirge. Sonnige Felder, braune, ansteigende Gehölze, ein Flirren in der Luft, dann ein kalter, beißender Windstoß: Die Ebene von Pamplona hatte viele Gesichter.

Marias Haus. Geduckt, eingepfercht zwischen anderen verwitterten Häusern. Gesplitterte Scheiben, leere Fensterrahmen. Der Mann stützt sich mit beiden Armen auf den Stein des Mäuerchens, auf dem trockenes Moos und Disteln wuchern. Zehn Jahre, denkt er und hört Gildas Stimme. »Vamos, Daniel, vamos.«

Gehen wir, Daniel, gehen wir. In die Olivenhaine, die den Zikaden gehören, zum Flußufer des Arga, zu den Nachtigallen. Es war seine erste große Reise ins Ausland gewesen. Er hatte das Abitur bestanden und wollte, bevor er sein Studium begann, ein bißchen Wind um die Nase spüren. Er besaß nicht viel Geld, aber was machte das? Keiner der jungen Leute, die gen Süden zogen, besaßen Geld. Er packte ein paar Hemden in seinen Rucksack, eine Schlafmatte, den Waschbeutel, sein Tagebuch. Er war zwanzig Jahre alt, und es war Sommer.

»Ich komme erst im November wieder«, sagte er zu seinen Eltern.

Sie standen am Fenster, als er aus dem Haus ging. Ein schlaksiger Junge, der so viele Dinge, die er begonnen hatte zu denken, zu Ende denken wollte, bevor die Jahre ihn einholten. Der Gefühle sammeln und sie aufbewahren wollte wie Muscheln, die man ans Ohr hält, um sich einer vergangenen Zeit zu erinnern. Und er wollte wissen, was die Liebe war. Er war zwanzig Jahre alt und wußte nicht, was die Liebe war. Er fuhr mit Zügen, mit Lastwagen. Er schlief in Jugendherbergen, in Bahnhofssälen, im Freien. Seine Hemden bleichten aus, sein Haar wurde zu schwarzem Stroh. Er lebte genügsam. Er aß Oliven und Feigen, Fisch und Käse. Trank Wasser. Wein. Sparte und war verschwenderisch. Hatte Angst und war mutig. Prahlte, war schüchtern, wurde fröhlich und traurig, konnte sich an allem berauschen und im gleichen Moment grenzenlos enttäuscht sein, wenn er sich in Dingen und Menschen geirrt hatte.

Dann lernte er Brian kennen, in einem Dorf in den Pyrenäen.

»Ich will nach Pamplona«, sagte er zu ihm.

»Nach Pamplona. Aha.«

»Zur Plaza von Pamplona. Sitzen, wo Hemingway saß. Ich will die Calle de la Estefeta sehen. Will sie spüren. Die Stiere. Den Staub. Die Hitze.«

Brian lachte. »Ja, ja, mein Kleiner. Männer mit roten Stirnbändern und Stiere, deren Hufe durch die Gassen donnern. Schweiß und Whisky. Und feurige Frauen, die abends in den Kneipen auf den Tischen tanzen.«

Daniel wurde rot.

»Ich kenne da eine gute Adresse. Ein Dorf, kurz vor Pamplona. Mit einer privaten Jugendherberge. Eine Deutsche führt sie. Maria. Sie lebt schon seit zwanzig Jahren in dem Nest. Alle Welt trifft sich bei Maria. Engländer, Franzosen, Amerikaner, Holländer, Kanadier. Der Ort hat auch eine offizielle Herberge, eine spanische, aber die ist immer leer. Jeder, der jung und hungrig

ist, geht zu Maria. She is ... magnificent, you know? Herrlich ist sie, diese Maria.«
Daniel notierte sich den Namen des Ortes. Er war begierig auf die neue Erfahrung, das neue Abenteuer. »Auf nach Pamplona«, rief er übermütig.

»Nenn mich Maria, Señora Maria«, sagte sie und lächelte ihn an. Er war enttäuscht. Sie war nicht schön. Sie war vielleicht Mitte dreißig, kräftig, breithüftig. Sie trug ein schwarzes Kleid und wirkte wie eine der vielen Spanierinnen, die vor den Häusern am Waschtrog standen und in gebückter Haltung, mit durchgedrückten, stämmigen Beinen, die Arbeitskittel der Männer schrubbten. Nur ihr Gesicht hatte einen besonderen Ausdruck; das mochte an den hellen Augen liegen oder an dem feingezeichneten Mund oder auch an der Art, wie sie den Kopf hob. Jedenfalls sahen ihr die Männer nach, und Daniel beschloß, als erstes eine Skizze über Maria zu schreiben, vielleicht, wie sie in dem verwinkelten Haus, das ebenerdig einen kleinen Empfangsraum und das Frühstückszimmer hatte, den Tisch deckte, mit flinken Fingern. Wie sie sich Bänder ins Haar flocht, rot, gelb, weiß, jeden Morgen ein anderes. Wie sie die Holzböden fegte, die Fenster in den Schlafräumen öffnete oder die Post verteilte. »Margeritha, für dich. Bestimmt von deinen Eltern ... Und hier eine Karte von Gilda. Sie kommt nächste Woche. Schön, daß sie uns noch mal besucht, bevor sie nach Minnesota zurück muß.«
Marias Stimme klang wie ein dunkles Lied, melodiös und geheimnisvoll.

Pamplona. Die Zitadellen. Die Magnolien, die Plaza de Toros. Die Schreie der blinden Losverkäufer, die Schwalben, die zu ihren Nestern an den Kirchmauern segelten. Die Museen, schwer von Vergangenheit. Die breiten Straßen. Die Gäßchen. Die Gerüche. Die Geräusche.

In Pamplona sah er auch Gilda das erste Mal. Es war bereits Ende September, die braunen Gassen pulsierten vor Leben. Der Wind pfiff um die Ecken, Tüten und Papierfetzen stoben auf, die Kneipenwirte klammerten die Tischdecken fest und lachten, wenn die Röcke der Mädchen sich bauschten und ihr fröhliches »Hasta luego – bis später, mein Lieber« herüberdrang.

Gilda saß am Nebentisch. Sie war groß, ihr blondes Haar hing wild und offen auf die Schultern. Sie hatte sich in einen dicken Pullover gewickelt, die Haut war gebräunt, ihr Mund hellrosa geschminkt. Mit einer heiseren, rauhen Stimme sagte sie: »Hi« und trank ein giftgrünes Zeug aus einem hohen, mit Eis gefüllten Glas. »Bist du Deutscher? Franzose? Engländer?« Sie selbst war Deutsch-Amerikanerin. »Ich lebe mal bei meinem Vater in Minnesota, mal bei meiner Mutter in Düsseldorf. Sind geschieden, die beiden. Und du? Woher kommst du?«

Daniel erzählte und bedauerte, daß es so wenig zu erzählen gab. Die Schule, die Kameraden, die Eltern, nichts Außergewöhnliches. Ein behütetes Kind, ein netter, eifriger junger Mann, bald schon ein netter, eifriger Student.

»Kennst du das *Hotel Perla?*« fragte er. »Wo Hemingway gewohnt hat?«

Sie verzog den Mund. »Hemingway! Du machst dir was aus Hemingway? Diesem alten Chauvi?«

»Ich will Journalist werden. Und Bücher schreiben, später mal.«

»Warum später?«

»Wenn ich was erlebt habe«, sagte er.

Gilda schüttelte ihr Haar. »Wenn er was erlebt hat«, schrie sie dem Wirt lachend zu. »Und wo wohnst du, du Mann, der noch nichts erlebt hat?«

»Außerhalb Pamplonas. Ein Dorf. Eine Jugendherberge. Bei Maria.«

Sie klatschte in die Hände. »Bei Maria! Ich gehe auch zu Maria. Ich heiße Gilda.«
Sie setzte sich an seinen Tisch. Der Wind hatte sich gelegt, in den Winkeln und Nischen der Häuser nistete die Dämmerung.
»Schön ist es hier«, sagte Gilda und lehnte den Kopf an Daniels Schulter. Ihr Haar roch nach Rauch und Straße und nach Minze, die überall am Wegrand stand und sich in den Orten durch die Pflastersteine kämpfte.
»Hast du grade Ferien? Was machst du? Beruflich?« fragte Daniel schüchtern.
»Ich jobbe. Tue eigentlich gar nichts. Gondle hin und her. Vom Vater zur Mutter. Oder lebe an Orten wie diesem hier. Immer nur für kurze Zeit.«
»Warum nur für kurze Zeit?«
Sie zog eine Strähne ihres gekrausten Haares über den Mund. »Ich hab' kein Sitzfleisch. Ich will auch nicht heiraten und Kinder kriegen. Und Möbel in Raten abzahlen und auf dem Speicher eine Kiste haben, auf der Weihnachten steht, und eine für Ostern und wieder eine andere für den Sommer. Ich will nicht von Kiste zu Kiste leben, von Jahreszeit zu Jahreszeit.«
»Aber eine gewisse Ordnung, ein gewisser Kreislauf ...«
Sie grinste ihn an. »Ich bin zweiundzwanzig Jahre alt, und was ist schon Ordnung?« Sie legte einen Geldschein auf den Tisch. Und sagte es zum ersten Mal: »Vamos, Daniel, vamos.«

In dieser Nacht schläft Daniel nicht. Ich bin zwanzig Jahre alt, und was ist schon Ordnung? denkt er. Er hockt sich auf sein Bett und schaut in die Nacht hinaus. Eine dunkle Nacht, ohne Mond und Sterne. Er sieht ein Licht im Hof, das Licht wandert. Er hört Steinchen gegen Glas splittern. Wispernde Stimmen. Das Haus hat ein Geheimnis. Aber welches? *Vamos, Daniel, vamos*. Wohin? Er legt sich zurück und denkt und schreibt eine Geschichte. Schreibt sie und hat sie am Morgen wieder vergessen.

Von Gilda erfuhr er, daß Maria schon als Kind, kurz nach dem zweiten Weltkrieg, nach Spanien gekommen war. Der Vater, ein kleiner, zäher Mann, verließ Deutschland, weil er vom Schicksal etwas anderes begehrte als hungrige Menschen, zerbombte Städte und die schlaue Hemdsärmeligkeit des wirtschaftlichen Aufstiegs. Er wurde zum Weltenbummler, und die nebelverhangenen Küsten Spaniens hatten es ihm angetan, eines Tages, im Frühling. Er arbeitete als Fischer, als Wirt, er zog mit Frau und Kind zu den Olivenernten, fuhr Lastwagen, kam auch um in einem Lastwagen an einem eisigen Tag in der Sierra Nevada. Jahrelang lag das Wrack des Wagens in der Schlucht. Marias Mutter ging nach Pamplona. Sie heiratete einen Bäcker. Und starb, als sie in der Mitte ihres Lebens noch einmal ein Kind bekam. Das Kind starb mit ihr.

»Ist Maria nie nach Deutschland zurückgekehrt?«

»Sie ist Spanierin. Im Grunde ihres Herzens ist sie Spanierin. Aber die Leute hier im Dorf mögen sie nicht. Sie ist die Fremde. Nach so vielen Jahren, und noch immer: die Fremde. Der Bürgermeister gab ihr dieses Haus hier. Und die Genehmigung, eine Herberge für junge Leute zu führen. Jetzt haßt man sie noch mehr. Weil sie Erfolg hat. Außerdem ...« Gilda unterbrach sich, dachte nach. »Man sagt, der Bürgermeister und Maria ... Comprende? Aber der Bürgermeister ist verheiratet. Und dies hier ist ein spanisches Dorf, die Leute sind erzkatholisch.«

»Die Leute reden viel«, sagte Daniel.

»Aber eine Liebe hat sie«, sagte Gilda, »das sieht man ganz deutlich.«

Daniel musterte Maria. Verstohlen und rasch. Sie saß auf einem Stuhl im Empfangszimmer und schrieb Zahlen in ein Schulheft. Sie summte leise vor sich hin.

Gilda und er mieteten sich einen Motorroller. Fuhren weit ins Land hinein. Zu Klöstern und Burgen, durch die Landschaft

Navarras. Vorbei an Bohnen- und Getreidefeldern, Weinstökken; das Gebirge entfernte sich, der Himmel wurde klar und tiefblau.
Und überall war Gilda. Sie wollte alles auf einmal. Sie stopfte sich Trauben in den Mund und süße, klebrige Kuchen, sie biß auf Getreideähren und zerrieb Myrte zwischen den Fingern. »Koste«, sagte sie, oder »riech«, oder »sieh nur«, oder »fühl doch mal«. Und zum ersten Mal roch und kostete und fühlte er. Das Getreide, die Myrte und Gilda. Oh ja! Er war zwanzig Jahre alt, und jetzt, so dachte er, kannte er die Liebe.

Wieder eine Nacht. Mondhell diesmal. Zwei Schatten unter der Tür, ein Mann spricht, leise und beschwörend. Marias Stimme antwortet. Sanft. Beruhigend. Die Schatten nähern sich. Die Tür schließt sich.
Am Sonntag sah Daniel den Bürgermeister. Ein großer, kräftiger Mann mit dunklem Gesicht, die Lippen unterm Schnurrbart rot, die Augen tintenschwarz. Neben ihm ging seine Frau, ernst und schweigsam. Als Maria über die Straße hinüber zur Kirche lief, blieb die Frau stehen. Sie atmete scharf ein, spuckte aus. Der kurze zischende Ton schien für einen Moment das einzige Geräusch in der Straße.
Am nächsten Morgen stand Maria mit verbissenem Gesicht in der Küche und schenkte Tee in eine weiße Kanne.
»Señora Maria, cómo estás? Haben Sie sich geärgert?« fragte Daniel.
»Diese Barbaren, diese Bastarde«, schrie sie. Sie wollen mir die Herberge schließen. Weil sie eifersüchtig sind auf meinen Erfolg. Weil ihr eigenes kaputtes, verdammtes Haus, in dem die Ratten und Wanzen nisten, leersteht.«
»Wer bestimmt darüber?«
»Die Gemeinde«, schrie Maria höhnisch.
»Auch der ... Bürgermeister?«

Sie sah ihn mit zusammengekniffenen Augen an. »Der auch. Natürlich, der auch. Warum er nicht?«
»Und was kann man tun?«
»Was kann man tun, was kann man tun, fragt er mich! Nichts kann man tun. Abwarten muß man. Wie man immer und überall abwarten muß, wenn man eine Frau ist. Abwarten!« Heftig setzte sie die Kanne auf den Tisch, ein haarfeiner Sprung lief bis zum Deckel. Sie brach in Tränen aus. »Was für ein Unglückstag! Ich wußte es schon, als ich aufstand. Im Garten lag eine tote Schwalbe. Das bringt Unglück, ich weiß, daß es Unglück bringt.«

An diesem Tag kam auch Brian. Verwaschene Jeans, ein fleckiges T-Shirt. Sein Gesicht war sonnenverbrannt, die Muskeln steinhart. Er umarmte Maria und hob Gilda in die Luft, er klopfte dem einen oder anderen auf die Schulter. Daniel kam sich ausgeschlossen vor. Fremd. So fremd wie Maria.
»Wie geht's dir, Kleiner?« fragte Brian gutgelaunt. »Hast du schon alles gefunden? Den Staub, die Hitze, die Stiere? Bist ihm ganz nah, deinem Hemingway?« Er zwinkerte ihm zu, als wolle er sagen, sieh nur, ich weiß noch genau, worüber wir gesprochen haben, alles weiß ich, nichts habe ich vergessen. Daniel wurde verlegen. »Ich bin jetzt mit Gilda zusammen«, sagte er hölzern und schämte sich sofort, weil es so stolz klang und weil es ihm selbst unwahrscheinlich erschien – er und Gilda. War er wirklich mit ihr zusammen? Oder war nur er bei ihr und sie irgendwo? Ein portugiesisches Märchen kam ihm in den Sinn. Der Junge, der mit dem Wind lief und ihn seinen Freund nannte und nicht wußte, daß der Wind nur sich selbst liebte. Nein, nein, das waren dumme Gedanken. Sie liebte ihn ja.
»Darling«, sagte sie. »Laß uns bald zum Meer fahren, die letzten warmen Tage genießen. Oder nach Madrid oder Paris.« Er antwortete: »Wohin du willst, Gilda.«

Am Abend saßen sie zusammen in der Küche und berieten sich. Marias Herberge durfte nicht geschlossen werden. Man mußte Maria helfen, aber wie? Eine Bittschrift? Ein Fackelzug am Abend zum Haus des Bürgermeisters? Eine Sitzblockade vor der Kirche? Sie debattierten, schrien durcheinander, tranken, zankten und versöhnten sich. Zehn, zwölf junge Leute, das warme Licht der Lampe auf ihren erhitzten Gesichtern. Ja, eine Bittschrift würde man verfassen, in verschiedenen Sprachen. Eine würde man dem Bürgermeister, eine andere dem Pfarrer überreichen. Der Fackelzug wurde geplant, ein Transparent entworfen, die Stimmen wurden lauter, der Wein tat seine Wirkung. Brian legte einen Arm um Gilda, und Gilda hob den Kopf und lächelte.

Daniel atmete schwer. »Ich könnte die Scheiben der offiziellen Herberge einwerfen«, sagte er.

Nein, nein, Unsinn sei das, riefen die anderen. Man dürfe unter keinen Umständen mit der Polizei in Konflikt geraten. Damit sei Maria nicht gedient, nein, damit bestimmt nicht.

»Man würde nicht wissen, daß *ich* es war«, sagte Daniel laut.

Gilda lachte verächtlich. »Sei kein Kind«, sie rückte ein Stückchen näher zu Brian heran.

In dieser Nacht dreht sich alles in Daniels Kopf. Er hat zuviel getrunken, zuviel geredet, zuviel gesehen. Auf dem Hof schwarze Stille. In der Ferne bellt ein Hund, und drüben im Olivenhain klagen die Zikaden. Blätter rascheln, silbern schimmern sie zu ihm herüber. Er wird Gilda bitten, mit ihm nach Paris zu fahren. In ein paar Tagen, wenn man Maria geholfen und die Petitionen übergeben hat. Er wird in der Notre Dame sitzen und Gildas Hand halten und daran denken, wie schön es wäre, von Weihnachten zu Ostern und von Ostern zum Sommer zu leben. Und warum auch nicht, ein wenig später, wenn er einen Beruf hat und sie alle Orte kennt, nach denen sie sich sehnt. Er lehnt sich weit aus dem Fenster. Der Wein kreist in seinen Adern, er hört ein Kichern in der schwarzen Stille des Hofes, ein Streichholz flammt auf. Brian. Und ein Mädchen. Er sieht das blonde Haar, er erinnert sich des rauchigen Minzgeruches – oh, Gilda! Hast du den Olivenhain vergessen? Und die Nachtigallen?

»Gehen wir nach Paris?« fragte er am nächsten Morgen.

»Ich weiß nicht«, antwortete Gilda zögernd. »Eigentlich gefällt es mir hier.«

»Aber du sagtest doch ...«

Sie schüttelte ungeduldig den Kopf. »Das war gestern und nicht heute.«

»Es ist wegen Brian, nicht wahr?« rief er gekränkt. »Aber Brian hat in jedem Ort eine andere. Ich weiß es, er hat es mir selbst erzählt.«

»Na und?« fragte sie verwundert. Als sie sein betroffenes Gesicht bemerkte, umarmte sie ihn rasch. »Mein Kleiner, hör nicht auf mich. Ich werde mir das überlegen – mit Paris.« Sie zupfte ihn am Ohrläppchen. »Zufrieden?«

Aber er war nicht zufrieden. Denn nichts mehr war wie vorher.

Ein Rest Sommer verschenkte sich. Noch einmal wurden die Tage heiß. Roter Staub legte sich auf die Blätter der Olivenbäume. Die jungen Leute saßen im Schatten und verfaßten die Bittschrift.

Und brachten sie zum Bürgermeister. Einer sprach spanisch. Der Bürgermeister hörte aufmerksam zu. Nickte. Antwortete.

Was hat er gesagt?

Er hat gesagt, er werde sich beraten.

Sie standen verlegen herum. Der Bürgermeister rief seine Frau. Die Frau reichte Erfrischungen. Der Bügermeister erklärte. Ihr Gesicht verschloß sich. Sie sagte etwas.

Was hat sie gesagt?

Sie hat gesagt, man wolle keine Fremden hier im Ort.

Sie waren empört. Sie riefen, Maria sei keine Fremde, nicht einmal sie selbst seien Fremde. Sie schätzten dieses Land. Ob man denn nicht stolz sei, daß dieser kleine Ort sich solcher Beliebtheit erfreue? Daß überall in Europa, Amerika, ja, sogar Kanada, die jungen Leute davon schwärmten? Und warum schwärmen sie? Weil Señora Maria hier eine Herberge hatte. Señora Maria, die spanisch spreche, spanisch denke, spanisch fühle. Darauf sei man nicht stolz?
Die Frau des Bürgermeisters lächelte verächtlich und schwieg. Ihr Mann sagte, man werde sehen.

Dann kam der Abend, an dem sie den Fackelzug machten. Sie hatten Holz gesammelt. Sie waren bester Stimmung. Sie wollten zur Kirche pilgern, es war Sonntag, eine Abendmesse fand statt. Sie wollten die gleiche Bittschrift, die sie schon dem Bürgermeister übergeben hatten, auch dem Pfarrer überreichen. Sie wollten, daß alles friedlich und ein wenig feierlich abliefe. Diejenigen, die spanisch sprachen, würden sich mit den Dorfleuten unterhalten. Würden versuchen, Barrieren einzureißen, zur Verständigung beizutragen.
Sie erzählten Maria, was sie vorhatten.
»Es wird nicht helfen. Man will mich hier nicht.«
»Wir verstehen das nicht.«
»Ich bin keine Spanierin. Mein Vater hat nicht an diesem Ort gelebt. Sein Vater nicht und auch dessen Vater nicht. Deshalb.«
Gilda fragte: »Kann es sein, daß die Frauen eifersüchtig sind?«
»Ich wüßte nicht, warum«, sagte Maria abweisend.

Die Hitze des Tages ließ nach, es dunkelte rasch. Die Fackeln brannten nicht so ruhig, wie sie gedacht hatten. Funken stoben. Die Dorfleute, die um die Kirche und zwischen den Gräbern standen, murrten. Der Pfarrer nahm die Bittschrift schweigend entgegen. Die eisige Ablehnung wuchs und wurde zur Mauer.

Der Bürgermeister ging zum Pfarrer. Redete mit ihm. Der Pfarrer zuckte die Achseln.
Man werde sich beraten, rief der Bürgermeister zur Gruppe der jungen Leute hinüber. Man werde ... Er verstummte.
Daniel folgte seinem Blick. Er sah Maria hochaufgerichtet und stolz den Weg zur Kirche gehen. Sie trug einen gemusterten Rock und ein schwarzes Oberteil, das ihre Brüste eng umschloß. Ihr Haar fiel weich auf die Schultern. Sie ist schön, dachte Daniel. Brian hat recht, sie ist tatsächlich schön.
Es wurde totenstill auf dem Kirchplatz. Ein leiser Wind strich um die Ecken und fing sich in den bauchigen Tonkrügen neben dem Portal. Papierblumen raschelten.
Da bückte sich die Frau des Bürgermeisters, hob einen Stein auf und schleuderte ihn Maria in den Rücken.
Maria erstarrte. »Juan?« rief sie, ohne sich umzuwenden, mit einer hohen, ängstlichen Stimme. »Juan?«
Der nächste Stein traf sie an der Schläfe. Wieder ein anderer am Hals. Sie taumelte und stürzte. Der Pfarrer lief auf sie zu. Maria lag am Boden, aus der Wunde am Hals strömte Blut. Die Frau des Bürgermeisters nahm den Arm ihres Mannes und sagte laut: »Vamos, Juan.«

Man brachte Maria fort. Die einen sagten, sie sei verblutet. Die anderen, ihr Leben sei gerettet worden und sie wohne nun in Barcelona.
Die Herberge wurde geschlossen. Brian ging nach Portugal. Gilda folgte ihm.

Eine junge Frau bog in das Gäßchen ein. Sie hatte den Arm voller Blumen und Kräuter. »Riech doch mal«, rief sie Daniel zu. »Überall Minze.«
Daniel gab keine Antwort.
»Warst du hier schon mal?«

»Vor langer Zeit.«
»Und du warst verliebt, gib's zu. Man ist immer verliebt in diesem Land.«
Daniel schwieg.
»Unglücklich verliebt?«
»Zuerst wollte ich sterben.«
»Und dann?«
Er lachte ein wenig. »Dann wurde es November, und ich fuhr nach Hause.«
»Und hast studiert und geheiratet. Armer Daniel. Die Fesseln der Bourgeoisie.«
Er sah sie nachdenklich an. »Haben wir eine Kiste auf dem Speicher? Auf der ›Weihnachten‹ steht?«
Sie nickte. »Und eine für den Osterschmuck und eine andere für deine gräßliche Taucherausrüstung.«
Er schwieg wieder und blickte zum Olivenhain hinüber.
Sie nahm seine Hand. »Wie alt warst du damals? Und zu welcher Jahreszeit warst du hier?«
»Ich war zwanzig«, sagte er, »und es war Sommer.«

Das Schlachtroß

Meinst du nicht, daß es an der Zeit wäre, etwas zu unternehmen?« fragte Peter. Er spielte mit seiner Serviette. Berta zog die Schultern hoch und sah an ihm vorbei. Am Nebentisch zappelte ein Kind und bespritzte sich mit Tomatensoße. Es roch nach Oregano, Fisch und Bohnerwachs. »Ja, ich weiß«, murmelte sie. Sie betrachtete Peters Hände mit den kurzgeschnittenen Nägeln und den dunklen Härchen auf den Fingerrücken. Sie mochte Peters Hände.
»Eine Frau wie du kann überall einen Job bekommen, warum also nicht bei der Firma Intermechanik?«
Berta nickte. Er hatte recht. Eine Frau wie sie war sicherlich überall gefragt.

Zwei Tage später hatte sie die notwendigen Gespräche hinter sich; sie würde bei der Firma Intermechanik die Position einer Sekretärin erhalten. Ihr Vorgesetzter, Direktor Binder, würde nach jahrelanger Abwesenheit aus Brasilien zurückerwartet und sollte nach dem plötzlichen Tod des Firmeninhabers die Leitung des Konzerns übernehmen. Es war trotz Peters optimistischer Einstellung nicht einfach gewesen, die Personalabteilung zu überzeugen, daß sie die richtige Frau am richtigen Platz sein würde. Aber sie hatte sich durchgesetzt. Zum ersten Mal seit Wochen verspürte sie leise Genugtuung. »Ich habe es nicht anders erwartet«, meinte Peter mit einer Hochachtung, die Bertas Herz höher schlagen ließ. Er liebte wagemutige, selbständige Frauen. Und wenn sie, Berta, schon nicht schön und der Schmelz der Jugend dahin war, was blieb ihr anderes übrig, als selbständig und wagemutig zu sein?

Sie kaufte sich ein paar modische Seidenkleider und legte sich eine neue Frisur zu. Am Morgen ihres ersten Arbeitstages betrachtete sie sich im Spiegel. Nun. Sie war keine Schönheit. Ihre Hüften waren zu ausladend, die Schultern breit, und ihrem Gesicht mit der großen, gebogenen Nase fehlte jener frauliche Reiz, der Dreißigjährigen sonst zu eigen war. Nur ihre Augen, von einem warmen Braun, besaßen einen seltsamen Zauber. Wenn man in Bertas Augen blickte, vergaß man die gepolsterten Hüften und die breiten Schultern, man fühlte sich wohl, als sei man zu Hause und schlüpfe in seine bequemste Kleidung. Berta wußte, daß Peter ihre Augen liebte. Doch mehr noch liebte er ihren scharfen Verstand, eine Tatsache, die ihn wohltuend von anderen Männern unterschied.

Als sie zwei Stunden später vor der Tür ihres neuen Vorgesetzten stand, holte sie tief Luft. Sie klopfte und trat ein. Das Zimmer glich einem Saal. Altdeutsche Möbel, ein Lederstuhl, ein wuchtiger Besprechungstisch. Direktor Binder saß hinter einem Berg von Akten, rauchte eine Zigarre und sah ihr entgegen. Dicke Rauchwolken umgaben ihn; der Kragen seines Hemdes schnitt in dunkle Hautfalten und trennte auf groteske Weise Kopf und Körper.

Sein Anblick erfüllte Berta mit tiefer Befriedigung. Sie war korpulent? Aber nein. Sie war eine grazile Person neben Direktor Binders Ausmaßen. Ihr Gesicht war nicht ebenmäßig? Das seine hatte eine ungesunde, talgige Farbe, auf seinen Lippen saßen Speichelbläschen.

»Guten Tag. Mein Name ist Möller. Ich bin Ihre neue Sekretärin.«

Binder starrte sie an. Dann erhob er sich, ging um seinen Schreibtisch herum und musterte sie von Kopf bis Fuß. Berta ärgerte sich. Waren das die Manieren eines Vorgesetzten? »So«, murmelte er endlich und gab ihr die Hand; sie lag, feucht und

warm, für einen kurzen Moment in der ihren und war ihr herzlich unsympathisch.
»Die Personalabteilung hat Sie mir wärmstens empfohlen. Tja, dann wollen wir mal ...«, sagte er und ging ohne große Begeisterung voran zum Sekretariat.

Kurze Zeit später saß Berta, einen Kopfhörer im Haar, am Textgerät und tippte, was das Zeug hielt. Direktor Binder mochte vielleicht weibliche Reize an ihr vermissen, ihr Können sollte ihn überzeugen.
Da um elf Uhr eine Besprechung anberaumt war, legte sie Notizblöcke und Bleistifte auf den schweren Konferenztisch, sorgte für genügend Aschenbecher, rückte Stühle gerade und schaltete die Klimaanlage ein. Dann entnahm sie einem kleinen Tresor Personalbestandslisten, kopierte sie und legte sie ebenfalls auf den Tisch.
Es drohe Kurzarbeit, erzählte Direktor Binder und fuhr sich mit einem Taschentuch über die feuchte Stirn.
»Eine ungute Sache«, sagte Berta.
Er blickte sie irritiert an.
»Kurzarbeit schadet der Arbeitsmoral, man identifiziert sich nicht mehr mit der Firma, die freien Tage lähmen, man läßt nach, wird verführt zu noch mehr Nichtstun ... ein Teufelskreis.«
Er hob die Augenbrauen. »Man spart auch 'ne Menge Geld«, sagte er in einem Ton, der das Thema sofort beendete. Er hielt anscheinend nichts von denkenden Sekretärinnen.

Dann war es soweit. Das Firmen-Establishment, gekleidet in dunkle Anzüge, betrat das Büro und glich sich auf verblüffende Weise. Die Gesichter der Männer waren durchdrungen vom Wissen um die eigene Wichtigkeit, die Augen schienen über Berta hinwegzuhuschen. Man verschwand im Konferenzzimmer.

Ab und zu hörte Berta schallendes Gelächter. Die Aussicht auf Kurzarbeit schien sehr erheiternd zu sein.
Die Sprechanlage surrte. Man orderte Kaffee, Mineralwasser, Gebäck und eine Kopfschmerztablette für Dr. Reisiger. Und man wies an, dem Casino Bescheid zu geben, daß man um dreizehn Uhr zu speisen beliebte.
Hatte man »bitte« gesagt? Berta mußte es glatt überhört haben. Sie machte sich an die Arbeit. Kaffee, Zucker, Sahne, Mineralwasser ... Ach Gott, ja, die Schmerztablette ... Sie riß Türen und Schubladen auf.
Das Telefon klingelte.
»Verbinden Sie mich mit meinem Mann.« Eine harte Stimme. Berta sah ringgeschmückte Hände vor sich und scharfe Falten um einen rotlackierten Mund.
»Ich bedauere sehr«, sagte sie. »Ihr Mann ist gerade in einer wichtigen Besprechung.«
»Meine Liebe ... Wer immer Sie auch sind: Lernen Sie Prioritäten setzen und betrachten Sie mich als solche. Und jetzt geben Sie mir meinen Mann.«
Also gab Berta und konstatierte, daß sie, was Prioritäten anbetraf, nicht im Bilde war. Sie schleppte ihr schwerbeladenes Tablett in das angrenzende Zimmer und begann, Tassen und Gläser zu verteilen. Keiner beachtete sie. Lediglich ein großer dünner Mensch, der ihr ziemlich kurzsichtig erschien, dankte lächelnd und rückte dann verlegen seine Brille zurecht. Berta leerte die Aschenbecher und öffnete einen Fensterflügel. Die Runde war jetzt hektisch. Statements mußten ausgearbeitet, Backgrounds berücksichtigt und Innovationen in Technologielandschaften betrieben werden. Stylings und Designs waren zu beachten, Jobs zu digitalisieren und – last not least – Performance zu würdigen.
»Auch das eigene Feedback ist zu beachten, gerade in so schwierigen Zeiten«, sagte Direktor Binder.

Da *ihr* Styling und Design keinerlei Beachtung hervorrief, legte sie einem schweigsamen Dr. Reisinger eine Schmerztablette auf den Tellerrand, räumte leere Flaschen fort und spürte, daß sie zu schwitzen begann. Oder transpirierte man in Direktor Binders Anwesenheit? Egal. Ihre Bluse jedenfalls fühlte sich feucht an, auf ihrer Stirn bildeten sich Schweißperlen.
Survival haben sie noch nicht erwähnt, dachte sie heiter. Dabei war sie ein lebhaftes Beispiel für Überlebenstraining: Ihr Lächeln für Direktor Binder war *survival.* Die Ignoranz ihres Schweißes war *survival.* Daß sie Dr. Reisingers Kugelschreiber vom Boden aufhob, war *survival.* Nein. Halt. Das war dämlich. Sie ließ den Kugelschreiber wieder fallen und ging hinaus.

Dann schrieb sie weiter. Zwischendurch lief sie zum Fotokopierapparat, zur Poststelle, sie brachte Herrn Dr. Reisinger eine zweite Kopfschmerztablette, die er genauso schweigend in Empfang nahm wie die erste. Sie sauste in die Personalabteilung, um ihren Firmenausweis abzuholen. Sprach mit der Putzfrau, weil Direktor Binder eine Kaffeetasse umgestoßen hatte. Schrieb ihr Tonband fertig. Bestellte einen Flug nach Berlin. Schlang hastig ein Schinkenbrötchen hinunter, während das Establishment zum Essen ins Casino eilte. Meldete Herrn Direktor Binder beim Friseur an. Wie bitte? Ja, der Luigi. Danke. Verband nochmals, unter kluger Einhaltung sämtlicher Prioritäten, Frau Direktor mit Herrn Direktor. Nähte einen Knopf an Herrn Direktors Tennishose. Stellte eine junge forsche Stimme zu ihm durch und sandte dieser Stimme zwanzig rote Rosen. Ins Hotel MARRIOTT.
Als sie kurz danach im Waschraum war, warf sie einen Blick in den Spiegel. Ihr Haar war zerzaust, die Bluse aus dem Bund gerutscht, die Nase glänzte. Nun gut. Sie sah aus wie eine Frau, die schwer gearbeitet hatte. Also legte sie Puder auf, benutzte

ein Deodorant, zerstäubte Parfum und fuhr mit dem Kamm durch die Haare.
In ihr Büro zurückgekehrt, hörte sie Direktor Binder telefonieren. Die Tür stand einen Spalt offen, kleine Staubkörnchen flimmerten in dem schmalen Lichtstreif, der in ihr Zimmer fiel.
»Was haben Sie mir denn da für ein Schlachtroß geschickt ... Ich bin Ästhet, verstehen Sie ... Ja, das mag schon sein ... Ja, kann sie ... Aber ich bitte Sie, Sie wissen doch, was ich brauche ...« Ein öliges Lachen. »Nein, also wirklich. Suchen Sie was anderes ... Ein bißchen was fürs Auge, wenn's geht.« Wieder das ölige Lachen, dann fiel der Hörer auf die Gabel. Berta stand wie angewurzelt. Sie spürte, wie die Wut ihr den Atem nahm. Sie schritt ins angrenzende Zimmer, baute sich, die breiten Schultern gestrafft, vor Direktor Binder auf.
»Ich habe Ihr Gespräch gehört, und ich frage mich allen Ernstes, warum ein so fetter, unappetitlicher Mensch derart arrogant über einen anderen Menschen urteilt. Glauben Sie, Sie gefallen *mir* sonderlich?« Sie musterte ihn von Kopf bis Fuß mit dem gleichen Blick, mit dem er sie am Morgen gemustert hatte.
Er starrte sie an. »Was erlauben Sie sich ...«
»Ich habe ordentlich gearbeitet. Es gab keine Pannen. Den ganzen Tag war ich präsent. Ich habe getan, was eine Sekretärin tun muß. Ich habe geschrieben, ich habe telefoniert, ich habe Sie fortwährend wie ein kleines Kind verhätschelt. Ich war Dienstmädchen, Serviererin, Datistin, Phonotypistin, Putzfrau und Kupplerin. Die ideale Sekretärin eben. Was wollen Sie eigentlich? Ein Pin-up-Girl?«
Sein Gesicht lief an. »Verlassen Sie sofort dieses Büro«, entgegnete er, heiser vor Wut.
Berta nahm ihre Tasche, verließ das Zimmer, verließ das Gebäude, setzte sich in eine Pizzeria und sann auf Rache.

Am nächsten Tag stand Direktor Binder vor ihr. Er war so verblüfft, ihr in seinem eigenen Büro zu begegnen, daß er keinen Ton hervorbrachte.
»Sie sind mir zu fett, Herr Direktor«, sagte Berta süffisant und wippte in ihrem dicken Polsterstuhl. »Ich habe gern was Junges um mich. Was Knackiges. Ein bißchen Sex-Appeal.«
Binder setzte zum Sprechen an.
»Ach, Sie meinen, Sie hätten dafür enorme berufliche Erfahrung? Aber ich bitte Sie, wer fragt danach.«
Sie richtete sich auf. »Spaß beiseite. Viel schlimmer finde ich, daß Sie kein Fingerspitzengefühl haben. Kein soziales Gewissen. Dafür aber eine Frau, die nichts mit dieser Firma zu tun hat und dennoch Prioritäten setzt. Das sehe ich nicht gerne.«
»*Sie* sehen das nicht gerne? *Sie?* Ich werde demnächst Geschäftsführer dieser Firma sein, und *Sie* wagen es, mir meine Prioritäten ...« Er schnappte nach Luft.
»Unsere Prioritäten sind Mitarbeiter, die auf ihren Monatslohn warten und Kunden, die Anspruch auf gute Produkte haben. Und unsere Aufgabe ist es, die Firma im Sinne meines Vaters weiterzuführen.« Berta lächelte ihn an.
Seine Haut wurde fahl.
»Sehen Sie«, fuhr Berta fort. »Vater war sich nie sicher, ob Sie der richtige Mann sind, um in diesen schweren Zeiten zu bestehen. Und dann der Skandal in Brasilien! Nur Vaters Tod verdanken Sie es, daß Sie diese Position überhaupt erhielten.«
Er wich einen Schritt zurück. »Sie sind seine Tochter?« fragte er fassungslos.
»Tja ... Ich fand meine eigene Methode, Sie zu testen. Und ich weiß jetzt, mit wem ich es zu tun habe.«
Sie bemerkte, daß heute er die Schweißperlen auf der Stirn trug und daß es *sein* Hemdkragen war, der feucht wurde. Sein ganz persönliches *survival* begann. Er warf ihr einen haßerfüllten Blick zu.

»Sie sind entlassen«, sagte Berta sanft.
Und rief ihm, bevor er die Tür schloß, noch nach: »Unterschätzen Sie mir in Zukunft die Schlachtrösser nicht.«

Von seiner Frau aufs Übelste beschimpft, von seiner Geliebten verlassen, mußte sich Direktor Binder noch am gleichen Tag in psychiatrische Behandlung begeben. Als ihn eine stattliche, breitschultrige Therapeutin während eines Tests fragte, was er mit dem Wort »Schlachtroß« assoziiere, bekam er einen Tobsuchtsanfall. Er zertrümmerte die Zimmereinrichtung und wurde in eine geschlossene Abteilung gebracht.

Verlieben Sie sich nie in Ihren Psychiater

Bernhard ging ins Bad, er schloß die Tür, und ich hörte, wie er den Riegel vorschob. Er konnte es nicht leiden, wenn man ihn bei der Körperpflege beobachtete; für einen Psychiater, fand ich, ein alarmierendes Verhalten. Aber andererseits – hieß es nicht immer, Psychiater würden nur deshalb Psychiater werden, um ihren eigenen Verrücktheiten auf die Spur zu kommen? Nun, bei Bernhard drängte sich der Gedanke auf. Er machte sogar das Licht aus, wenn wir uns in sein Schlafzimmer zurückzogen; da stand immer noch das traditionelle Ehebett – obwohl seine Frau ihn bereits vor vier Jahren verlassen hat. Fein säuberlich lagen die beiden Kopfkissen nebeneinander, mich wunderte immer, daß ich nicht auch noch Margots Nachthemd unter der Bettdecke fand.

Ihre Frühstückstasse stand nämlich auf dem Tisch. In der Tat, das erste Mal, als ich bei Bernhard übernachtete – Jörg, mein Mann, war nach Paris geflogen, irgendeine Computerangelegenheit –, stand ich am Morgen in Bernhards Küche, die ersten Sonnenstrahlen krochen durch die Vorhänge, und was soll ich Ihnen sagen: Da waren zwei Gedecke.

»Oh, là là«, rief ich, »woher wußte deine Zugehfrau, daß ich bei dir übernachte?«

Bernhard wurde rot. »Sie deckt *immer* für zwei Personen.«

»Warum?« fragte ich erstaunt. »Hast du ihr nicht gesagt, daß du geschieden bist? Oder hast du so oft weibliche Frühstücksgäste, daß sie automatisch für zwei Personen deckt?«

Bernhard zog mich an sich. »Niemand hat hier übernachtet, seit ich geschieden bin.«
Das freute mich, denn damals war ich noch sehr in Bernhard verliebt. Aber das andere Gedeck ... »Wozu also das andere Gedeck?«
Er zuckte die Achseln und lachte verlegen auf.
Da kam mir zum ersten Mal der Verdacht, daß mit ihm nicht alles stimmte.

Als Jörg aus Paris zurückkehrte, brachte er mir ein Parfum mit, Yves Saint-Laurent. Ich hatte eigentlich mit einem Negligé gerechnet, schwarze Seide oder knallroter Satin. Ich malte mir aus, wie ich Jörg in diesem Negligé in seinem Arbeitszimmer besuchte und ihn von seinen Computern weglockte. Wie die hauchzarte Spitze über meine Schultern glitt, wie ich mich verführerisch auf dem Schreibtisch räkelte und mein Gatte sich daraufhin mehr mit meinen denn mit den Funktionen seines Textautomaten beschäftigte.
Aber Jörg schenkte mir kein Negligé. Das hätte wahrscheinlich Aktivitäten von ihm erfordert, die zu erbringen er damals nicht in der Lage war; er übte sich nämlich schon seit Monaten in besorgniserregender Abstinenz. Entweder saß er stundenlang im Büro oder war mit dem Flugzeug unterwegs oder rief an und teilte mir mit, daß »die Geschichte noch länger dauere« und die Typen sich schon bei Punkt eins des Vertrages in den Haaren lägen. Wenn er dann nach Hause kam, schien er so erschöpft wie ein Marathonläufer in der Zielgeraden, eine denkbar ungeeignete Ausgangssituation für schwarze Seide oder knallroten Satin. Was also blieb mir übrig? Nicht jede Frau empfindet Requisiten aus einem Beate-Uhse-Shop als gleichwertigen Ersatz. Dann doch lieber den pflegeleichten Zweitmann, dachte ich.
Bianca, meine Freundin, meinte allerdings, daß in Jörgs Alter sich die Potenz sowieso mehr in Karriereträumen austobe und

ich zufrieden sein solle mit meinem Parfum von Yves Saint-Laurent. Sie selbst hatte, als ich sie besuchte, einen Traum von Negligé auf dem Bett liegen, champagnerfarben, sehr kurz, mit durchbrochener Spitze an exponierter Stelle. Aber bei Bianca war das nichts Besonderes. Sie war ledig, bildhübsch, mütterlicherseits brasilianischer Abstammung. Die Männer wetteiferten darum, sie mit Schmuck und Pelzen behängen zu dürfen, und deuteten die geringste Gemütsbewegung in ihrem makellosen Gesicht als temperamentvoll exotischen Ausbruch. Dabei war Biancas Vater ein gemütlicher dicker Däne, aber das verschwieg sie natürlich.

»Wie geht's deinem Psychiater?« fragte sie – Bernhard hieß bei uns immer nur »dein Psychiater – mein Psychiater«, obwohl ich ihn auf einer Vernissage kennengelernt und seine Praxis noch nie betreten hatte.

»Er ist zu einem Kongreß in Wien. Auf den Spuren Freuds. Gott sei Dank«, fügte ich hinzu.

»Hast du ihn schon über?«

»Er ist so ... seltsam.«

»Wie meinst du das?«

»Ich glaube, er tickt nicht richtig.«

»Hat er perverse Anwandlungen?«

»Als ich das letzte Mal vor seiner Tür stand und klingelte, hörte ich ihn sprechen. Ich dachte, er hätte Besuch, und wollte schon wieder zurück in den Lift. Aber er war allein. Er zog mich ins Wohnzimmer. Dort stand, auf einem antiken Bord, ein Bild von mir, das er gemacht hatte, als ich duschte. Eine Vergrößerung. Lachendes Gesicht, Wasser, das auf nackter Haut perlt, ein tolles Bild, Bianca. Schade, daß ich es Jörg nicht schenken kann.«

»Was ist so sonderbar daran, wenn dein Psychiater dich nackt fotografiert? Du gehst doch auch mit ihm ins Bett?«

»Er gebärdet sich, als sei das Bord mit dem Bild drauf eine Art Götzenaltar.«

»Verliebte Männer benehmen sich eben seltsam«, sagte Bianca spöttisch.
»Seltsam? Er brachte einen Strahler an, der mein Gesicht und meine Brüste auf dem Foto taghell beleuchtet, und er redet mit mir, als sei ich permanent anwesend. *Claudia,* sagt er beispielsweise zu dem Bild, *Schatz, ich denke unentwegt an dich. Ich weiß, was du grade machst: Du stehst zu Hause im Badezimmer. Du trägst nur einen Slip. Du läßt Wasser in die Wanne laufen. Du benutzt das Badesalz, das ich dir geschenkt habe. Du steigst in die Wanne* … Er hat's mit den Badezimmern, Bianca. Eine schaumgekrönte Wanne, ein Strahl aus der Dusche, und er wird so potent wie Klaus Kinski.«
»Sei froh …«
»Und dann erzählt er dem Bild, welche Patienten er erwartet, was für seelische Wehwehchen sie mit sich herumschleppen. Ob ihre Mutter sie vergewaltigt hat oder sie ihren Vater begehren oder unter Penisneid leiden. Sagt, wo er mittags diniert, wie er sich die Abende ohne mich vertreibt, wie er sich nach mir sehnt. Und setzt sich an den Tisch, und auf dem Tisch stehen zwei Gedecke … *Zwei* Gedecke, Bianca, und es würde mich, ehrlich gesagt, nicht wundern, wenn neben dem einen Gedeck wiederum ein Foto von mir läge und er mir fürsorglich Bratkartoffeln vorlegte und Fleisch und … Ach, was! Reden wir von anderen Dingen!«
Bianca sah mich aufmerksam an. »Vielleicht wäre es besser, du trennst dich von ihm?«
»Sicher«, antwortete ich kläglich. »Zumal er mir gar nicht mehr gefällt. Er ist so groß und knochig, und seine Augen – irgendwas stimmt nicht mit seinen Augen. Auf dieser Vernissage, da hielt ich seinen Blick für pure Leidenschaft. Was für ein Mann, dachte ich, und dann diese großen Hände und der sinnliche Mund … Richtige Gänsehaut bekam ich bei dem Gedanken, was er alles mit diesen Händen und mit diesem Mund anstellen könnte. Aber jetzt …« Ich zögerte.

»Heraus damit, mein Engel«, sagte Bianca.
»Ich glaube, ich bin puritanisch.«
Sie lachte. »Du hast seit zwei Monaten einen Geliebten und bist puritanisch?«
»Ich kann nicht genießen, weiß du ... Andere Frauen, die ein Verhältnis haben, plagt nicht wirklich ihr schlechtes Gewissen, sie haben nur Angst, daß man sie eines Tages im Bett ihres Geliebten erwischt. Aber ich, ich habe ein schlechtes Gewissen, auch wenn Jörg in Paris bei seinen Computern sitzt und sich gar nicht darum kümmert, ob ich zu Hause bin oder nicht. Wahrscheinlich, weil er mich auch betrügt.«
»Jörg?« fragte Bianca erstaunt.
»Mit seinem Job. Ich glaube, ich suche mir auch wieder eine Stellung. Nachdem wir sowieso noch keine Kinder wollen ...«
»Keine schlechte Idee«, antwortete Bianca nachdenklich. »Dann hast du auch einen guten Grund, deinem Psychiater klarzumachen, daß du keine Zeit mehr für ihn hast.«
»Und kann mein Götzenbild zerstören.« Denn Bernhard fand meinen Beruf – ich hatte als Elektronikerin im Kommunikationsbereich gearbeitet – absurd. Eine Elektronikerin stellte für ihn wahrscheinlich so etwas wie weiblichen Mummenschanz dar, ein weiteres Zeichen für die Fragwürdigkeit seines Berufsstandes. Schließlich erwartete man von einem Psychiater grenzenloses Verständnis und eine alles tolerierende Analytik.
Ich bekam einen Job in der Computerbranche – Jörg war mir dabei behilflich. Mir schien, als atme er innerlich auf, daß ich nun nicht mehr den lieben langen Tag zu Hause verbrachte und mich in Sehnsucht nach ihm verzehrte. Jetzt hatte ich selbst einen Zehnstundentag im Büro, wir aßen am Abend im Restaurant (so wir uns überhaupt sahen), und ich schränkte meine Besuche bei Bernhard immer mehr ein.
»Du fehlst mir so«, beklagte er sich eines Mittags. Ich hatte mir

ein paar Stunden frei genommen und saß in seiner Küche – am zweiten Gedeck.
Ich versuchte ihm zu erklären, daß meine Arbeit mich ganz und gar ausfülle, daß ich mir überhaupt sehr viele Gedanken gemacht hätte über ihn, über Jörg, über unsere momentane Situation und sich mir der Verdacht aufdränge, daß Ehebruch für mich auf Dauer nicht akzeptabel sei.
»Bitte«, sagte ich hastig, als ich die roten Flecken in seinem Gesicht bemerkte. »Du mußt mich verstehen. Ich mag dich sehr, aber ich liebe auch Jörg, und mit ihm bin ich verheiratet. Ich schaff' das alles nicht, nervlich, meine ich ...«
Bernhard betrachtete mich, als hätte ich eine Art psychoanalytischen Prozesses in Gang gesetzt ... Klickediklickediklick. WIE-WIRD-SIE-WIEDER-ZU-DER-FRAU-AUF-DEM-FOTO-MIT-DEM-LACHENDEN-GESICHT.
Er faltete seine großen Hände (die ich noch vor ein paar Monaten für himmlische Werkzeuge irdischen Begehrens hielt), zog an den Fingern, bis die Gelenke knackten, in seinen Augen wechselten Bestürzung, Trauer und kalte Wut, eine Wut, die mir Schauer über den Rücken jagte und mich hellwach werden ließ. Heiliger Antonius! Wenn er mich nun umbrachte? Ich hatte keine Lust, im hoffnungsfrohen Alter von achtundzwanzig Jahren ermordet, vielleicht verstümmelt, hinterm Duschvorhang eines Psychiaters zu enden, der sein berufliches Interesse sozusagen den eigenen Neurosen widmete.
»Bernhard«, rief ich, sanft und fest zugleich. »Ich werde dich nie vergessen. Aber ich eigne mich nicht zu diesem feigen Doppelspiel. Laß uns Freunde bleiben.«
»Du liebst ihn nicht«, schrie er. »Du liebst mich. Du hast nur Angst. Aber ich werde dir die Angst nehmen. Du gehst und packst deine Koffer und kommst zu mir. Heute noch!«
Da entschloß ich mich, die Geschichte ein für allemal zu beenden. »Okay, du willst es nicht anders. Hör also zu: Ich liebe

meinen Mann, und dich liebe ich nicht. Es tut mir leid, daß ich Jörg betrogen habe. Und es tut mir leid, daß ich dich unglücklich mache. Aber du wirst mich bald schon vergessen haben, glaube mir.«

Er saß auf der Couch, direkt neben der Götzenkonsole mit meinem Foto. Das Lämpchen an der Wand brannte, unbeirrt perlten die Wassertropfen auf meiner Haut, meine nackten Brüste schienen zu zittern. Ich mußte raus hier, sofort! »Überleg es dir genau«, sagte Bernhard tonlos. »Mehr verlange ich nicht von dir. Nur, daß du es dir genau überlegst.«

Ich schlüpfte in meine Jacke. »Ich habe es mir überlegt.« Doch da war etwas, das in mir bohrte, das mich ängstigte, und als ich an seinem Schreibtisch vorbeikam, wußte ich, was es war: Bernhard hatte mich nicht nur nackt fotografiert, er hatte auch Briefe von mir. Und diese Briefe, unmißverständlichen Inhalts, wollte ich wiederhaben.

»Bitte gib mir meine Briefe zurück«, sagte ich und kam mir sehr theatralisch vor, wie die Heldin eines verstaubten französischen Gesellschaftsstücks.

»Deine Briefe?« er lächelte höhnisch. »Ich hab' sie weggeworfen.«

Ich glaubte ihm nicht. Wenn er mir in seinem Wohnzimmer einen Altar errichtete, warum nicht auch in seinem Schreibtisch? Doch ich verzichtete darauf, weiter in ihn zu dringen. Er tat mir leid. Er stand jetzt wie verloren am Fenster mit einem Ausdruck im Gesicht, als lauschte er fernen Stimmen.

»Adieu dann«, murmelte ich. Ich wartete noch einen Moment. Als er nicht antwortete, ging ich.

Ich erzählte Bianca von dem Ende meiner Affaire.

»Gut«, sagte sie. »Such dir also einen anderen Lover.«

»Ich will keinen anderen, ich will Jörg. Ich werde es schon schaffen, ihn von seinen geliebten Computern wegzueisen.«

Bianca lächelte. Sehr skeptisch, aber ich wischte ihre Skepsis beiseite. »Weißt du, um eines allerdings mache ich mir Sorgen.« Und ich erzählte ihr von den Briefen.
»Meine Güte«, sie lachte sich halbtot. »Kein vernünftiger Mensch schreibt heute noch Liebesbriefe. Man telefoniert – wenn schon Liebesgeflüster sein muß.«
»Könntest du nicht …«, fragte ich verlegen. »Mir gibt er sie bestimmt nicht. Aber wenn du zu ihm gingest … Ich glaube, einer selbstbewußten, schönen Frau ist er nicht gewachsen.«
»Warum fürchtest du dich vor diesen Briefen? Sollen sie doch verrotten in seinem Schreibtisch.«
»Bernhard ist so … absolut. So … irre, irgendwie. Wenn er die Briefe nun Jörg schickt? Aus Rache?«
Bianca sah mich voller Mitleid an. »Du hast ja wirklich eine Scheißangst, deinen Jörg zu verlieren.« Sie seufzte. »Also gut, ich gehe zu ihm. Morgen.«

Er gab ihr die Briefe nicht. Sie erzählte es mir am Telefon. »Er sagte nicht viel. Er sagte nur, ich solle verschwinden. Und du solltest dich in acht nehmen …«
Ich sollte mich in acht nehmen … Sofort durchsuchte ich die Wohnung. Wenn er sich nun irgendwo versteckte? Nachts ums Haus schlich? Plötzlich glaubte ich, leise Schritte auf der Treppe zu vernehmen, ein Schrank knarrte, ein Fenster klirrte. Ich stand wie erstarrt. Verrückte waren ja so schlau und verrückte Psychiater sicherlich genial. Ich fror vor Entsetzen.

Es war am folgenden Samstag. Jörg und ich saßen bei einem verspäteten Frühstück. Jörg las die Zeitung, als der Postbote klingelte.
»Ein Einschreiben für Herrn Kayser.«
Es war ein Päckchen.
»Nanu«, sagte Jörg und hielt meine Briefe in der Hand.

Ich weiß nicht, ob Sie sich vorstellen können, wie mir zumute war. Ich wollte mich auf Jörg stürzen und ihm die Briefe entreißen. Ich sehnte mich nach einer erlösenden Ohnmacht. Es gelüstete mich nach Gift, um Bernhard zu töten. Mir wurde heiß (wenn ich daran dachte, was in den Briefen stand), dann eiskalt (wenn ich mir ausmalte, was Jörg dazu sagen mochte), dann packte mich wieder rotglühende Wut. Dieser Mistkerl! Dieser als Psychoanalytiker getarnte Psychopath! Dieser mit Komplexen beladene Heuchler! Schlief seelenruhig mit der Frau eines anderen, faselte von verkrusteten Gesellschaftsformen und modernem Zusammenleben und reagierte im Zweifelsfall wie das nächstbeste, in seiner arroganten Ehre gekränkte Männchen. Kläglich! Verwerflich! Lächerlich!
Ich brauchte die Wut, um vor Jörg bestehen zu können, der eigenartig ruhig am Tisch saß. Er las die Hälfte des ersten Briefes, las die Unterschrift und legte mir das ganze Bündel in den Schoß.
»Ich schließe daraus, daß du einen anderen hast.« Er war blaß.
»Du hattest entweder keine Zeit oder keine Lust. Da wird man anfällig für andere ... Reize.« Ich dachte an Bernhards flackernde Augen und seine großen Hände und begann zu weinen. Wenn er sich nun auch körperlich an mir rächte? Oder an Jörg? Verrückt, wie er war?
Jörg beugte sich zu mir. Hob mein Kinn. »Und nun?«
»Er hat dir die Briefe aus Rache geschickt«, flüsterte ich, heiser vor Erleichterung, denn in Jörgs Gesicht lag eine Art Ratlosigkeit, die mich hoffen ließ. »Weil ich ihn verlassen habe.« Und dann weinte ich wieder.

Als ich Bianca erzählte, daß Bernhard die Briefe an Jörg geschickt und so meine Untreue aufgedeckt hatte, fragte sie nur sehr knapp: »Und?«

»Und? Was und?« fragte ich zurück. Ich weiß noch, daß ich lächelte.
So etwas wie grenzenlose Verwunderung schlich sich in ihre Augen. »Er hat dir verziehen?«
»Den ganzen Tag lang«, sagte ich und ließ mich auf ihr Bett plumpsen. Lag mit dem Kopf auf der champagnerfarbenen Seide ihres Negligés. »Ich werde mir auch so ein Ding kaufen.«
Bianca hob das Nachthemd auf. »Gefällt es dir?«
»Es ist himmlisch.«
»Nimm es! Trag es! Jörg wird seine Freude daran haben!«
»Aber ich kann doch nicht dein ...«
Sie lächelte höhnisch. Ihre Augen waren wie gefroren.
»Ich habe es von ihm, mein Engel. Er hat es mir mitgebracht. Aus Paris.«
Ich hielt den Atem an. Mir war, als stünde ich an einem Abgrund. »Was heißt das?«
»Das heißt, daß wir ein Verhältnis hatten.«
»Hatten?« fragte ich langsam.
Sie schwieg.
In meinem Kopf wirbelten die Gedanken herum.
»Ich habe dir so vertraut, Bianca. Ich habe dir von Bernhard erzählt. Und du wiederum ... hast es Jörg erzählt.«
»Ich habe es Jörg nicht erzählt.«
»Das verstehe ich nicht.«
Sie gab ein seltsames Krächzen von sich. »Ich hatte Schiß vor seiner Eifersucht. Schiß davor, daß er mich fallenläßt und sich wieder um dich bemüht. Männer reagieren so. Wenn man ihnen was wegnimmt, wird es für sie wieder interessant. Aber dann, als mir klar wurde, daß er so und so mit mir Schluß machen wollte, kamen mir die Briefe wie gerufen.«
»Die Briefe? Bernhard hat sie dir gegeben?«
»Sofort.«
»Du hast die Briefe an Jörg geschickt?«

Sie nickte. Versank in Schweigen. Dann sagte sie mit rauher Stimme: »Jörg ist für mich der einzige Mann, der ...« Sie unterbrach sich und machte eine kleine Bewegung mit der Hand. Wir standen uns gegenüber und starrten uns an.
»Für mich auch, Bianca«, antwortete ich nach einer Weile, die mir wie die Ewigkeit erschien, und stopfte das Nachthemd in meine Manteltasche.

An Jörgs Geburtstag trug ich es. »Gefällt es dir?«
Er tat einen raschen Atemzug. »Woher hast du es?«
»Es soll aus Paris kommen. Warum?«
Er vergrub seinen Mund in meinem Haar. »Nicht weiter wichtig, Liebling«, murmelte er.

Rache und was sonst noch zählt

Kennen Sie auch diese Tage, an denen nichts klappt? Wenn Sie vom Brot abbeißen, fällt Ihnen 'ne Plombe aus dem Zahn, die Milch im Kühlschrank ist sauer, und der Postbote bringt nichts als Rechnungen.

So einen Tag hatte ich kürzlich. Es war der 15. September, ich erinnere mich genau. Als ich am Morgen erwachte, war es verdammt hell draußen. Ich schielte nach der Uhr. Mann! Ich hatte schon wieder verpennt. Und dabei war ich noch in der Probezeit! Als Schreibkraft in einem piekfeinen Laden, große Kanzlei. Alles so in Anzug und Krawatte und »Guten Tag, gnädige Frau« und »Auf Wiedersehen, Herr Direktor«.

Als ich ins Bad rannte und in den Spiegel guckte, erschrak ich. Ich hatte verquollene Augen, ich hatte zwei Pickel auf der Stirn, und einen Knutschfleck am Hals hatte ich auch. Und der Geschmack in meinem Mund war Putzwasser pur. Logo. Zu viele Zigaretten und Schnäpse am Abend vorher. Mein Faltenrock lag wie ein Häufchen Elend am Boden, die Bürobluse, mit einem Knopf zu wenig, daneben. Ich fluchte und zog das rote T-Shirt mit dem Madonna-Kopf über. Auch schon egal, dachte ich und krallte mir meine Pumps. Die waren knallrot wie der Madonna-Kopf und machten echt 'n gutes Bein.

Als ich aus der Wohnung wollte, klingelte das Telefon. Es war Bert, mein Freund. Student. Politologie oder wie das Ding heißt. Bert wohnte bei mir. Ich fütterte ihn schon seit zwei Jahren durch, weil seine Alten, stinkfeine Pinsel aus Bonn, was gegen mein Niveau und meine Herkunft haben und Bert deshalb einfach den Zuschuß sperrten. Natürlich hätte Bert zum Kadi rennen können, aber das wollte ich nicht. »Wir schaffen das auch ohne deine Gruftis«, sagte ich zu ihm.

Er rief mich aus irgend 'ner Vorlesung an. »Hör mal, Betti, das klappt nicht mit der Disco heute abend. Ich hab' da noch so 'n Seminar. Soziologie. Leider.«

Ich war stinksauer und knallte den Hörer auf die Gabel. Und hatte wieder dieses mulmige Gefühl im Magen. Ich spürte nämlich schon die ganze Zeit, daß Bert am Abspringen war. Es störte ihn plötzlich so viel an mir. Daß ich mir nichts aus Politik machte. Daß ich Heavy Metal hörte. Daß ich so wenig las. 'nen richtigen Komplex hatte ich schon deswegen, ehrlich. Als wir uns kennenlernten, da war's anders, da fand er mich umwerfend. Sexy. Was wollte er eigentlich? Okay. Ich konsumierte morgens immer nur so 'n billiges Revolverblättchen. Tat mein Vater doch auch. Ich war einfach nicht erzogen worden für was anderes. Aber Bert sagte, das sei 'ne faule Ausrede, denn alles stünde mir offen: Bibliotheken, Konzertsäle, Theater. Er hatte gut reden! Er hatte sein Abitur in der Tasche, er hatte den nötigen Schliff – sogar Tanzstunden hatte ihm seine Grufti-Regierung bezahlt. Mein Vater hätte sich totgelacht, hätte ich von ihm Geld für Tanzstunden gefordert. Er arbeitete Akkord, Fließband, und meine Mutter lötete Drähte für 'ne Elektrofirma. Für den Stundenlohn, den sie da kriegt, würde Berts Mutter nicht mal den kleinen Finger rühren, geschweige denn die ganze Hand.

Na, auch egal. Ich schnappte mir meine Handtasche, suchte wie eine Verrückte nach den Hausschlüsseln und raste zur Haltestelle. Ein total freundlicher Busfahrer schloß die Tür vor meiner Nase und grinste saublöd, als ich ihm mit 'nem diskreten Handzeichen signalisierte, was er für mich war. Von wegen Zusammenhalt des Proletariats! Mir war schon klar, warum das nicht geklappt hatte mit den Kommunisten.

In der Kanzlei lehnte die Bürovorsteherin an einem der tausend Aktenschränke und grinste genauso blöd wie der bekloppte Busfahrer. »Mein liebes Fräulein Wegener«, sagte sie, »wenn Sie sich nicht mehr der arbeitenden Bevölkerung zurechnen, lassen Sie es mich doch bitte als erste wissen.«
Ich hielt meinen Mund, war besser so, aber die alte Fregatte kam erst richtig in Schwung. »Das ist das dritte Mal in dieser Woche, daß Sie zu spät kommen«, säuselte sie. »Ihr Arbeitsstil gleicht Ihrem Aussehen: total verlottert.«
Ich murmelte eine Entschuldigung, flitzte zu meinem PC und warf ihn an. »Sehr geehrter Herr Kollege«, schrieb ich, »wir danken für Ihr Schreiben ...«
Das Telefon klingelte. Es war die Chefsekretärin.
»Sie möchten bitte zu Herrn Dr. Steinmann kommen.«
»Meinen Sie mich?« fragte ich, vollkommen perplex.
Sie legte auf, ohne was zu sagen, und mir wurde schon zum zweiten Mal an diesem Tag mulmig. Zu Steinmann mußte man nur, wenn's Zoff gab. Ich riß meinen Spiegel aus der Tasche, puderte mein Gesicht, kleisterte die Pickel zu und besprühte mich ausgiebig mit Parfum. Dann stöckelte ich den Flur entlang. »Nur keine Aufregung, Alte«, sagte ich mir, »wird schon nicht so schlimm werden.« Ich hielt mich ganz gerade, Bauch rein, Brust raus; meine Madonna kriegte direkt Profil.
Hinter seinem Nobel-Schreibtisch saß Dr. Steinmann wie so 'n Dressman für gehobene Ansprüche. Dunkler Anzug, Seidenkrawatte. Graue Schläfen, gebräunte Hände und schneeweiße Manschetten. Er spielte mit einem goldenen Kugelschreiber. Mit was sonst.
Irgendwo drin in mir fing's an zu zittern.
»Nun, Fräulein Wegener ...« Er sah mich an wie ein Insekt, das 'nen unangenehmen Geruch verströmt. »Ich brauche Ihnen wohl nicht zu sagen, daß unsere Zusammenarbeit nicht so befriedigend ausfällt, wie wir uns das vorgestellt haben. Sie kom-

men ständig zu spät, Ihre Deutschkenntnisse lassen zu wünschen übrig, und was Ihr Aussehen betrifft ...« Er warf einen anzüglichen Blick auf mein T-Shirt und registrierte mit seinen Spottaugen, daß mein Faltenrock seinem Namen alle Ehre machte. »Ich muß Ihnen daher leider mitteilen, daß Sie die Probezeit in unserer Kanzlei nicht bestanden haben.«

Linker Haken, peng! Ich wollte grade noch was sagen, da öffnete sich die Tür, und herein stolzierte eine Mandantin. Es ging so 'ne Art Strahlen von ihr aus. Das Kleid war edel, die Handtasche war edel, die Schuhe waren edel, die ganze Schnecke war edel. Und ich stand da mit meiner Madonna auf der Brust und den zerschrammten Schuhen, und mir war plötzlich zum Heulen. Klar hätte ich einen Schnaps weniger trinken können gestern abend. Klar hätte ich heute morgen meinen Rock aufbügeln und die Schuhe endlich zum Schuster bringen können. Aber war ich deswegen zweiter Klasse?

Dr. Steinmann stolperte fast, so schnell stand er auf. Er schob einen Stuhl zurecht und küßte der Lady die Hand. »Sie können gehen«, sagte er über die Schulter zu mir. Grade so. *Sie können gehen.* Als wäre ich ein Stück Dreck. Er sah mich schon gar nicht mehr. Ich war in seinen Augen einfach eine neunzehnjährige Schlampe in verheerenden Klamotten und ohne Niveau. Ich sollte mich, bitteschön, mit meinem Schwall Moschusduft, Kaufmarkt, zehn Mark neunzig, aus seinem Gesichtskreis entfernen, denn ich trug nicht bei zum Renommee der Kanzlei.

Also ging ich. Ich holte meine Handtasche und klebte der Fregatte ein Schildchen »Very urgent« auf die Bluse. Diese Schildchen bekamen sonst immer unsere Briefe, die ins Ausland gingen. »Das wär's dann wohl, du Zombie«, sagte ich. Für einen Moment fühlte ich mich sauwohl, aber leider hielt das Gefühl nicht an. Ich lief durch die Straßen, ich aß eine Pizza im Stehen, ich grübelte und grübelte. Als es dunkel wurde, ging ich am sündteuren GOURMET vorbei. Und wer saß in einer Fensternische und schob begeistert kleine unschuldige Schnecken in sich hinein? Mein Bert. Und wer saß neben ihm? Auf jeden Fall nicht ich. Sondern etwas Liebreizendes, Gepflegtes, mit halblangem, blondem Haar. So 'ne Art stolzer Grace-Kelly-Schwan. Der Schwan trug einen Kaschmirpullover und hatte jenen sanften Blick, den man kriegt, wenn das Leben wie 'ne Samtschatulle ist. Oh, wie ich sie haßte, people. Und wie ich Bert haßte. Und mich und Dr. Steinmann und die ganze weite, beschissene Welt. War das nicht der Hammer? Drinnen lächelte einer, der regelmäßig meinen Kühlschrank leerfraß und mit meinem Portemonnaie bezahlte, die Liebreizende zärtlich und bewundernd an. Und draußen stand ich, der gelinkte Trampel, und starrte durch die Scheibe wie 'ne Geisteskranke. Und begann auch noch zu flennen. Soziologie-Seminar. Hatte wohl was mit sozial zu tun. Ich flennte, weil ich Berts Bücher nicht las. Ich flennte, weil ich verschrammte Absätze hatte. Ich flennte, weil Dr. Steinmann gesagt hatte: »Sie können gehen.« Und weil mein Vater immer nur im Unterhemd am Küchentisch sitzt und doch total in Ordnung ist. Als ich Vaters schwere Hände mit den dunklen Adern vor mir sah, als ich mich erinnerte, wie diese Hände Bert einen Hündi rüberschoben, weil der *arme Junge* doch von seinen Eltern nichts mehr kriegte, überfiel mich die kalte Wut.

»Das laß' ich mir einfach nicht bieten«, sagte ich zu 'nem Mann, der vorüberging. Und der antwortete: »Na klar läßt du dir das nicht bieten, Schätzchen.«

Zu Hause machte ich Bilanz. Bert hatte also Grace Kelly kennengelernt. Und obendrein gecheckt, daß er bescheuert war. Denn wenn er seinen Eltern sagte, daß er wieder in Kreisen verkehrte, die sich sehen lassen konnten, dann rückten diese Eltern auch wieder Kohle raus. Dann bekam er endlich das Apartment, das er schon seit Ewigkeiten haben wollte, und Grace

Kelly bekam er auch. Ich konnte mir Grace gut vorstellen in Berts neuer Wohnung, wie sie am Herd stand und Spiegeleier briet und sich schrecklich tüchtig vorkam. Ich drückte meine Fingernägel in die Handballen, bis sie blaurote Male hinterließen. Ich wollte Rache. Giftgelbe, siedendheiße Rache. Doch eine Chance wollte ich Bert noch geben. Tief in mir drinnen, wo heute morgen das Zittern begonnen hatte, lauerte nämlich Hoffnung. Vielleicht war alles nur ein Zufall, dachte ich mir, vielleicht gibt es eine ganz plausible Erklärung?

Die gab es auch. Als ich Bert auf den Kopf zusagte, daß er mit dem Schwan was hätte, wurde er sofort geständig. Er könne nicht anders, winselte er. Er sei vernarrt in die Frau. Er hätte so was noch nicht erlebt. Diese geistige Übereinstimmung. Dieser Gleichklang der Gefühle. Diese Lust, die er empfinde, wenn er mit ihr schlafe. Ich langte unwillkürlich nach meinem Knutschfleck. Was war *er?* Ein Besuch Draculas? Bert lachte geringschätzig. Okay, ich sei eine scharfe Nummer. Aber wir würden nicht zueinander passen. Ich wisse ja nicht mal richtig, wer Shakespeare sei. »Was uns verbunden hat, war primitiver Sex«, sagte er und wischte damit die ganzen zwei letzten Jahre aus meinem Leben. Wisch und weg. Und meinte noch, daß es mit Beatrice eben was ganz anderes sei. Er sei ihr, auf einer höheren Ebene, sozusagen hörig. Er könne ohne sie gar nicht mehr leben. »Ohne sie«, sagte er, »würde ich vor die Hunde gehen.«
Das konnte er haben.
Am nächsten Morgen fand ich Beatrices Adresse in Berts Notizkalender. Ich kramte meinen geilsten Lederrock hervor und schlüpfte in ein schwarzes T-Shirt. Ich trug auch wieder die roten Pumps, und bevor ich ging, zündete ich mir eine Zigarette an, rollte mein T-Shirt hoch und drückte mir das glühende Zigarettenende ein paarmal auf beide Brüste. Es tat höllisch weh, aber nicht so weh wie der Gedanke an Bert und an Beatrice, wie

sie sich auf einem Bett wälzten und dabei Sex auf höherer Ebene betrieben.
Ich sagte Beatrice, als sie mich in die Wohnung bat, daß ich die Verlobte von Bert sei und daß ich ihn schon seit zwei Jahren durchfütterte. Ich sagte ihr, daß ich schwanger sei und ein Kind von ihm erwartete und daß er außerdem seltsame Neigungen hätte. Ich zeigte ihr, als Vorspiel sozusagen, meinen Knutschfleck und dann die frischen Brandwunden auf meinen nackten Brüsten. Ich flehte sie an, Bert nicht zu erzählen, daß ich hiergewesen sei, da er mich sonst verprügeln würde. Ich sagte ihr auch, daß ich ohne Bert nicht leben könne und wie sehr wir uns beide auf das Kind gefreut hätten. Und von dem großen Leberfleck auf Berts Hintern erzählte ich ihr auch, schließlich mußte ich ja so was wie 'ne Besitzurkunde vorlegen.
Beatrice wurde blaß wie ein Leintuch und kriegte gar nicht mehr mit, wie ich mich verabschiedete. Eine Stunde später sah ich sie mit einem Koffer aus dem Haus gehen. Sie warf einen Brief in den Kasten und hielt ein Taxi an. Dann verschwand sie.
Als Bert Beatrices Brief bekam, war er ebenfalls beim Packen. Er hatte mit seinen Eltern telefoniert und ihnen die freudige Nachricht übermittelt, daß er mich verlassen und zu seiner neuen Freundin ziehen würde. Er lächelte, als er Beatrices Schrift erkannte, riß das Kuvert auf und las. Dann wurde er so bleich wie Tags zuvor die blonde Beatrice. Wie ein Irrer stürzte er aus dem Haus, den Brief hatte er immer noch in der Hand.

Am Abend teilte mir ein fürsorglicher Polizist mit, daß Bert mit seinem Motorrad eine Kurve zu schnell genommen hatte, daß er an einen Baum geknallt und augenblicklich tot gewesen sei. Als der Polizist fort war, holte ich Berts Lexikon und sah nach, wer Shakespeare gewesen war. Der hatte, unter anderem, ein Stück geschrieben, das hieß: »Ende gut, alles gut«.
Ehrlich. Ich konnte auf Shakespeare verzichten.

Keine Dummheiten!

Helga Winter freute sich. Kein leerer, nutzloser Abend lag vor ihr; sie würde sofort, nachdem ihr Schalterdienst in der Audorfer Bankfiliale beendet war, nach Hause eilen, sie würde liebevoll den kleinen Tisch im Wohnzimmer decken und Gerhards langstielige Rose, die er ihr erst gestern abend geschenkt hatte, neben ihren Teller legen.
Sie blickte zur Uhr. Zwei Stunden noch, dachte sie, während sie eine Quittung vom Computerformular trennte und die alte Frau Mertens beobachtete, die mit krummen Fingern Zwanzigmarkscheine abzählte. Eine Vision stieg in ihr auf. Sie saß am Eßtisch, alt, gebrechlich, allein, Gerhards verwelkte Rose neben sich, die Dornen stachen nicht mehr, die Vergangenheit hatte die Blütenblätter schwarz gefärbt.
Der Kassenraum war leer. Lediglich ein großer Mann mit Schirmmütze und hochgeschlagenem Mantelkragen stand, an einen der Tische gelehnt, mit dem Rücken zu ihr und las in einer Broschüre.
Helga legte die Quittung auf ihren Schreibtisch. Ob Gerhard heute abend wohl noch einmal von Heirat sprechen würde? Sie wurde unruhig bei diesem Gedanken. Sie kannte ihn erst so kurz. Andererseits war Zeit etwas, das ihr nicht mehr grenzenlos zur Verfügung stand. Ihr Blick wanderte zu der goldglänzenden Tüte, die sie neben den Papierkorb gestellt hatte. *CHARME UND CHIC* … Das Negligé hatte ein Vermögen gekostet. War sie eigentlich zu alt für schwarze Spitze? Aber warum eigentlich? Gerhard war auch nicht mehr taufrisch.
»Wie geht's Ihrem Mann, Frau Mertens?«

»Nicht so gut. Der Arzt meint, er muß ins Krankenhaus. Aber er will nicht. Sie wissen ja ... die Männer sind feige.«
»Vielleicht schafft er es auch ohne Klinik«, meinte Helga freundlich. Seit sie Gerhard kannte, dehnte sich ihr Herz grenzenlos, die ganze Welt umschloß es, auch die arme Frau Mertens mit ihren Gichtfingern und den abgenutzten Zwanzigmarkscheinen.
»Frau Winter ...« Frau Mertens Stimme klang eigenartig. Helga sah auf.
Der große Mann näherte sich ihrem Schalter. Er trug eine schwarze Strumpfmaske. Helga öffnete den Mund und starrte ihm entgegen. Frau Mertens umklammerte ihre Geldbörse.
Er schob einen Zettel durch die Scheibenöffnung. KEIN ALARM. DAS GELD IN DIE TASCHE!
Er hielt in der einen Hand einen Revolver, mit der anderen stieß er eine braune Mappe durch die Aussparung der Glasverkleidung. Dann ballte er die Hand zu einer Faust, der Lederhandschuh riß an einem der Fingerknöchel ein.
Helga war wie gelähmt. Es mutete so brutal an, wie er dastand, die blasse Frau Mertens gar nicht beachtend, breitbeinig, bedrohlich. Sie befeuchtete die Lippen, blickte auf die schwarzen Handschuhe und sah entsetzt, wie die Hand, die den Revolver hielt, sich näher an sie heranschob.
Für einen Moment fühlte sie sich wie eine Schauspielerin, die auf neue Regieanweisungen wartete. Mein Gott! Solche Dinge sah man im Fernsehen, man las darüber in der Zeitung. Aber sie passierten nicht in Audorf, in diesem verschlafenen Nest, wo alle Leute sich kannten, wo einem auch nach Ladenschluß noch die Türen offenstanden, der Bürgermeister jeden per Handschlag begrüßte und der jährliche Schützenball ein Ereignis war, das wochenlang diskutiert wurde.
Sie erwachte aus ihrer Erstarrung. Sie mußte die Nerven behalten. Sie sah sich am Abend mit Gerhard am Tisch sitzen, hörte

sich zu, wie sie mit ruhiger Stimme von dem Vorfall berichtete. *Stell dir vor ... Ein dunkler, bedrohlich wirkender Mann stand vor meinem Schalter, in seiner Hand hielt er einen Revolver und einen Zettel mit der Aufforderung: DAS GELD IN DIE TASCHE!* Ein Befehl, den sie habe ausführen oder unterlassen können. Führte sie ihn aus, war das Ganze ein Fall für die Versicherung. Führte sie ihn nicht aus, konnte es leicht ein Fall für das örtliche Bestattungsunternehmen werden.
Sie nahm die Ledertasche, öffnete sie, zog hastig sämtliche Schubladen auf, nahm gebündelte Scheine, Geldrollen, sogar Schecks an sich, warf alles in die Mappe. Mit beiden Händen fuhr sie in Winkel und Ecken der Fächer, um dem Schwarzbestrumpften Willigkeit zu demonstrieren, um zu zeigen, daß er sich seines Revolvers nicht zu bedienen brauchte. Er hat Glück mit seinem Überfall, dachte sie, seltsam entrückt. Montags ist der beste Tag. Die Kasse ist voll. Der Nachttresor, die Gelder der Hauptstelle ...
Sonderbar, wie ruhig sie plötzlich war. Sie wußte, da lauerte entsetzliche Angst in ihr, doch sie hatte keine Zeit, sich dieser Angst hinzugeben. Was sie fand, mußte sie in diese Tasche stopfen; sie mußte schnell handeln, denn sie mußte den Mann zufriedenstellen. Erst dann würde er gehen, erst dann würde sich die Flügeltür hinter ihm schließen, erst dann konnte sie beginnen, ihre tödliche Angst zu begreifen, erst dann konnte sie wieder an Gerhard denken und daran, wie er sie in die Arme nehmen und trösten würde. Sie schloß die Tasche und schob sie rasch, mit gesenktem Kopf, zurück.
»Bleiben Sie sitzen und machen Sie keine Dummheiten!« sagte der Mann mit rauher Stimme. Er riß die Mappe an sich, stieß die zitternde Frau Mertens zur Seite und ging rückwärts zur Tür. Dann war er fort. Ein kalter Windstoß fuhr in den Raum. Ein Motor heulte auf.
Machen Sie keine Dummheiten, dachte Helga und fühlte ihr

lähmendes Entsetzen wie Eis, das ihr ins Herz fuhr. Sie tastete nach dem Knopf der Alarmanlage.

»Keine Dummheiten!« flüsterte sie, als die Beamten der nahegelegenen Polizeistation eintrafen. Ihre Augen brannten. Hinter ihren Schläfen hämmerte der Schmerz.

»Sagte der Täter etwas?« fragte einer der Polizisten.

»Er sagte: MACHEN SIE KEINE DUMMHEITEN!« antwortete Helga. Sie krampfte die Hände zusammen.

Seine Stimme. Seine Stimme hatte sie immer besonders gemocht. So bestimmt. So rauh.

Als ihr klar wurde, daß Gerhard also nicht kommen, daß doch wieder ein nutzloser, leerer Abend vor ihr liegen würde, daß nicht die Vergangenheit, sondern der Betrug die Blätter der Rose schwarz verfärbte, begann sie zu weinen. Sie warf die goldglänzende Tüte in den Papierkorb. Dann setzte sie sich auf einen Stuhl und starrte vor sich hin.

»Das ist der Schock«, sagte einer der Polizisten und bestellte einen Krankenwagen.

Das italienische Abenteuer

Roberta bemerkte, daß der Mann ihre Mutter anstarrte und nach einer Gelegenheit suchte, mit ihr ins Gespräch zu kommen. So war es immer, wenn sie mit Mutter verreiste: Die Männer starrten Vera an, und Vera tat, als ließe sie das kalt. Sie lächelte, befeuchtete die Lippen, blätterte in einem Journal, bat um Feuer. Alles verblaßte um sie herum. Sie bezauberte sogar Frauen. Nur Kinder machten sich nichts aus ihr. Und sie machte sich nichts aus Kindern.

Roberta war kein Kind mehr. Sie war fünfzehn. Wie Vera zu einer Tochter wie Roberta kam, blieb allen ein Rätsel. Aber da niemand den Vater kannte – er war angeblich Notar und lebte in einer anderen Stadt –, nahm man an, Robertas derbknochige Art, die schweren braunen Haare und der grüblerische Blick seien bedauerliches Erbgut dieses geheimnisvollen Menschen, den Vera nur den »armen alten Walter« nannte und den Roberta so gut wie nie zu Gesicht bekam.

»Sieh nur«, sagte Vera in diesem Moment und streifte den Mann im Zugabteil mit einem kurzen Blick. »Die kleine Brücke da drüben ... Und der Pinienhain. Ist das nicht herrlich?«

Roberta blieb stumm. Vera hatte nicht wirklich mit ihr geredet. Sie hatte nur den Zauber ihrer Stimme benutzt, sie hatte ihre Worte ausgesandt wie Pfeile mit zierlichen Widerhaken. Wenn sie vom Pinienhain sprach, stellte der Fremde sich jetzt vor, wie es wäre, mit Vera in diesem Hain zu sein. Wenn sie die Brücke erwähnte, träumte er davon, seinen Arm um ihre Taille zu schlingen und mit ihr zusammen ins Wasser zu sehen. Eine Taille übrigens, die ihresgleichen suchte, wie Charly zu sagen pflegte. Charly war Veras Freund. Jedenfalls im Moment.

In Piombino gingen sie aufs Schiff. Sie fuhren nach Elba, zu einem Hotel, das in einer kleinen Bucht lag; denn Vera dürstete es nach Ruhe. Sie wolle sich erholen, auch von Charly, sagte sie.

Sie war Anwältin. Eine ausgezeichnete Anwältin, die auch in den Gerichtssälen den Zauber ihrer Stimme, ihrer Augen und der schlanken Taille zum Wohle ihrer Mandanten einsetzte. Ein paar Richter lebten ihretwegen in erbitterter Feindschaft, und einer der Staatsanwälte schickte jede Woche einen Strauß weißer Rosen.

»Sie sucht nicht nach Ruhe«, sagte Roberta vor der Abreise zu ihrer Freundin Marlies, »sie sucht nach einem neuen Revier. Während der Gerichtsferien langweilt sie sich nämlich jedesmal zu Tode.«

»Warum fahrt ihr ausgerechnet nach Elba?« hatte Marlies gefragt.

»Weil Charlotta dort ist. Eine entfernte Verwandte. Sie stammt aus einer reichen Familie und lebt, wie es ihr paßt. Sie ist ein schwarzes Schaf, sagt Vera.«

»Und deshalb wohnt sie das ganze Jahr auf Elba?«

»Vom Frühjahr bis zum Herbst.«

»Toll«, sagte Marlies.

Roberta seufzte. »Vera wird sich dreimal am Tag umziehen und nachts auf dem Balkon stehen, um die Huldigungen der liebeskranken Italiener in Empfang zu nehmen.«

»Vielleicht stehen sie ja unter *deinem* Balkon, die liebeskranken Italiener«, sagte Marlies höflich. »Schreibst du mir?«

»Jeden Tag ein bißchen, und in der letzten Woche schicke ich den Brief ab.«

»Ein Bericht über deine italienischen Abenteuer.« Marlies

kicherte, und Roberta ärgerte sich. »Ich werde bestimmt eines haben, ein Abenteuer«, erwiderte sie kühl.

Der Ober im Hotel besah sich die Skizze, die Charlotta an Vera geschickt hatte.
»Eine Stunde ungefähr. In der Nähe von Procchio. Direkt in den Weinbergen.« Er lächelte Vera an.
Sie machten sich auf den Weg und wanderten zuerst durch macchiabewachsenes Hügelland, vorbei an sonnigen Rebhängen, sie sahen im Schatten kleiner Baumgruppen Esel grasen und hörten den Schrei der Möwen. Roberta wischte sich den Schweiß von der Stirn, und Vera, die so frisch und kühl wirkte wie immer, sagte mißmutig: »Und, bitte, Roberta, steh hernach nicht wie ein stummer Vorwurf bei Charlotta herum. Der nette Mann im Zug – er hätte sich so gern mit uns unterhalten, wenn du ein bißchen freundlicher gewesen wärest.« Sie setzte sich auf eine Steinmauer.
Roberta bohrte ihre Fußspitze in ein Häufchen Sand und wartete, aber Vera schwieg jetzt. Da holte Roberta ein Schulheft aus der Tasche, setzte sich neben Vera auf die Steinmauer und schrieb: »*Liebe Marlies. Mein italienisches Abenteuer hat begonnen. Im Zug war ein Mann, der mich nicht aus den Augen ließ und immer versuchte, mit mir zu reden. Leider war Vera schlechter Laune – sie hat ihn vertrieben.*«
»Gehen wir weiter?« fragte Vera.
Roberta schlug das Heft zu und schob es zurück in die Tasche.

Nach einer guten Stunde endete der Pfad und öffnete sich zu einem Plateau. Das Plateau war gerodet und von Büschen umsäumt. Eine sandige Straße schlängelte sich zum Tal. In der Mitte des Plateaus stand ein ebenerdiges Haus. Dicker, grauer Stein. Perlenschnüre hingen an den Türöffnungen. Weiße Tücher verhüllten die Fenster. Vor dem Haus standen ein paar Stühle, hin-

ter dem Haus, am Rande des Plateaus, führte ein schmaler Weg hinunter zum Meer.
»Das kann es nicht sein«, sagte Vera.
»Nach der Skizze sind wir richtig. Schau ...« Roberta streckte Vera den Zettel hin. »Hier der Hügel. Und auf dem Hügel das Haus.«
»Das ist kein Haus. Das ist eine Gruft.«
In diesem Moment trat ein junger Mann ins Freie. Er war mittelgroß, sehr schlank und hatte dunkles lockiges Haar. Er beschattete die Augen und blickte zu ihnen herüber.
Vera sagte: »Buon giorno. Wir suchen Signora Charlotta.«
»Ah. Signora Charlotta ist im Haus. Sie kommen aus Deutschland, nicht wahr?«
Er sprach deutsch mit einem wunderlichen Akzent. Als sie näher kamen, rückte er zwei Stühle zurecht. »Prego.« Er verschwand wieder hinter den Perlenschnüren.
»Sie wohnt tatsächlich in dieser Bruchbude«, sagte Vera erschüttert.
Da kam Charlotta. Sie hielt die Perlenschnüre auseinander und blinzelte in die Sonne, eine große Frau mit breiten Schultern und rundem Gesicht, dessen Haut wie Leder war. Sie trug ein Kleid von einer undefinierbaren Farbe. Die Haare hingen bis auf die Schultern, graue Haare mit roten Strähnen dazwischen. Sie hatte einen Strohhut auf. Die Finger waren gelb von Nikotin. Sie war älter als Vera, vielleicht vierzig oder fünfundvierzig Jahre alt.
»Wie schön, daß ihr da seid«, sagte sie und stellte Wein, Käse und Oliven auf einen Tisch, der im Schatten stand.
»Das ist übrigens Giovanni, Giovanni ist ein ... Freund.«
Giovanni lächelte. Er wirkte knabenhaft und schüchtern. Sein Blick ruhte auf Vera. Bewundernd. Dann sah er zu Roberta hinüber. Roberta wurde rot.
»Du lebst hier?« Vera machte eine vage Handbewegung.

Charlotta zog an ihrer Zigarette. »Ich habe das Haus von einem Weinbauern gekauft. Es hat nur ein paar Räume, aber uns genügt's, nicht wahr, Giovanni?«
Giovanni nickte. Er sagte zu Roberta: »Signorina! Sie möchten vielleicht ein Glas Milch? Von Ziege?«
Roberta lachte. »Ich möchte keine Milch von Ziege. Und ich bin auch keine Signorina.«
»No? Also dann ... Signorinella. Signorinella mia!« Der Ausdruck seiner Augen wechselte, sein Gesicht strahlte. »Signorinella mia«, schrie er und breitete die Arme aus. »Wollen wir schwimmen gehen? Unten, in der Bucht?«
Vera erhob sich. »Das wäre herrlich, es ist so heiß heute.«
Sie rüstet zum Angriff, dachte Roberta und blickte in Giovannis strahlendes Gesicht. Ob er das Signal verstanden hatte?
Giovanni sah sie fragend an, und Roberta schüttelte den Kopf. »Ich bleibe hier.«
Vera zuckte die Achseln und meinte, daß ihre Tochter nie wolle, was andere wollten.
Charlotta streckte sich. »Ich fahre ins Dorf. Du kannst mitfahren, Roberta.«
»Nein, danke«, sagte Roberta höflich.
Vera und Giovanni betraten den Pfad zum Meer, verschwanden hinter einer kleinen Biegung, und Roberta zog ihr Heft aus der Tasche und schrieb: *»Liebe Marlies. Heute sind wir zum ersten Mal bei Charlotta. Sie ist häßlich und alt und hat einen jungen Freund. Als er mich sah, vergaß er alles um sich. Nicht einmal Vera hat er beachtet. Jetzt sind wir allein, wir liegen in einer malerischen Bucht im heißen Sand. ›Signorinella‹ nennt mich Giovanni – er heißt nämlich Giovanni. Er ist etwas größer als ich, sehr schlank, hat dunkle Augen und schwarze Locken. Vera ist wahnsinnig eifersüchtig.«*
Roberta hielt inne und trank einen Schluck Wein. Ihr wurde schwindelig. Ihr Herz schlug ganz langsam, sie konnte spüren,

wie es pumpte, wie es eins wurde mit ihrem ganzen Körper. Aus den Weinbergen stieg die Hitze, ein leichter Wind kam auf. Die Zikaden gebärdeten sich wie verrückt. Unten rauschte das Meer.

Sie machten Ausflüge zu viert. Nach Portoferraio und Marina di Campo. Charlotta und Vera waren vergnügt, immer hingen sie zusammen und erzählten sich Geschichten, die keiner außer ihnen beiden verstand. Manchmal betrachtete Charlotta Giovanni mit gierigen Augen – Roberta sah dann schnell in eine andere Richtung, so unbehaglich fühlte sie sich. Als wäre Giovanni nackt, ohne daß er es wisse.
Als er eines Morgens im Hafen verschwand, um ein paar Kleinigkeiten zu besorgen, fragte Vera: »Wie lange kennst du ihn?«
»Diesen Sommer«, antwortete Charlotta träge und zündete sich eine Zigarette an.
»Was Dauerhaftes?«
Charlotta lachte verächtlich.
Giovanni kam zurück. Er drückte Charlotta eine lilafarbene Orchidee in die Hand und Vera eine Rose. Roberta schenkte er eine Waffel mit Schokoladeneis.
»Ich hasse Schokoladeneis«, sagte sie.
»Signorinella. Du bist wie meine kleine Schwester. Sie weiß auch nie, was sie will.« Giovanni kramte nach Streichhölzern, beugte sich vor und gab Vera Feuer. Dabei sah er nicht auf Veras Zigarette. Er sah auf Veras Mund.
Roberta warf die Eiswaffel unter den Tisch. Niemand bemerkte es, und sie blickte zum Hafen hinüber, zu den Schiffen, dem Markt mit seinen bunten Kleidern und Tüchern und den Schuhen, die in Reih und Glied auf den weißen Schuhschachteln standen. Sie legte ihr Heft auf die Knie und schrieb: *»Liebe Marlies. Wir sitzen am Hafen. Giovanni hat mir eine Rose ge-*

schenkt und Charlotta und Vera ein Schokoladeneis spendiert. Ich bin froh, daß er mir die Rose gegeben hat, obwohl ich Schokoladeneis für mein Leben gern esse. Aber eine Rose ist viel mehr wert als Schokoladeneis, findet Du nicht?«

An einem Samstagabend gab Charlotta ein Fest. Sie hängte Girlanden in die Bäume und schleppte große bauchige Weinflaschen an. Nachbarn kamen. Und Leute aus Rom und Mailand, die Charlotta schon lange kannten und die ebenfalls ihre Tage auf Elba verbrachten.
Roberta hatte ihr Haar anders frisiert und ein neues Kleid angezogen. »Leihst du mir Ohrringe?« fragte sie ihre Mutter. Vera sah atemberaubend aus. Phänomenal, wie Charly gesagt hätte. Braungebrannt, mit einem Gespinst goldener Haare, die die nackten Schultern kaum berührten.
»Nimm die kleinen Perlen.«
»Wie seh' ich aus?« fragte Roberta.
»Gut«, sagte Vera. Sie verrieb Schminke auf den Augenlidern. Sie sah Roberta gar nicht richtig an.

Ein paar Stunden später stand Roberta in Charlottas Haus, verborgen hinter den Perlenschnüren. Draußen musizierten ein paar Männer aus dem Dorf. Die Ziehharmonika war verstimmt, und die Geige gab so schrille Töne von sich, als wolle sie sich mit den Zikaden in den Hügeln streiten. Die Leute tranken viel und lärmten. Ihre Stimmen klangen wie kaltes Echo, das durch die Nacht geisterte. Roberta sah Giovanni mit Vera tanzen, leicht, entrückt, seinen Körper hatte er eng an den ihren gepreßt. Dann deutete er aufs Haus, ging auf die Tür zu und hielt die Schnüre auseinander.
»Hallo, Carissima! Was machst du hier?« fragte er Roberta.
»Ich gucke zu.«
»Warum tanzt du nicht?«

»Ich kann nicht tanzen.«
Er lächelte und beugte sich zu ihr. Sein Gesicht war erhitzt, seine dunklen Augen glänzten. »Soll ich dir's beibringen?«
»Ich finde es blöd zu tanzen«, sagte Roberta finster.
Er lachte, sein Lachen war so offen und freimütig, daß Roberta sich fragte, wie er es zustande brachte. Es stieg aus seiner Brust, aus seinem Hals, in das Gesicht, in dem sein ganzes Leben stand. Der knabenhaft schöne Giovanni, der gierige Frauen dazu brachte, die Portemonnaies zu öffnen.
Er holte eine neue Flasche Wein.
An der Tür drehte er sich noch einmal um. »Liebst du deine Mama?«
Robertas Herz zog sich zusammen, sie konnte es spüren, es tat weh. »Nein.«
Giovannis Gesicht wurde traurig. »Aber warum nicht, Carissima?«
»Weil sie mich auch nicht liebt«, sagte Roberta und bückte sich und hob eine Perlenschnur auf, die sich vom Türrahmen gelöst hatte.

Giovanni ging hinaus. Roberta setzte sich an den Tisch. *»Liebe Marlies«*, schrieb sie, während sie die Zähne zusammenbiß, *»ich bin der glücklichste Mensch der Welt. Wir feiern ein Fest, es ist Nacht, und Giovanni hat mich gelehrt zu tanzen. Er hat mit keiner anderen getanzt, den ganzen Abend nicht, und meine Mutter sitzt mit Charlotta in der Küche und ärgert sich. Ich glaube nicht, daß es noch lange dauert, bis Giovanni mich küßt. Er nennt mich übrigens seit heute ›Carissima‹.«*
Als sie wieder ins Freie trat, waren Giovanni und Vera verschwunden. Charlotta rauchte und schaute schweigend in die Dunkelheit. An einem der Tische wurde gesungen. Der Geigenspieler hatte es aufgegeben, die Zikaden zu ärgern; er lehnte mit offenem Mund im Stuhl und schnarchte.

Es wurde schon fast hell, als Giovanni und Vera zurückkehrten. Giovanni trug seinen Pullover auf der bloßen Haut. Über Veras Schultern hing Giovannis Hemd.
Charlotta schnippte ihre Zigarette auf die Pflastersteine vorm Haus. »Wo warst du, Giovanni?«
Vera sagte: »Giovanni war mit mir in der Bucht. Ich wollte so gern einmal nachts schwimmen gehen. Aber nicht allein, da hätte ich Angst.«

Charlotta stand auf. »Kommst du einen Augenblick mit herein?«
Vera folgte ihr mit einem spöttischen Lächeln, und Giovanni setzte sich zu Roberta. Sein Gesicht war verschlossen, die dunklen Augen leer. Er sah aus, als warte er auf ein Urteil, das man über ihn sprechen würde und gegen das er sich nicht wehren konnte.

»Wo lebst du eigentlich?« fragte Roberta.
»In Neapel.«
»Was machst du dort?«
»Ich verkaufe Hemden. In einem vornehmen Geschäft.«
»Und da hast du Charlotta kennengelernt?«
Es zuckte um seine Lippen. »Ja, da habe ich Charlotta kennengelernt.«

Die streitenden Stimmen waren nun nicht mehr zu überhören. Vera habe ihre Gastfreundschaft schamlos ausgenutzt, schrie Charlotta. Den Jungen habe *sie* auf die Insel gebracht, er gehöre ihr. »Du läßt gefälligst die Finger von ihm.«

»Aber ich bitte dich. Wir werden uns doch nicht seinetwegen in die Haare kriegen«, antwortete Vera mit jener Stimme, die Roberta so fürchtete. Kühl, leise, wie ein silbernes Messer, das sich durch Charlottas rubinroten Zorn fraß.
»Liebste Charlotta, komm, laß uns anstoßen. Und Giovanni

vergessen. Er bedeutet niemandem etwas, dir nicht, mir nicht, also was soll's?«
Robertas Herz klopfte schnell und ängstlich. Sie blickte Giovanni an, doch Giovanni saß nur da, die Hände auf den Knien, die Lippen weiß und hochmütig vor Scham.
»Es stimmt nicht, daß du niemandem etwas bedeutest«, sagte sie und strich Giovanni über den Ärmel. »Mir bedeutest du sehr viel. Und du mußt dir nichts draus machen, daß Vera so redet. So redet sie über alle Männer, sogar über Charly. Und Charly ist ihr Freund ... zu Hause in Deutschland, meine ich.«
Giovanni schloß die Augen. Er fuhr sich mit der Zunge über die Lippen. »Es war nicht nur das Geld, Carissima«, flüsterte er. »Es war, weil Charlotta so nett zu mir war. Weil sie tat, als würde sich mich verstehen. Weil sie meiner kleinen Schwester ein Kleid schenkte und meinem Vater teure Schuhe. Ich war so ... dankbar. Glücklich. Deshalb ging ich mit nach Elba.«
Roberta schwieg. Sie sah, daß Giovannis Augen jetzt voller Tränen waren, und diese Tränen galten nicht mehr Charlotta, sie galten Vera. Sie tastete nach seiner Hand.
»Du darfst nicht an meine Mutter denken. Sie fühlt nichts, weißt du? Sie tut nur so.«
Er wischte sich die Tränen aus den Augenwinkeln. »Ich habe nicht einmal genug Geld, um nach Neapel zurückzukehren.«
Plötzlich wandte er sich an Roberta und sah sie an, als müsse er sich erst erinnern, mit wem er sprach. »Deine Mutter ist die schönste Frau, die ich jemals gesehen habe. Sie sagte mir ... so viele Dinge ...«
»Sie meint nicht, was sie sagt.«
Giovanni zündete sich eine Zigarette an.
Roberta sagte: »Sie lügt. Sie lügt immer. Sie weiß gar nicht mehr, was die Wahrheit ist. Sie hält sich für was Besseres, sie läßt keinen an sich ran. Als hätte sie Angst, sich schmutzig zu machen.«

Giovanni warf die Zigarette in die Dunkelheit, verschränkte die Hände im Nacken und starrte hinauf zu den Sternen. Die Nacht war still jetzt. Unwirklich. Sogar die Zikaden schwiegen. Roberta lehnte ihren Kopf an Giovannis Schulter.
»*Liebe Marlies*«, formulierte sie in Gedanken. »*Er ging mit mir in die Bucht, als alle anderen auf der Terrasse tanzten. Er sagte mir, ich sei das schönste Mädchen, das er je gesehen habe. Wir schwammen im Meer. Weit, weit schwammen wir, immer dem goldenen Band des Mondes nach. Als wir wieder am Strand waren, wickelte er mich in sein Hemd. Er hat es in Neapel gekauft, es war ein teures Hemd. Und dann, dann küßte er mich.*«
Vera trat aus der Tür. »Wir fahren zurück ins Hotel, Roberta, und übermorgen reisen wir ab.« Sie ging zu Charlottas Auto und tat, als sei Giovanni Luft für sie. Giovannis Blick folgte ihr, sein Gesicht war feucht und grau im Mondlicht.
Roberta senkte den Kopf: »Arrividerci, Giovanni.«
Er antwortete nicht. Er starrte wieder hinauf zu den Sternen. Als Roberta zu Vera ins Auto stieg, sah sie, wie Charlotta aus dem Haus torkelte. Sie hielt eine Chiantiflasche in der Hand. »Na, komm, Giovanni«, schrie sie. »Oder glaubst du, ich bezahle dich, damit du den Mond anstarrst?«
Am Nachmittag, als Vera am Strand war, nahm Roberta ein Bündel Geldscheine aus dem Portemonnaie, steckte das Geld in ein Kuvert und legte einen Zettel dazu: »Für Deine Reise nach Neapel. Roberta.« Sie bat den Hotelmanager, einen Boten zu schicken und das Kuvert Giovanni Padovan aushändigen zu lassen. Giovanni Padovan in der ›Villa Charlotta‹. Bei Procchio.
»Und nur ihm, Signore«, sagte sie und gab ihm noch Trinkgeld für den Boten. Dann begann sie, ihren Koffer zu packen. Am anderen Morgen, kurz vor der Abreise, stand sie an der Rezeption und wartete auf Vera. Der Hotelmanager nahm sie zur Seite und drückte ihr das Kuvert in die Hand.

»Es ist schrecklich, Signorina«, flüsterte er. »Man hat Signora Charlotta gefunden. Erwürgt. Mit einer Perlenschnur.« Er blickte auf das Kuvert, auf Giovannis Namen. »Man sucht ihn. Er hat keine Chance, die Insel zu verlassen.«
In Robertas Kopf sträubte sich etwas gegen die Stimme des Managers. Sie sah Giovanni in einer der kleinen Felsenbuchten kauern, nackt, frierend, wie ein Kind, das etwas Böses getan hatte, weil es sich nicht anders wehren konnte. Charlotta hatte ihn sich gekauft wie einen Gegenstand, ein Schmuckstück, ein Auto, einen Sommer lang. Und nun war sie tot, weil sie die Abgründe unterschätzt hatte, in die man geriet, wenn man Menschen wie Gegenstände behandelte.
Vera kam und sah das Kuvert in Robertas Hand.
»Was ist das?«
»Nichts«, sagte Roberta und steckte das Kuvert in ihre Rocktasche. Sie forschte im Gesicht ihrer Mutter, ob sie etwas von Charlottas Tod wußte. Aber Vera war wie immer, glatt und höflich. Sie lächelte Roberta an, wie sie jeden Menschen anlächelte.

Als das Schiff die Bucht verließ, versanken die Konturen der Insel im Wasser. Roberta und Vera saßen an der Reling. Vera las in einer Illustrierten, Roberta schrieb in ihr Heft: *»Liebe Marlies. Jetzt weiß ich, wie es ist, wenn einem das Herz bricht. Dann ist man nicht traurig oder verzweifelt, sondern kalt und unbeteiligt. Man denkt, daß man irgendwann einmal weinen wird, aber man kann sich nicht vorstellen, wie man so viel Gefühl je wieder zustande bringen soll. Giovanni ist fort, Marlies. So weit fort, daß ich ihn nie mehr sehen werde. Bis ans Ende der Welt ist er gegangen und noch ein Stück weiter.«*
Roberta starrte auf den letzten Satz. Gab es in Italien die Todesstrafe? Aber was spielte es noch für eine Rolle? Die kalten Fliesen einer Zelle, die vergitterten Fenster, das graue Licht – das war Strafe über den Tod hinaus für Giovanni, der so gern

lachte und herumsprang und der aus dem sonnigen Neapel kam.

Sie zerriß die beschriebenen Seiten des Heftes in viele kleine Fetzen und sah zu, wie sie im Wind tanzten und aufs Wasser fielen. Ein paar der Fetzen trug der Wind zurück und wirbelte sie in Veras Gesicht. Sie machte eine unwillige Bewegung mit der Hand, dann blätterte sie um und las weiter. Von der Insel war nun nichts mehr zu sehen.

Das Cover-Girl

Er fuhr ein neues Auto, ein herrliches Modell. Mit einem unverwechselbaren Styling, windschlüpfrig. Mit ergonomisch sinnvoller Anordnung der Instrumente und einer ausgezeichneten Straßenlage.
Er war dreißig Jahre alt, Werbeagent. Sein Vorgesetzter mochte seine smarte Art, auch sein Aussehen spielte eine Rolle auf dem Weg nach oben. Er erinnerte an jene jungen amerikanischen Schauspieler, die erfolgreiche Börsenmakler, Firmenaufsteiger oder Juristen darstellten.
Sein Outfit war ihm wichtig. Er trug die richtige Kleidung, einen modischen Haarschnitt, benutzte teure Rasierwasser, spielte Golf und Squash. Sein Apartment lag in der City. Es wurde von einer älteren Frau, deren Namen er immer wieder vergaß, saubergehalten. Er frühstückte in einem Bistro, mittags versorgte ihn seine Sekretärin mit belegten Broten und Kaffee, abends aß er auswärts. Er führte genau das Leben, das ihm vorschwebte. Bis auf eine ärgerliche Ausnahme: Sarah. Immer, wenn er ihr gegenübersaß und ihre scharfzüngigen Kommentare über die politische Lage, die Quotenregelung, die verheerenden Zustände in der Dritten Welt und andere Dinge, an denen er doch weiß Gott nichts ändern konnte, über sich ergehen ließ, zog er sich zurück, schuf eine Kapsel um sich, die ihm von Tag zu Tag vertrauter wurde. Sie war gepolstert mit erfreulichen Gedanken, sympathischen Zukunftsaspekten, sie paßte sich seiner Auffassung vom Leben an, war ein sonniger, energiegeladener Ort, an dem junge, braungebrannte Menschen sich lachend über eine weiße Reling beugten, unter Palmen nach Sambarhythmen tanzten,

einander, Champagner schlürfend, am Kamin gegenübersaßen oder in blitzenden Küchen blitzendes Geschirr in blitzsaubere Schränke stellten.
Sarah entsprach auch nicht seinem Gefühl für Ästhetik. Zwar besaß sie ein ebenmäßiges Gesicht und dichtes braunes Haar. Doch sie war eher klein, ihre Hüften waren zu breit und ihre Beine schlichtweg katastrophal.
Warum er dennoch bei ihr blieb, konnte er nicht erklären. Gut – sie war eine aufregende, intelligente Frau. Sie arbeitete als Eheberaterin und brachte den Menschen ein großes Maß an Verständnis entgegen. Aber sie war auch schwierig und nahm niemals ein Blatt vor den Mund. Erst vergangene Woche hatte sie sich ausgesprochen sarkastisch über die vielen Werbeunterbrechungen im Fernsehen geäußert, und das während eines Arbeitsessens, an dem nur Leute teilnahmen, die sich mit eben dieser Werbung befaßten. Als sie Marks vorwurfsvollen Blick spürte, nannte sie ihn, mit einem boshaften Glitzern in den Augen, »Markus, mein Lieber«, weil sie wußte, daß es ihn ärgerte, so genannt zu werden. Er hatte seinen Vornamen, bevor er in die Agentur eintrat, gekürzt, um das Image des rasch entschlossenen, dynamischen jungen Aufsteigers zu fördern. »Eine recht ... kritische Freundin, die Sie da haben, lieber Mark«, hatte Dr. Winkelbaum gemeint, während sie am Salatbuffet standen.
Mark hatte etwas gequält gelacht. »Mich reizen gescheite Frauen.« Noch während er es sagte, breitete sich so etwas wie eine Wollust des Abschieds in ihm aus. Er würde seine Lage neu überdenken.

Es begann zu regnen. Die Scheibenwischanlage funktionierte einwandfrei, und Mark begann sich auf das Treffen, das vor ihm lag, zu freuen. Er hatte von Dr. Winkelbaum den Auftrag erhalten, die ersten Gespräche mit der Werbeabteilung eines Kosmetikkonzerns namens Coppelius zu führen, eine Auszeichnung, über die im Kollegenkreis bereits gemunkelt wurde. Mark würde drei oder vier Wochen von zu Hause fort sein, so lange, bis die Strategie in groben Zügen festgelegt war und sich erste Durchbrüche bei den Verhandlungen zeigten.

Sein Blick fiel auf das Titelblatt des Kosmetikmagazins der Firma Coppelius, das auf dem Beifahrersitz lag. Es zeigte eine junge Frau mit blondem, schulterlangem Haar, einem ovalen Gesicht, dichtbewimperten Augen von dem gleichen Grün wie das Kleid, das sie trug. Ihre Lippen waren leicht geöffnet, mit einer Hand hielt sie den Kragen des Kleides hoch. Mark lächelte. Wenn er die Werbekampagne übernahm, würde er dieses Mädchen kennenlernen. Sein Blick wanderte zum Magazin zurück. Ein sonderbares Gefühl erfaßte ihn. Begehren. Lust. Er drehte das Radio auf und lauschte den Werbespots. *Natürliche Schönheit ... Natürlicher Luxus ... Ihrer Haut zuliebe ... Ihrer Liebsten zuliebe ... Ihren Träumen zuliebe ...*

Ein Regenbogen spannte sich über den Himmel, die Sonne funkelte zwischen Baumkronen hervor, die Wiesen leuchteten plötzlich in einem satten Grün. In wenigen Minuten würde er die Stadt erreicht haben. Da – plötzlich – sah Mark sie am Wegrand stehen. Eine Anhalterin. Sie hob den Daumen, ihr Haar war tropfnaß, das Kleid klebte an den Schenkeln. Mark hielt, öffnete die Beifahrertür. »Puh«, sagte die junge Frau, »was für ein Wolkenbruch.« Sie stieg ins Auto, glättete ihr Haar und lächelte Mark strahlend an. Ihr Gesicht, noch immer feucht vom Regen, hatte eine durchscheinend helle Farbe, ein paar Sommersprossen lagen wie Goldstaub auf der Nase, die Augen waren smaragdgrün, die Taille schmal, die Schenkel lang und kräftig, die Beine schlank. Mark hielt den Atem an, in seinem Kopf drehten sich Bilder und Gedanken wie ein buntes Kaleidoskop. Kein Zweifel. Das Cover-Girl des Coppelius-Konzerns. Bei ihm im Auto. Er drückte aufs Gas.

Sie hieß Olympia. Noch nie, so dünkte ihm, hatte er eine Frau

so geliebt, so begehrt wie sie. Sie wohnte während seines Aufenthalts im Hotel bei ihm, heimlich, weil sie, wie sie sagte, mit einem bedeutenden Mann liiert sei, dem sie alles verdanke und den sie nicht kränken wolle. Sie begleitete am Abend Mark in die Restaurants, Bars und ins Spielcasino. Wo immer sie auftauchte, zog sie die Blicke auf sich, was immer sie unternahm, sie tat es mit Anmut, wie immer sie sich fühlte, sie verlor nie die Beherrschung. Unterhielt man sich mit ihr, akzeptierte sie die Spielregeln und beschränkte sich auf ihren eigenen niedlichen Wortschatz. »*Wir vom Coppelius-Konzern wollen, daß Sie gut aussehen*«, sagte sie beispielsweise lächelnd zu der Gattin eines Juweliers. »*Wir wollen, daß Sie genießen … Wir haben für jeden etwas … Bei uns stimmt die Rechnung … Ihre Haut, Ihr Körper … Wir reparieren, wir schützen, wir schenken Glück, wir wollen, daß Sie genießen, wir haben für jeden etwas, bei uns stimmt die Rechnung …*«
Wenn er sie fragte, was sie selbst vom Leben erwarte, sagte sie: »Ich will *fun.*« Oder: Laß uns *happy* sein«. Oder: »Ich hab' mein Leben *im Griff*. Ich weiß, *was angesagt ist.*« Wenn er sie küßte, hauchte sie: »I *love* you, darling«, und wenn er mit ihr schlief, sagte sie hinterher: »War ich *gut?* Hast du's genossen? Und: »Du warst *gut*. Ich hab's genossen.«
Und doch – allmählich breitete sich ein Gefühl der Leere in ihm aus. Da waren so viele Dinge, die sie beide tun und beachten, so viele im Trend liegende Kleidung, die sie kaufen, und so viele wahnsinnig nette Leute, die sie kennenlernen mußten. Und zu Hause, im Hotel, immer dasselbe Ritual. »War ich *gut?* – Du warst *gut.*« – »Bist du *happy?* – Ich bin *happy.*« – »Hast du *fun?* – Ich hab' *fun.*« Dann wurde gesalbt, die Feuchtigkeit, die Intensivpflege, der Lichtschutzfilter. Der flüssige Teint, der Puderteint, der Lidschattenfestiger, der Lidschatten. Der Konturenstift, der Lippenstift, das Rouge, das Parfum. Die richtigen Schuhe, die Designer-Kleidung, der Ledergürtel. Mechanische

Bewegungen vorm Spiegel, ein mechanisches Lächeln, das nur sich selbst galt. Hast du *fun*? Wir haben *fun*. Mark begann das Wort *fun* zu hassen.

Dann, eines Nachts, ereignete sich das Schreckliche. Sie kamen von einem Festessen zurück, das Coppelius, der Inhaber des Konzerns, veranstaltet hatte, und tranken noch ein Glas Champagner. Mark hatte Kopfschmerzen. In diesem Moment klopfte es an die Tür, und bevor Mark öffnen konnte, trat Coppelius ins Zimmer. Olympia stand wie eine Säule, mit weißem Gesicht und aufgerissenen Augen.

»Ihre Agentur wird den Auftrag nicht erhalten«, sagte Coppelius spöttisch.

Mark starrte ihn an.

»Sie gehört mir«, er deutete auf Olympia. »Alles, was sie ist, verdankt sie mir. Alles, was sie besitzt, verdankt sie mir.« Er zerrte einen Koffer vom Schrank, öffnete Türen und Schubladen, warf Olympias Kleider, Schuhe und Dessous auf einen Haufen, lief ins Badezimmer, fegte mit einer Handbewegung die flüssigen und die trockenen Teints, das Rouge, den Puder, die Cremes, die Parfums, in eine Tasche und kam zurück. »Sogar die Schminke in deinem Gesicht gehört mir, gib sie mir also zurück«, sagte er mit einer Stimme, die jedes andere Geräusch ersterben ließ. Er lächelte, und Olympias Gesicht verlor an Kontur. Ihre Augen erloschen, die Wimperntusche zerfloß, die Wangen wurden grau. »Ich wollte *fun*«, flüsterte sie. Sie hob die Arme, als sei Coppelius ein großer Adler, der auf sie zuflog und sie bedrohte. Ihr Haar wurde stumpf, die Kleider lösten sich auf, das Fleisch der Finger zerfiel.

Panische Angst breitete sich in Mark aus. War dies die Metamorphose zurück zum Anfang? Zurück in den Schrecken? Zurück in eine Realität, die er verlassen hatte, in eine Zeit, die außen an seiner Kapsel klebte und wie Säure an ihr fraß? Von seinem eigenen Entsetzen wurde er nach vorn geschleudert, nach draußen, wo ein scharfer Wind wehte, wo das Leben in einem Veitstanz zuckte und die braungebrannten jungen Körper über die Reling fielen, wo die Sambarhythmen erstarben, die Kaminfeuer erloschen und die Champagnergläser in tausend Scherben zerfielen.

Jemand riß die Autotür auf. »Mensch! Sind Sie wahnsinnig geworden? Die ganze Rückfront im Eimer. Dabei ist der Wagen noch keine drei Wochen alt.«

Eine Polizeistreife nahm den Schaden auf, und Mark stammelte, immer noch benommen, seine Entschuldigung. Er sei auf dem Weg zu einem Kunden und so in Gedanken gewesen, daß er nicht mehr rechtzeitig habe bremsen können. Anschließend suchte er nach einer Telefonzelle und steckte mit zitternder Hand ein paar Münzen in den Apparat.

»Sarah?« Sein Herz jagte, auf seiner Stirn sammelten sich Schweißperlen.

Sie nahm sich nicht einmal die Zeit, ihn richtig zu begrüßen, sondern sagte ihm, daß sie sich entschlossen hätte, einem Verein gegen *Tierversuche in der Kosmetikindustrie* beizutreten. Ob sich das mit seinem Anpassertum vereinbaren ließe oder ob er es vorziehen würde, sie zu verlassen?

Er lehnte seine Stirn an die Glasscheibe der Telefonzelle und lachte wie befreit auf. Alles war beim alten geblieben. Gott sei Dank.

Als er ins Freie trat, war der Regenbogen verschwunden. Er atmete tief durch. Er hatte Glück gehabt. Er war davongekommen.

Gelbe Margeriten

Ich wuchs bei meinen Großeltern auf. Sie wohnten in einem alten Stadtviertel, keine gute Adresse, aber das wußte ich damals noch nicht.

Mein Großvater hatte ein steifes Bein. Kurz vor Kriegsende, er befand sich gerade auf Heimaturlaub, traf eine Bombe das Haus, in dem er mit seinen Eltern lebte. Ein Eisensplitter blieb in seinem Knie haften, sie konnten zwar sein Bein retten, aber es blieb, vom Schenkel abwärts, unbeweglich. Wenn er auf einem Stuhl saß, mußten wir um sein Bein herumgehen, das Bein war wie ein steifer Stock, der ins Zimmer ragte.

Deshalb war Großvater Frührentner. Er lag den ganzen Tag auf dem Sofa, ein Zigarettenkistchen und Stöße von Büchern neben sich; er rauchte, blätterte die Seiten seines Buches um und griff ab und zu in eine Dose mit Hustenbonbons. Am Vormittag brachte Großmutter ihm einen Imbiß, mittags setzte er sich, um zu essen, an den Küchentisch, den Kaffee trank er wieder auf dem Sofa liegend. Wenn es draußen dunkelte, stand er auf und wusch sich am Waschbecken im Flur. Da er sich mit seinem steifen Bein nicht bücken konnte, rieb Großmutter ihm mit einem Waschlappen die Füße ab, sie half ihm auch beim Ankleiden.

Er trug maßgeschneiderte Anzüge und Hemden, denn er besaß, wie die Leute sagten, einen erlesenen Geschmack. Großmutter arbeitete stundenweise in einer Fabrik, in der Flaschen gewaschen wurden. Großvater meinte, er sei sich, auch wenn er in diesem ärmlichen Viertel lebte und das Geld nie reichte, seiner Herkunft bewußt, seine Herkunft könne keiner verleugnen. Er stammte aus Österreich, aus einer großbürgerlichen Familie, die so lange auf ihr Großbürgertum gepocht hatte, bis das Vermögen dahin war.

Wenn Großvater angekleidet war, knipste er die Kette mit der goldenen Uhr an den Anzug, nahm den Stock mit dem polierten Knauf und machte sich auf den Weg in seine Stammkneipe oder, wie ich einmal eine Nachbarin der anderen zuflüstern hörte, zu den Huren.

Meine Eltern lebten in Australien. Sie schrieben Briefe mit bunten Marken darauf und versprachen, mir Geld für die Reise zu schicken. Aber es kam immer irgend etwas dazwischen: eine schlechte Saison für die Schafe, eine Kneipe, die, kaum daß sie eröffnet war, ausbrannte, eine neue Schwangerschaft meiner Mutter ... Am Ende warf ich die Briefe weg und tauschte in meiner Klasse die Briefmarken gegen Lippenstift und Nagellack ein. Wenn mich meine Freundinnen fragten, wann ich denn nun nach Australien ginge, antwortete ich, daß ich mir nichts aus Australien machte und daß die Frauen wegen der Hitze eine Haut wie Leder bekämen. Außerdem würden dort nur ehemalige Sträflinge, Schafscherer und Farmer herumlaufen, ich aber hätte keine Lust, die Frau eines Sträflings oder Bäuerin zu werden.

Meine Großmutter liebte ich sehr. Sie war eine zierliche, hübsche Frau mit strahlendblauen Augen. Sie hatte kleine Hände und Füße und nähte sich ihre Kleider selbst. Sie erschrak, wenn sie Großvaters mächtige Stimme hörte und wenn sein Stock, tak-tak-tak, durchs Treppenhaus hallte. Ich sah nie, daß Großvater sie küßte, ich hörte sie auch nie zärtliche Worte wechseln. Meine Großmutter war wie ein heller Schatten, der in der Küche hantierte, die Wäsche wusch, die Strümpfe stopfte. Als ich sie einmal fragte, warum sie einen Mann mit einem steifen Bein geheiratet habe, der obendrein bettelarm war, sah sie an mir vorbei zum Fenster hinaus, als müsse sie überlegen, wieviel an Wahrheit man mir zumuten könne. Dann, nach einer Weile, meinte sie, sie sei eben naiv und dumm gewesen, gerade erst siebzehn. Außerdem habe ihre ältere Schwester sie zu dieser Heirat überredet. Erst später habe sie erfahren, daß Großvater diese Schwester schon länger kannte als sie und daß alles ein abgekartetes Spiel gewesen sei.

Die Wohnung meiner Großeltern war klein. Trotzdem vermieteten sie ein Zimmer an einen alleinstehenden Mann, der als Buchdrucker arbeitete und sonderlich war. Er hieß Karl Marksteiner. Er rauchte Pfeife und trug dunkelblaue Anzüge, die an den Nähten glänzten. Er hatte braune, sanfte Augen, einen Schnauzbart und eine gestelzte Art, sich auszudrücken. Das rührte von den Klassikern her, die er las. Er konnte große Teile von Goethes ›Faust‹ aus dem Kopf aufsagen, und manchmal hörte ich ihn in seinem Zimmer auf- und abgehen und mit lauter Stimme Gedichte deklamieren.

Am schönsten war, wenn Großvater aus dem Haus ging und Karl meine Großmutter und mich zu sich ins Zimmer bat. Er legte eine weiße Decke auf den Tisch, zündete eine Kerze an, stellte Gebäck bereit und las uns jene Gedichte vor, die er sonst für sich allein in seinem Zimmer sprach. Zu solchen Gelegenheiten trug Großmutter schönere Kleider als sonst, und mir wurde bewußt, daß sie, obwohl ich sie Großmutter nannte, noch gar nicht alt war.

An einem dieser Abende hörten wir bei Karl eine Rundfunkübertragung der *Tosca*. Ich schmökerte in einem Buch, das ich mir von Großvater geliehen hatte, und hörte nur mit halbem Ohr dem Gespräch zu, das Karl mit Großmutter führte. Er nannte sie zum ersten Mal bei ihrem Vornamen. *Katharina,* sagte er, und es schien, als lausche er dem Klang seiner eigenen Stimme nach. Anschließend las er ein Gedicht von Heinrich Heine vor. Das Gedicht trug den Titel *Katharina. Ein schöner Stern geht auf in meiner Nacht ... Ein Stern, der süßen Trost herniederlacht* ... Großmutter saß in dem Stuhl am Fenster, auf dem Fensterbrett standen in einer Vase gelbe Margeriten. Sie sah Karl so intensiv an, als wolle sie ergründen, was für ein Mensch er sei. Und er blickte zurück, still, ohne sich zu regen. Ich spürte, wie wichtig dieser Moment für die beiden war, und wagte nicht, die Seite umzublättern, aus Angst, den Zauber zu zerstören.

In dieser Nacht kam Großvater betrunken nach Hause. Ich hörte seinen Stock zu Boden scheppern. Die Stimme meiner Großmutter klang ängstlich. Dann knarrten die Bettfedern, und ich wußte, was Großvater mit seiner Frau tat. Ich konnte mir aber nicht vorstellen, wie dieser Akt vollzogen wurde. Ein Mann mit einem steifen Bein, der zu den Huren ging, und eine Frau, die gern Gedichte las und nur sang, wenn sie mit mir allein war.

Später, als ich mir ein Glas Wasser aus der Küche holte, sah ich, daß Großmutter auf dem Fenstersims hockte, Karls Vase mit den gelben Margeriten neben sich. Das Fenster stand offen. Großmutter hatte ihre Hände um die Knie verschränkt und sah zu den Sternen hinauf. Ich setzte mich neben sie und streichelte ihre Hand. Da bemerkte ich, daß aus Karls Fenster Rauchwölkchen stiegen. Großmutter begann ein Lied zu summen. Nebenan zischte ein Streichholz auf, und Großmutter lächelte.

Meine beste Freundin hieß Ruth Ziegler. Sie kam nur in den Ferien nach Hause und wohnte, wie ich, bei ihren Großeltern. Ruth war geistig behindert. Um sie und ihre Familie wob sich eine tragische Geschichte, die jahrelang Gesprächsstoff für unsere ruhige Straße lieferte. Ruths Mutter Ella lernte mit sechzehn Jahren einen Inder kennen, der sich als Maharadscha ausgab. Er verlobte sich mit Ella und schwärmte ihr und ihren Eltern von dem märchenhaften Reichtum vor, der sie alle in Indien erwar-

ten würde. Ella und er heirateten, und Ellas Vater kündigte seine Stellung als Buchhalter, um sich auf die Reise nach Indien vorzubereiten. Der Maharadscha reiste mit Ella voraus. Monatelang hörten Ellas Eltern nichts mehr von den beiden. Dann kam Ella nach Hause. Sie war im sechsten Monat schwanger, ihr Inder war auf Nimmerwiedersehen verschwunden. Als Ruth, braunhäutig, mit dunklen Augen, zur Welt kam und immer deutlicher wurde, daß sie niemals wie andere Kinder sein würde, brachte Ella sich um. Ruths Großeltern, seit dem Verschwinden des Schwiegersohns dem Spott der Nachbarn preisgegeben, gaben Ruth in ein Heim und zogen sich immer mehr zurück.
Ich liebte Ruth fast so sehr wie meine Großmutter. Sie besaß eine tiefe Stimme und war einen Kopf größer als ich. Sie hielt sich schlecht und mußte deshalb stundenlang, die Arme um einen Stock an ihrem Rücken geschlungen, auf einem Stuhl sitzen, damit ihre Knochen wieder gerade würden. Wenn Ruth ihre »Rückensitzstunden« hatte, blieb ich bei ihr und erzählte ihr von den Büchern, die ich kannte, oder las ihr vor. Ihre Augen blickten dann auf meinen Mund, und sie lächelte. Ihre Großmutter sagte, ich könne mir die Mühe sparen, Ruth würde kein Wort von dem, was ich sagte, verstehen; aber sie irrte sich. Ruth verstand, was ich ihr vorlas. Sie deutete auf ihre Lieblingsgeschichten, nickte, schob sich den Stock in den Rücken und wartete geduldig, bis ich ihr gegenüber Platz genommen hatte und zu lesen begann.
Eines Tages nach der Schule begleitete mich ein Junge nach Hause. Ich wußte, daß er mich mochte, und ich war sehr stolz, als er neben mir ging und mir von seinem Fußballclub erzählte. Wir trafen Ruth. Sie trug ein Einkaufsnetz, das die Großmutter ihr ums Handgelenk gebunden hatte, und hielt einen Zettel, den sie im Laden der Verkäuferin geben sollte. Als sie mich bemerkte, grinste sie voller Freude und trabte auf mich zu. Ich genierte mich vor meinem neuen Freund und tat, als würde ich sie nicht

kennen. Ruth rief mir nach, ihre dunkle Stimme bellte traurig durch die Straße wie die Stimme eines Tieres, das man ausgesetzt und vergessen hatte. Aber ich ging einfach weiter. Ich bemerkte aus den Augenwinkeln ihr enttäuschtes Gesicht, ihr Mund stand offen, auf ihrem Kinn trocknete Speichel. Der Junge neben mir lachte und schnitt Grimassen, um Ruth nachzuäffen. Von da an konnte ich ihn nicht mehr leiden.

Ich sah Ruth nie wieder. Sie starb kurz darauf in dem Heim, in dem sie lebte. Ihr Großvater meinte, Kinder ihres Schlages würden nicht alt werden. Ich starrte ihn an und konnte nicht glauben, daß ich nie mehr mit Ruth am Tisch sitzen und ihr Geschichten vorlesen würde. Ich sah ihr enttäuschtes Gesicht vor mir, den Speichel auf ihrem Kinn, und mir war, als wäre der Tag dunkel geworden und als läge die Dunkelheit wie ein Joch auf meinen Schultern. Vielleicht hatte Ruth, als sie starb, sich meiner erinnert, wie ich an ihr vorbeigegangen war und so getan hatte, als kennte ich sie nicht. Vielleicht hatte sie noch einmal verzweifelt nach mir gerufen. Vielleicht war ich an ihrem Tod schuld. Ich ging wie betäubt zurück in unsere Wohnung und erzählte meinen Großeltern von Ruths Tod. Meine Großmutter nahm mich in die Arme und tröstete mich; mein Großvater aber meinte, das sei am besten für alle Beteiligten. Er hatte Ruth immer *die Idiotin* genannt. *Gehst du wieder spielen mit der Idiotin?* Großvater hatte eine nüchterne Einstellung zu den Dingen. *Die Streu scheidet sich vom Weizen* und *Nur die Starken und Gesunden sind wert zu überleben,* waren seine Lieblingssprüche. Den Satz mit den *Starken und Gesunden* wandte er auch auf Ruths Tod an. Meine Großmutter drehte sich mit einem jähen, zornigen Ruck um und sah auf Großvaters Bein, das uns Tag für Tag den Weg versperrte.

»Nur die Starken und Gesunden?« fragte sie.

Großvater fuhr auf. Er blickte seine Frau voller Abscheu an, als hätte sie ihn angespuckt. Dann stützte er sich auf das Tischchen,

das neben dem Sofa stand, und zog sich in die Höhe. Er griff nach seinem Stock und fegte mit einer heftigen Gebärde die Vase mit den gelben Margeriten vom Fenstersims. Diese Vase füllte sich in letzter Zeit auf geheimnisvolle Weise stets mit Großmutters Lieblingsblumen, und als sie jetzt auf dem Boden zerschellte, wurde Großmutter vor Zorn weiß im Gesicht.
»Wag das nicht noch einmal«, schrie Großvater und blieb vor ihr stehen. Großmutter bückte sich und fischte die Blumen zwischen den Glassplittern hervor. Sie schnitt sich in den Finger. Kleine Rinnsale von Blut, wie feine Adern, liefen ihren Arm entlang.

Großvaters vernarbte Wunde am Knie brach auf und eiterte. Er kam ins Krankenhaus, und sie mußten ihm das Bein am Oberschenkel amputieren. »Jetzt bin ich wirklich ein Krüppel«, sagte er zu mir, und wir beiden blickten auf die Bettdecke, die auf der rechten Seite flach war. Nach einiger Zeit erhielt er eine Prothese. Er übte unermüdlich, mit der Prothese zu gehen, er mixte sich Tinkturen, mit denen er den Stumpf seines Beines einrieb, damit der Druckschmerz nachließ. Bald schon konnte er sich so gut fortbewegen, daß man vergaß, daß er ein Krüppel war. Er ließ sich wieder Maßhemden anfertigen und ging auch wieder zu den Huren.

Als Großmutter Geburtstag hatte, übertrugen sie im Rundfunk die Oper *La Bohème*. Großvater fuhr an diesem Wochenende an den Bodensee, um sich mit alten Freunden zu treffen. Deshalb lud uns Karl in sein Zimmer ein. »Wir wollen Musik hören und Katharinas Geburtstag feiern«, sagte er. Seine Stimme klang aufgeregt und zärtlich, und Großmutter wurde über und über rot. Sie trug ein Kleid, das ich noch nie an ihr gesehen hatte. Ein leuchtend blauer Stoff, blau wie ihre Augen. Wir bereiteten eine Bowle zu und buken einen Kuchen. Dann klopften wir an Karls Tür.

Er öffnete so schnell, als hätte er hinter der Tür gestanden und auf uns gewartet. Das Zimmer war geschmückt mit Papiergirlanden, auf dem Tisch, in einer Vase, standen gelbe Margeriten. Er entkorkte eine Flasche Sekt, goß die Bowle auf und füllte unsere Gläser.
»Alles Glück dieser Welt, liebe Katharina«, sagte er. Die beiden sahen sich in die Augen, und ich wußte, was das Glück der Welt hätte bedeuten können. *Aber die Verhältnisse, die sind nicht so,* würde Großvater gesagt haben. Das war sein dritter Lieblingsspruch.

Dann ereignete sich die Geschichte mit Großvaters Bruder Leonhard. Er wanderte nach Kanada aus und kam in unsere Stadt, um sich von Großvater zu verabschieden. Es blieb nicht viel Zeit, ein paar Stunden nur; aber Großvater war nicht da. Sie müsse doch wissen, wo ihr Mann sei, meinte Leonhard nervös zur Großmutter und setzte hinzu, daß man sich vielleicht das letzte Mal im Leben sehen würde.
Großmutter atmete tief durch. Dann nahm sie ihren Mantel und sagte zu mir: »Komm mit.«
Sie mußte ihn nicht suchen, sie wußte, wo er war. Sie ging mit mir zu einem Haus in Bahnhofsnähe, wir stiegen eine knarrende Treppe empor, und Großmutter klingelte an einer Tür, auf der *Gabriele Pfeffermann* stand. Eine Frau im Morgenrock öffnete. Sie war üppig, ihre Augen waren grün bemalt.
»Rufen Sie meinen Mann, ich möchte ihn sprechen«, sagte Großmutter und zog ihre Lippen ein, bis ihr Mund nur noch ein schmaler Strich war.
Die Frau im Morgenrock musterte uns, zuckte die Achseln und schloß die Tür. Wir hörten im Hintergrund Musik und Stimmen. Wir warteten eine Weile, dann drückte Großmutter wieder auf den Klingelknopf. Nichts rührte sich.
»Franz«, rief meine Großmutter und klopfte mit den Finger-

knöcheln an die Tür. »Komm nach Hause, du hast Besuch.« Wieder drückte sie auf den Klingelknopf. Die Frau im Morgenrock riß die Tür auf und sagte: »Er ist nicht da.« Wir hörten unterdrücktes Lachen, als stünden Großvater und seine Freunde hinter einer der Zimmertüren und amüsierten sich. Das Gesicht meiner Großmutter verfärbte sich. Sie und die Frau im Morgenrock starrten sich an. Als nichts geschah, wandte sich meine Großmutter ab und umschloß meine Hand so fest, daß ich vor Schmerz aufschrie. Wir stiegen die Treppen wieder hinab. Die Lippen meiner Großmutter bewegten sich jetzt, als spräche sie mit sich selbst. Ich hätte sie umarmen und trösten, mich an sie drücken mögen, aber da war etwas in ihren Augen, das den Trost unmöglich machte. Ein wilder, rasender Ausdruck war es, als wolle sie die ganze Stadt niederbrennen. Ich fürchtete mich.

Am nächsten Tag, als ich von der Schule nach Hause kam, stellte mir Großmutter einen Teller voll Suppe vor die Nase, ohne sich, wie sonst, dazuzusetzen und mir beim Essen zuzusehen. Mein Großvater lag auf dem Sofa und schlief. Die Beinprothese lehnte an der Wand. Ich bemerkte, wie Großmutter die Prothese leise aus dem Zimmer trug, ich hörte sie einen Schlüssel vom Wandbrett nehmen und zum Speicher gehen. Ohne die Prothese kehrte sie zurück. Sie winkte mir zu, und ich folgte ihr ins Schlafzimmer. Wir setzten uns nebeneinander auf das Bett.

»Ich habe deinen Eltern geschrieben, daß sie dich holen kommen sollen«, sagte Großmutter leise. Sie sah zu Boden und krampfte ihre Hände um die Bettkante.

Ich blieb stumm.

»Ich gehe fort.«

»Wohin?«

Sie seufzte und schüttelte den Kopf. Das konnte bedeuten, daß sie es nicht wußte. Es konnte auch bedeuten, daß sie es mir nicht sagen wollte.

»Kann ich nicht mitkommen?«
Wieder schüttelte sie den Kopf. In ihren Augen standen Tränen.
»Warum hast du Großvaters Prothese auf den Speicher geräumt?«
»Ich will nicht, daß er mir folgt.«
Jetzt sah sie mich an. Um ihren Mund zuckte es. Ich kicherte. Ich stellte mir vor, wie Großvater auf dem Sofa lag und ganz von mir und meinem Wissen abhängig war. *Wo ist deine Großmutter?* würde er fragen, und ich würde antworten: *Sie ist für immer fortgegangen.* Er würde sich voller Zorn vom Sofa rollen, am kleinen Tisch aufrichten und seine Prothese suchen; denn ohne sein Holzbein konnte er das Haus nicht verlassen. Aber er würde es nicht finden. Ich würde tun, als suchte ich. Ich würde Türen und Schränke öffnen, die Besenkammer durchwühlen, sogar ins Treppenhaus würde ich laufen und mir den Anschein von Ratlosigkeit und Verzweiflung geben. In der Zwischenzeit konnte Großmutter zum Bahnhof eilen, in einen Zug steigen und uns für immer verlassen.
Sie stand auf und zog einen Koffer unter dem Bett hervor. Sie drückte mich an sich und küßte mich auf die Stirn. »Eines Tages wirst du mich verstehen.« Sie hob den Koffer auf und verließ das Schlafzimmer. Ich hörte sie an Karls Tür klopfen, ich hörte Karls rauhe Stimme flüstern, die Flurtür öffnete und schloß sich. Ich lief zum Fenster und wartete, bis beide auf die Straße traten. Sie gingen dicht nebeneinander, jeder trug seinen Koffer. Bei einem kümmerlichen Buchenbäumchen, das aus den Pflastersteinen wuchs, blieben sie stehen. Karl deutete auf eine gelbe Margerite, die sich, ungeachtet der Autoabgase, durch das spärliche Gras kämpfte. Sie blickten auf die Blume, dann faßten sie sich an den Händen und gingen weiter, ohne sich umzudrehen.

Der Park

Ich liebe den Park. Ich kenne ihn am frühen Morgen, wenn die Sonne die Schloßmauer erreicht und sich durch die Schatten der Bäume kämpft. Am Mittag. Wärme steigt aus den feuchten Waldböden. Die Rosen am Pavillon öffnen die Kelche, bis der Nachmittag sich schwer und satt auf die Blütenblätter legt. Und abends, im gedämpften Licht, die weiten Rasenflächen, die wie Silber schimmern.
Ich kenne den Park im Winter, wenn der Schnee vor Kälte knirscht und die Zacken der Gitter auf den kleinen Brücken weiße Hauben tragen. November. Eine tropfende Kastanie steht am See, eine Holzbank führt um diesen Baum. Nebel liegt auf dem Wasser. Laub bedeckt den Boden, schmutziggelb, braun, in der Luft ein erdhafter, fauliger Geruch. Und dann im Frühjahr! Die grünen Schleier auf den Büschen, Vogelgezwitscher, funkelnagelneue, unbefleckte Tage.
Ich kenne den Park auch bei Regen und Sturm, ich gehe an solchen Tagen im Schutz der alten Parkmauer dahin, ich lege meine Hand auf den verwitterten Stein, ein Windstoß, Vögel flattern auf.

Mein Mann macht sich nicht viel aus diesem Park. Immer hatte er die falschen Schuhe an, wenn ich ihn hierherführte. Mal drückten ihn die Steinchen, mal war es zu naß, oder die Sonne brannte vom Himmel, so daß ihm die Füße anschwollen und er Blasen bekam. Er hat mit Grundstücken zu tun, er schätzt die Bodenflächen des Parks ab wie ein Landvermesser und multipliziert sie mit einem Quadratmeterpreis. Er kann auch nicht im rechten Moment schweigen. Man muß schweigen können im Park, besonders im Spätherbst, wenn die Nebel ihre Geschichten erzählen, wenn die Sommergedanken in deinem Kopf durch die kühle herbstliche Feuchte wieder an den richtigen Platz gerückt werden. Wie oft ging ich die Heckenwege entlang und wünschte mir einen Menschen, der im richtigen Moment schweigen kann. Ich nahm sogar ein paarmal andere Männer mit in meinen Park, einmal einen ganz jungen, er arbeitete in meiner Firma. Ich saß mit ihm auf der Bank unter der Kastanie, es dunkelte bereits, und ich war wie verzaubert. Ein einzelner Stern wanderte über die Seitenflügel des Schlosses, ich breitete eine Decke auf dem Boden aus, der junge Mann kam zu mir, er war linkisch, unbeholfen, und was er sagte, war ein bißchen dumm. Als ich an seine Dummheit dachte, kam es mir seltsam vor, daß ich hier auf dieser Decke am Boden lag, die Feuchte der Wiesen in meiner Kleidung. Ich stellte mir vor, ein Nachtwächter überraschte uns, der Strahl seiner Taschenlampe richtete sich auf mich. *Wer da?* würde er rufen, oder: *Machen Sie, daß Sie fortkommen!* Da wollte ich den jungen Mann so schnell wie möglich loswerden. Er sagte nicht die richtigen Worte, er atmete nicht richtig, er roch auch nicht, wie er riechen sollte. Alles an ihm war verkehrt, sogar sein junger Körper. Danach war ich meinem Mann eine lange Zeit treu. Wenn man unter Treue versteht, daß man nichts tut. Ich wartete – aber auf was? Ich hatte zwei Leben; eines außerhalb meines Parks, eines drinnen. Draußen versorgte ich meine Familie, ging meinem Beruf nach, hatte Verwandte, Freunde, ich lachte und weinte, alles zur rechten Zeit. Drinnen aber lebte und hoffte ich. Der Park war wie ich. Alt und jung. Voller Schatten und Licht. Vertraut und ständig neu. An manchen Tagen mochte ich das Drinnen mit dem Draußen nicht mehr vertauschen. Ich saß auf der Bank am See und hörte dem leisen Schnattern der Enten zu. Stille. Sie tat weh, weil ich sie mit niemandem teilen konnte.

Dann, eines Tages, kam dieser andere Mann. Er war so alt wie ich. Oder ein Stückchen älter? Er lief, den Mantelkragen hochgeschlagen, einen der Heckenwege entlang. Eine Windböe erfaßte sein Haar, es stand wie ein Kamm über seinem Kopf. Ich lachte. Er hielt an, griff nach oben und lachte ebenfalls. Stürmisch heute, sagte ich.
Er nickte. Ich hab' Sie schon öfters hier gesehen …
Ich liebe den Park.
Gehen wir ein Stück zusammen?
Das taten wir. Ein langes Stück. Sechs Monate lang.

Er war ebenfalls verheiratet. Wir sprachen nicht viel über seine oder meine Familie, sie hatte nichts mit unserem Leben im Park zu tun. Wir trafen uns, so oft wir konnten. Wir teilten den Park auf. Die prächtigen Alleen, das Schloß, der Rosengarten gehörten ihm. Und die Sonne, weil er den Park am liebsten bei Sonnenschein mochte. Ich besaß die Heckenwege, den Pavillon, die kleinen Brücken und ein Tempelchen. Und der Sturm gehörte mir, der Nebel, die Feuchtigkeit. Er war der Sonnenkönig, ich die Nebelhexe. Keine junge Hexe mehr, scherzte ich, aber ich hoffte natürlich, daß ich für ihn jung genug war.
Einmal begegneten wir uns im Theater, in der Pause, er stand mit seiner Frau am Sektbüfett. Ich trat mit meinem Mann hinzu, wir bestellten Champagner – da sah ich ihn. Er wirkte ganz fremd im dunklen Anzug mit dieser Frau an seiner Seite. Weil wir so überrascht waren, begrüßten wir uns fast gleichzeitig und stotterten belanglose Erklärungen, woher wir uns kannten. Ich trank den Champagner zu schnell, so glücklich war ich, ihn zu sehen. Wir unterhielten uns, so lange die Pause dauerte, und versuchten, Dinge ins Gespräch zu flechten, die nur wir verstanden. Von Ludwig XIV. sprachen wir, von Faust und seiner Walpurgisnacht, vom Nebel im schottischen Hochland. Als wir uns verabschiedeten und ich mit meinem Mann zu unseren Plätzen

im Parkett zurückkehrte, spürte ich ganz deutlich, wie durch die Entfernung Stück für Stück von mir verlorenging. Zugleich fühlte ich mich getröstet, weil ich wußte, daß mein Freund den gleichen Sätzen auf der Bühne lauschen würde wie ich, daß er das gleiche Husten im Zuschauerraum hörte, und als eine Szene in einem Park spielte, im Hintergrund ein kleines Schloß, glaubte ich zu wissen, daß dies ein Fingerzeig des Schicksals war.

Zu meinem Geburtstag schenkte er mir eine Klause, die, versteckt und halb zerfallen, im Wald hinter der breiten Schloßallee lag. Sie war nicht versperrt, nicht bewacht, wie die anderen Bauten im Park. Keiner besichtigte sie, sie war wertlos. In ihrem Inneren bedeckten dürres Gehölz und Laub den Boden. Der Wind hatte es durch die zerbrochenen Fensterscheiben und den verfaulten Türstock geblasen. In einer Ecke lag eine graue Decke, Holzkisten standen herum, ein Kerzenstummel klebte auf dem Deckel eines Marmeladenglases.

Die Klause wurde unser Treffpunkt. König und Hexe am Rande der Welt. Einmal lud ich ihn zu einem Picknick ein. Ich breitete ein Tuch am Boden aus, stellte Wein, Gläser und kleine Schalen mit Hühnersalat darauf, ich entzündete den Kerzenstummel und legte eine Kassette in den Recorder, den ich mitgebracht hatte. Vivaldi, *Concerto g-moll Nr. 1*. Wir saßen eng beieinander, noch nie war ich dem Leben so nah gekommen. Wir redeten davon, neu zu beginnen. Inseldenken, Flucht. Aber die Familie, sagten wir schließlich. Die Verantwortung. Die Moral.

So ging ich von einem Tag zum anderen, losgerissen von allem. Ich dachte nicht weiter als bis zu meiner eigenen Wirklichkeit.

Dann, nach einigen Monaten, verspätete er sich öfters. Eine Beförderung, er müsse viel reisen. Oder er schlug andere Treffpunkte vor. Ein Hotel. Das Appartement eines Freundes. Könige sind eben pragmatisch, sagte ich eines Tages und versuchte zu lachen.

Zum ersten Mal wurde er unwillig. *Sei nicht albern, Verena.* An diesem Abend saß ich zu Hause neben meinen Kindern und meinem Mann; wir sahen uns einen Fernsehfilm an, aber ich wußte gar nicht, was ich sah. Alles in mir wurde zu einem schweren Klumpen. Als hätte man mir Herz und Magen und Lungen zusammengepreßt, bis nur mehr dieser schwere, schwarze Klumpen übrigblieb. In der Nacht konnte ich nicht schlafen. Und als ich endlich schlief, träumte mir, riesige Bagger planierten den Park, fraßen die Büsche und rupften die Blumen aus, und die Bäume fielen wie Streichhölzer auf die nackten Wege.

Als ich ihn am nächsten Tag, in der Stadt, in einem Café, traf und er nicht recht wußte, was er mit mir sprechen sollte, sagte ich plötzlich: Ach, weißt du schon? Den Park gibt's nicht mehr. Man hat ihn zugebaggert.

Er sah mich an und preßte die Lippen aufeinander. Sehr entschlossen. Tja ... Arme Hexe. Ohne Nebelwald, meinte er nur. Er wartete ein wenig, und ich malte mit dem Finger Muster auf den Marmor des Tisches. Da zuckte er mit den Achseln und rief nach der Kellnerin. Er schäkerte mit ihr, während er bezahlte.

Ich brannte die Klause nieder. Es war ganz einfach. Ein Kanister Benzin, ein Streichholz – am nächsten Tag stand es in der Zeitung, eine unbedeutende Notiz. Erst als man die Leiche fand, wurde die Klause zur Schlagzeile. Man vermutete, ein Penner habe dort genächtigt, denn man fand zwischen Asche und verkohltem Holz die Reste eines Mahls und die Scherben einer Weinflasche. Auch der verschmorte Kassettenrekorder gab Rätsel auf. *Ein Liebesnest?* fragte eines der Boulevardblätter. *Das letzte Rendezvous* wäre ein besserer Titel gewesen, dachte ich, aber das behielt ich natürlich für mich. Ein paar Tage später identifizierte man ihn und meinte, der Fall werde immer rätselhafter. Kein Penner – ein angesehener Mann ... Da existiere einfach kein Zusammenhang!

Ich wurde krank. Meine Familie brachte mich zu einem Arzt, weil ich nicht mehr sprechen mochte. Der setzte mir da, wo der schwere, schwarze Klumpen saß, eine Spule ein, und die Worte kamen wieder. Normale Worte, die jeder gern hört. Sie ertönen so automatisch wie das *Concerto g-moll Nr. 1*. Ein Sieg der Technik, ein Sieg der Menschen, die an die Vernunft glauben. Aber wir beide, Vivaldi und ich, wir wissen es besser. Ich bin genausowenig anwesend, wie er anwesend ist. Ich bin im Park geblieben, hinter der verwitterten Schloßmauer, unter den tropfenden Kastanienbäumen. Wieso hat das niemand bemerkt? Können Sie das verstehen?

Veilchen zum Abschied

Immer wenn Agnes am Fuße der Schlucht stand und hinauf blickte zum Haus, dessen Mauern inmitten des wild wuchernden, weißen Jasmins aus dem Boden stiegen, schlug ihr Herz vor Freude und Stolz. Dieses Haus. Es gehörte ihr. Die Veranda gehörte ihr. Der Garten gehörte ihr. Und der süß duftende Hügel, der eine sanfte Erhebung über der steil abfallenden Schlucht war und den ein paar in Fels gesprengte Treppen mit dem Weg verbanden, der sich zum Tal schlängelte und der schon seit Jahrzehnten brachlag. Jetzt führte oben, am Kamm des Hügels, eine geteerte Straße hinüber zum Wald und zum Dorf, doch Agnes stellte sich vor, wie vor langer, langer Zeit die Menschen, die im Haus JASMIN wohnten, den steinigen Weg hinunter zur Bucht kletterten und mit dem Boot zum Dorf ruderten, um Lebensmittel und Getränke zu kaufen und einen Plausch mit den Nachbarn zu halten.

Roman sah es nicht gern, wenn sie den brüchigen, schmalen Weg benutzte. »Ein falscher Schritt, und du stürzt ab«, pflegte er zu sagen. Agnes bückte sich und grub eine Zwergmispel aus. Sie wollte sie neben den Ginster setzen, der auf der einen Seite der Veranda wuchs. Ach ja ... Wann hatte Roman eigentlich zuletzt befürchtet, sie könne einen falschen Schritt tun? Vor einem Monat? Einem Jahr? Zwei Jahren?

Roman war Chemiker. Sie heirateten, als Agnes' Mutter starb. Kurze Zeit später zogen sie auf den weißen Hügel.

»Aber du liebst doch das Stadtleben«, hatte Agnes schüchtern eingewandt.

Roman beruhigte sie. »Wird Zeit, daß ich seßhaft werde. Ich

denke es mir wunderschön: Du in dem weißen Haus auf dem weißen Hügel. Du erwartest mich am Abend, ich sehe hinunter zur Bucht, die letzten Sonnenstrahlen auf dem Wasser, der Wind wispert in den Bäumen. Was brauche ich die Stadt?«

Also gab Agnes ihre Arbeit als Laborantin auf. Sie fuhr in die umliegenden Dörfer und begann, das Haus einzurichten. Möbel, Vorhänge, Teppiche.

»Du hast Gespür für Farben und Formen«, lobte Roman. Und als sie daranging, den Garten neu zu bepflanzen, feine Sämereien in Pikierkisten heranzuziehen, Lobelien, Duftsteinrich, Kapuzinerkresse, Buschwinden, geriet Roman förmlich ins Schwärmen. »Du bist die geborene Hausfrau, die geborene Gärtnerin. Und ich ein glücklicher Mann.«

Ja. Ein glücklicher Mann. Der über all seinem Glück offensichtlich verstummte. Immer öfter in der Stadt übernachtete. Keine Gäste mehr einlud. Warum?

Agnes stieß mit dem Fuß an eine lockere Steinplatte dicht unterhalb der Veranda. Rechts stand steil die Schlucht. Die Sonne brannte auf Geröll und Felsbrocken. Kleine Eidechsen huschten über den Weg. Die Stufe ... Sie mußte Roman darauf aufmerksam machen, daß sie locker war. Ein falscher Schritt, dachte sie. Dann würde sie unten liegen in der Bucht. Und würde sich nicht mehr den Kopf zermartern mit Fragen, auf die es Antworten gab, die sie zu Tode ängstigten.

Denn sie kannte die Wahrheit des Schweigens. Seit Roman für den Konzern arbeitete und für ein Manager-Magazin interviewt worden war, hatte er sich verändert. Kaum merklich und doch mit jedem Tag ein Stück mehr.

»Stell dir vor ... Es war eine Frau, die mich interviewte«, erzählte er. »Ziemlich resolute Person.«

Agnes hatte ihn aufmerksam betrachtet. Das Gesicht mit den beiden Falten von der Nase zum Mund, den kräftigen Körper, das drahtige Haar. Sie malte sich aus, wie Romans Arme sich

um eine andere Frau legten, es war nicht schwer, sich das auszumalen. Sie schlich ins Badezimmer und musterte sich im Spiegel. Sie war klein, zierlich, ein dunkler Typ mit brauner Haut und sehnigem Körper. Ihr Gesicht war eines unter vielen, etwas fad, ohne eine Besonderheit. So stand es auch in ihrem Paß: ohne besondere Merkmale. Und die andere? Agnes stellte sich vor, daß sie eine große blonde Frau war mit lebhaftem Mienenspiel und wachen Augen. Was diese Frau anpackte, gelang ihr. Ein beängstigender Gedanke.
Sie hieß Diana Berenson und arbeitete als Journalistin. Sie lud Roman zum Essen ein. »Der Artikel über Sie hat mir Glück gebracht. Ich darf nun eine ganze Serie über erfolgreiche, gutaussehende Männer schreiben.« Roman hatte es Agnes erzählt. Wieder hatte er gelacht. Geschmeichelt diesmal.
Da begann Agnes, im Garten, zur Schlucht hin, eine Rosenhecke zu setzen und das Haus jeden Tag zu putzen. Die Kirschholzmöbel bekamen einen satten Glanz, die Treppe spiegelte, die Vorhänge dufteten schwach nach Zitrone. Je öfter Roman sich am Abend verspätete, je nervöser er wurde, desto strenger wurde das Ritual, nach dem Agnes lebte. Der Garten, die Veranda, das Haus. Nichts überließ sie dem Zufall. Die Illustrierte auf dem Korbsessel, die grünen Äpfel auf dem Eichentisch, das bunte Tuch an der Garderobe. Alles wie zufällig. Und doch berechnet. Das Haus. Der Garten. Die Veranda.
Und dann gestand er es, mit nassen Augen und einem schmerzlichen Zug um den Mund. »Es ist Diana. Ich wollte es nicht. Doch es ist passiert. Ich liebe sie.«
Sonderbar, wie dieses *Ich-liebe-Sie* aus seinem Mund perlte, als seien diese Worte eine Melodie, die er neu entdeckt hatte. »Und ich?« fragte Agnes ruhig.
»Ich werde dich finanziell unterstützen, bis du wieder eine geeignete Position gefunden hast, ich werde alles tun, was du verlangst.«

»Und das Haus?«
Er sah an ihr vorbei. »Das Haus ... Wir werden es verkaufen müssen. Wenn Diana und ich heiraten ... Wir werden viel auf Reisen sein.«
Agnes umklammerte ihr Glas, bis die Knöchel ihrer Hand weiß und durchsichtig wurden. »Wenn du mir das Haus nimmst, werde ich mich gegen die Scheidung sträuben. Ich werde alles, alles unternehmen, um Diana und dir das Leben schwerzumachen. Ich werde Dianas Zeitung informieren, deinen Arbeitgeber ...«
»Aber so sieh doch ein ...«, begann Roman.
Agnes Stimme wurde hoch. »Ich? Ich soll einsehen?«
Sie schrieb Diana einen Brief. Bat um eine Unterredung. Und Diana kam. Sie saß auf der Veranda, eine große blonde Frau mit lebhaftem Mienenspiel und wachen Augen, sie redete von Vernunft und Verständnis, von Liebe und Verzicht, von Toleranz und Güte.
Agnes schwieg. Ihr schien es sonderbar, daß all die Dinge, von denen Diana sprach, von ihr allein erwartet wurden. Sie sollte also vernünftig und verständnisvoll, tolerant und gütig sein. »Das Haus«, sagte sie zu Diana. »Wenn er mir das Haus läßt, bin ich einverstanden.«
In Dianas Gesicht schlich sich Verachtung. »Sie erpressen ihn?«
»Nein. Ich lasse mich kaufen. Das ist ein großer Unterschied. Das Haus für all die Dinge, die Sie von mir verlangen. Verzicht, Toleranz, Güte ...«
Diana erhob sich. »Ich kann es nicht ändern. Roman hat sich entschieden. Er will morgen die Sache einem Makler übertragen.«
Agnes blickte zur Schlucht hinüber. Ein falscher Schritt, dachte sie, und alles ist vorüber.

Am Abend trug sie das Kleid, das Roman ihr zum Geburtstag geschenkt hatte. Sie deckte den Tisch auf der Veranda mit dem

Porzellan ihrer Mutter, legte eine Rose neben Romans Teller und zündete eine Kerze an.
Roman blickte sie fragend an.
»Diana war heute bei mir.«
»Ich weiß.«
»Ich bin einverstanden mit der Scheidung.«
»Auch damit, daß ich das Haus verkaufe?«
»Auch damit.«
Sie stand auf und trat an den Rand der Schlucht. »Sieh nur«, sagte sie. »Da unten wachsen Sandveilchen.« Sie wandte sich zu ihm und lächelte ihn schmerzlich an. »Ich werde sie mir holen und in einen Topf pflanzen und ihn mit in die Stadt nehmen. Als Erinnerung.«
Sein Gesicht verlor jede Kontur, es zerfloß, wurde weich vor Erleichterung. »Ich hole dir deine Veilchen.« Er legte einen Arm um ihre Schultern. Dann kletterte er nach unten. Ein Schritt nur, dachte Agnes.
»Wenn du noch eine Stufe tiefer gehst, hast du einen besseren Halt«, sagte sie sanft.
Er nickte und bückte sich nach den kleinen weißen Veilchen, die so selten waren in dieser Gegend. Er grub sie aus. Dann trat er zurück. Die Felsenstufe splitterte, rutschte, fiel bröckelnd in die Schlucht, seine Finger griffen nach dem Rand der Veranda, klammerten sich fest. Agnes zögerte einen Moment, dann trat sie auf die Finger, trat auf die Hände, stieß sie weg, die Finger, die Hände, stieß sie aus ihrem Leben. »Kein Verzicht, keine Toleranz!« schrie sie, und er stürzte ab.
Am nächsten Tag kam einer der Polizisten, die sie am Abend vorher gerufen hatte. Er war verlegen.
»Da ist noch etwas ... Wir fanden eine Kapsel in der Anzugtasche Ihres Mannes. Eine Kapsel mit einem seltenen Gift.« Sie starrte ihn an. Dann sagte sie: »Mein Mann war Chemiker.«
»Trotzdem ... Auch Chemiker tragen nicht einfach so mir

nichts dir nichts Giftkapseln spazieren.« Er atmete tief durch, das Gespräch war ihm peinlich. »War Ihre Ehe glücklich?«
Einen Augenblick lang schien sie fast zu lächeln. »Mein Mann wollte sich scheiden lassen.«
»Und Sie?«
»Ich weigerte mich.«
Sie sah Erkenntnis in den Augen des Polizisten und Mitleid. Er wandte sich ab und sah sich um. »Ein wunderschönes Haus haben Sie. Werden Sie es behalten können?«
»Wenn ich sparsam lebe ... Da muß irgendwo eine Lebensversicherung sein, die mein Mann abgeschlossen hat.« Sie kämpfte mit den Tränen.
»Ihr Mann ...« Der Polizist legte ihr tröstend seine Hand auf den Arm. »Er trug das Gift sicherlich zufällig bei sich. Vielleicht irgendwelche Forschungen ...?«
Sie nickte. Ihre Lippen zitterten.

Als er sich verabschiedete, kehrte sie ins Haus zurück. Die Vorhänge bauschten sich im Wind, im Garten blühten jetzt auch die Lupinen. Sie würde noch Lavendel setzen und Rittersporn. Rittersporn hatte Roman so geliebt.
Ob er ihr das Gift in den Wein geschüttet hätte? Und ihren leblosen Körper in die Schlucht geworfen? Mein Gott, die Ärmste, hätte man gesagt. Aber warum war sie auch immer so leichtsinnig?
Agnes gab der Rose, die noch gestern neben Romans Teller gelegen hatte, frisches Wasser. Dieser Roman. Sein Gesicht hatte sich schier aufgelöst vor Erleichterung, als sie ihm sagte, sie sei mit der Scheidung einverstanden. Ja. Jetzt erst begriff sie! Eine Kapsel mit Gift war durch ihr scheinbares Einverständnis überflüssig geworden. Was blieb einem dadurch nicht alles erspart! Da pflückte man gern eine Handvoll Veilchen. Veilchen, die in sandigem Boden wuchsen und keine Wurzeln faßten. Wie Romans Liebe. Veilchen zum Abschied. Wie lächerlich!

Verwandlung

Ich las einmal von einem Mann, dessen Mutter einen Einbrecher ertappte und vor Schreck starb; der Vater fiel einem rücksichtslosen Autofahrer zum Opfer, die Frau des Mannes kam durch einen Tupfer, den ein leichtsinniger Chirurg in den Gedärmen der Frau vergaß, zu Tode. Der Mann war Koch in einem exquisiten Restaurant. Nach einigen Jahren sandte er den drei Schuldigen eine Einladung zu einem Essen und tat so, als handele es sich um eine Vergünstigung, die lediglich sehr verdienten Mitbürgern zuteil werden würde.
Alle drei kamen. Sie aßen und tranken den ganzen Abend lang. Der Mann stand hinter dem Tresen seiner Küche und sah, wie sie sich vergnügten. Am nächsten Morgen waren sie tot; den Speisen, die sie zu sich genommen hatten, war Gift zugefügt worden.
Vor Gericht sagte der Mann, daß nach dem Tod seiner Angehörigen eine Wandlung eingetreten sei, sein Inneres hätte sich verlarvt, verpuppt. Zuerst sei da nur Trauer und Ohnmacht gewesen, dann hätten diese Gefühle Widerhaken bekommen, seien ihm ins Fleisch gewachsen und hätten sich in Zorn und Haß verwandelt. Nach einer Weile habe er gespürt, wie alles in ihm aufbrach, ein anderer Mensch sei aus ihm geworden, selbst seine besten Freunde hätten ihn nicht mehr erkannt.

Mir geht es ähnlich. Ich habe Schwierigkeiten, mich als die zu sehen, die ich bin. Ich spüre den Beginn einer Eruption in mir, brodelnd, kurz vor dem Empordringen. Ich befinde mich in einem Entwicklungsstadium. Als sei ich ein larvales Organ, das auf seine Umwandlung wartet. Dreiundvierzig Jahre bin ich alt. Ich bin unscheinbar. Ich trage Kostüme und Hosenanzüge, ich streiche mein Haar streng aus der Stirn, ich verabscheue Rüschen an Kleidern und Blusen. Ich besitze alles, was eine gute Figur ausmacht, aber ich weiß, daß man dies meiner Kleidung wegen nicht bemerkt. Ich fahre ein Auto der Mittelklasse, ich bin eine tüchtige Arbeitskraft, eine gute Verwandte, auch eine gute Geliebte, ich mache genau das, was die anderen von mir erwarten. Aber ich merke, daß sich das ändern wird, daß ich mich nach außen stülpen werde, wenn der rechte Zeitpunkt gekommen ist. Denn jetzt liege ich gleichsam nur da und harre aus.

Ich habe einen Geliebten, er heißt Walter Bieler. Dr. Walter Bieler. Ich benutze absichtlich das Wort »Geliebter«, weil Walter kein Vertrauter, kein Freund ist. Er ist mein Vorgesetzter, und er ist verheiratet. Er besucht mich zwischen Dämmerung und Nacht. Ich koche ihm raffinierte Fischgerichte, ich trage während unserer Treffen seidene Hausanzüge, ich stöhne leidenschaftlich, wenn er mit mir schläft, weil er auf dieses lustvolle Stöhnen besonderen Wert legt. Ich frage ihn nicht nach seiner Frau, darauf legt er keinen Wert, und ich jammere ihm auch nicht die Ohren darüber voll, daß die Pflege meines Onkels, in dessen Haus ich lebe, sich immer schwieriger gestaltet. Wenn wir im Büro miteinander sprechen, bin ich zurückhaltend, ich stelle ihn nicht bloß, ich gehe gut mit ihm um – im Gegensatz zu ihm. Er weist mich vor anderen oft zurecht, so, als wolle er ausprobieren, wie weit seine Macht über mich reicht.

Ich arbeite als Ingenieurin in einem großen Konzern und befasse mich mit der Weiterentwicklung von Bremssystemen. Ich bin tüchtig, kreativ, ich möchte Nachfolgerin eines Abteilungsleiters werden, der in Kürze in Pension geht. Walter Bieler hat versprochen, mir dabei behilflich zu sein, er ist Syndikus der Firma, er hat großen Einfluß.

Mein Onkel, Gregor Körner, ist sehr reich. In drei Monaten wird er vierundsiebzig. Er leidet an einer Herzkrankheit, aber er schont sich nicht. Er pflegt obskure Freundschaften, er trinkt den ganzen Tag und macht sich oft über mich und meine stille Lebensweise lustig. Trotzdem bezeichnet er mich als seine Alleinerbin, ich bin die einzige Verwandte, die er hat. Zu mir – wirklich zu mir – gehört nur eine Katze. Sie heißt Artemis. Sie ist keine gewöhnliche Katze. Sie hat ein rotes Fell und ein schmales geheimnisvolles Gesicht. Nächtelang streicht sie durch den nahen Wald, manchmal bilde ich mir ein, ihr Fauchen hoch in den Lüften zu hören. Sie mag es nicht, wenn Männer sie anfassen, sie läßt sich von keinem Mann streicheln. Mich aber akzeptiert sie. Sie spricht mit mir. Sie sieht mich an und weiß, was ich fühle. Ihre Pupillen weiten sich, ein Zittern überläuft ihr Fell, sie breitet sich in mir aus, ich spüre sie bis in meine Fingerspitzen. Sie gibt mir das Gefühl, geachtet zu werden. Als mein Onkel mich einmal beschimpfte und ein Glas nach mir warf, sprang sie auf seinen Schoß und schlug ihre nadelspitzen Krallen in das Fleisch seines Schenkels. Wir mußten einen Arzt holen, denn die Wunde entzündete sich und eiterte.

In meiner Freizeit male ich. Ich male nur Katzenbilder.

Artemis, wie sie am Fenster sitzt und in die Nacht starrt. Wie sie im Garten hinter den Büschen auf Vögel lauert. Wie sie, langgestreckt, im Schatten der Dämmerung, auf den Wald zujagt. Meine Katzenbilder leben, sie sind mittlerweile berühmt. Sie könnten dich reich machen, meint Walter Bieler, aber ich verkaufe nicht eines davon.

Ich kenne auch einen Menschen, der mir am Herzen liegt: Thomas Hoffmann, ein junger Kollege. Er hat keine Ahnung davon, wie sehr ich ihn bewundere. Er ist Ingenieur, er ist in seinem Beruf mittelmäßig, phlegmatisch. Als Mann aber schillert er in vielen Farben wie ein Stück Glas in der Sonne. Er besitzt, was ich nicht besitze: eine natürliche Leichtigkeit, die die Luft um ihn herum zum Schwingen bringt. An Tagen, an denen ich mit ihm spreche, mit ihm lachen kann, fließe ich über. Da liebe ich die Menschen, da wird alles um mich herum bunt und lebendig. Wenn er mich nicht bemerkt, mich nicht beachtet, schmerzt es mich so sehr, daß die Welt weiß und voll scharfer Konturen wird. Dann sehne ich einen anderen Zustand herbei. Dann habe ich keinen Halt mehr, dann möchte ich eine Wand zwischen mich und meinen Schmerz schieben, möchte unbeeindruckbar werden …

Heute ist ein Walter-Bieler-Abend. Ich stehe in meiner Küche und paniere einen Fisch, denn Fisch ist Walters Lieblingsgericht.

Ich bin ärgerlich. Der Kollege, dessen Nachfolge ich gerne antreten würde, gab heute nachmittag ein Abschiedsfest. Ich trug ein rotes Samtkostüm, ich freute mich, daß man mir bereits heimlich zu meiner neuen Position gratulierte. Da sagte Thomas Hoffmann zu Walter: »Und wann dürfen wir Frau Wieland zur Beförderung beglückwünschen?«

Walter tat sehr erstaunt und gab eine ausweichende Antwort. Blitzartig fiel mir jene Szene ein, als ich am Vormittag unverhofft Walters Zimmer betrat und ihn dabei überraschte, wie er einen Arm um seine Assistentin legte und sie mit jenem besonderen Lächeln bedachte, das mich am Anfang unserer Freundschaft so angezogen hatte. Die Assistentin ist jünger als ich, sehr hübsch, sie hat eine gute Ausbildung genossen, sie kommt für die Nachfolge des pensionierten Abteilungsleiters ebenso in Frage wie ich.

An diesem Abend streiten wir. Walter ist erbost über meine Heftigkeit, er spielt die Angelegenheit herunter.

»Und wen schlägst du also zur Nachfolge vor?« rufe ich zornig. Er lacht und schüttelt den Kopf. »Natürlich dich, das weißt du doch.« Gierig schlingt er den Fisch hinunter, seine Augen weichen mir aus. Ich frage mich, warum er überhaupt noch zu mir

kommt. Weil ich so gut koche? Trauer überfällt mich: Ich mag Walter eigentlich gar nicht mehr; aber ich habe Angst vor der Gewißheit, daß keiner mehr über mich nachdenkt, daß ich in kein Leben mehr gehöre.
Als Walter nach dem Essen ins Schlafzimmer geht und die kleine Lampe anzündet, spüre ich wieder die brodelnde Empörung, die mich schon seit Tagen quält. Walter legt seine Krawatte ab, schlüpft aus seinen Hosen, und ich stelle mir vor, daß er immer noch nach Fisch riechen wird, wenn er mich umarmt. Da beschließe ich, auf das leidenschaftliche Stöhnen zu verzichten, das Walter braucht, um sich an mir befriedigen zu können. Ich lege mich angezogen auf mein Bett und warte. Ich weiß, daß sich bald etwas ändern wird.

* * *

Als Hanna Wieland am nächsten Morgen das Gebäude des Westhaus-Konzerns betrat, beschloß sie, Walters Sekretärin anzurufen. Diese Sekretärin war eine sonderbare Frau, knapp über fünfzig Jahre alt, so alt wie Walter also. Sie haßte Walter seit dem Tag, da sie einmal ein Gespräch zwischen ihm und einem Kollegen belauscht hatte. Da hatten die beiden sich über ihre treue Anhänglichkeit lustig gemacht. Der Sekretärin hatte es einen Stich gegeben, so schmerzhaft, als sei dieser Stich tatsächlich ausgeführt worden, mit scharfer Klinge. Die ganzen Jahre, die sie für Walter gearbeitet hatte, waren mit diesem geringschätzigen Lachen zunichte geworden, als hätten sie nicht stattgefunden. Und auch all die Freundlichkeit nicht, die Fürsorge, die Warmherzigkeit, die sie ihm gegenüber gezeigt hatte. Das alles kam in einer so kalten Welle zurück, daß sie meinte, erfrieren zu müssen. Sie malte sich aus, wie sie ihm mit verächtlicher Miene die Kündigung auf den Tisch legte, wie sie nur die Schultern zuckte, wenn er sie fragte, warum sie ihn verließ.

Aber das waren Träume. Sie war fünfzig Jahre alt, sie konnte nirgendwohin gehen.

Hanna lud die Sekretärin zum Mittagessen ein und erfuhr, daß Walter mit der jungen Assistentin schon seit ein paar Wochen ein Verhältnis hatte, daß die beiden sogar schon einmal zusammen verreist waren. Hanna war wie betäubt, als sie es erfuhr. Die Sekretärin merkte es und legte ihre Hand mitfühlend auf Hannas Arm. Sie erzählte ihr auch, daß Walter längst einen Nachfolger für den pensionierten Abteilungsleiter gefunden habe; er arbeite in einem Konkurrenzunternehmen. Noch wisse niemand, daß Walter ihn zu sich in den Westhaus-Konzern holen wolle, noch glaubten alle, Hanna würde die Position erhalten. Aber Walter sei mit diesem Mann eng befreundet, er würde einen Weg finden, ihn einstellen zu können.

Hanna fuhr wie in Trance nach Hause. Das Anwesen ihres Onkels lag außerhalb der Stadt. Ein graues altes Gebäude, moosbewachsen. Dahinter eine Wiese und ein Wald, durch den sich eine schmale Straße schlängelte. Hanna liebte das Haus, weil ihr Vater darin seine Kindheit verbracht hatte. Ihr Vater war es auch gewesen, der ihr das Versprechen abnahm, sich nach seinem Tod um den Onkel zu kümmern. Wie Kain und Abel, so waren Hanna die beiden Männer vorgekommen. Ihr Vater, gutherzig, hilfsbereit, voller Liebe, sein Bruder unbeherrscht und geldgierig.
Hanna bewohnte die Zimmer im ersten Stock. An diesem Abend war sie so traurig, daß es ihr schwerfiel, die Treppen zu überwinden. Wie Blei waren ihre Füße. Sie ließ ihren Mantel und ihre Tasche auf den Fußboden gleiten und stand mit hängenden Schultern vor dem Spiegel im Flur. Ihr Gesicht, ein weißer Fleck, als sei es nicht vorhanden. Was war das nur in ihr, das sie so wehrlos machte? Sie wußte, daß sie eigentlich eine andere war. Aber wo war die andere?

Sie ging in ihr Wohnzimmer, dessen Front nur aus Glas bestand. In diesem Zimmer malte sie. Und dieses Zimmer war auch Artemis' Lieblingsort. Hanna setzte sich in den Sessel am Fenster, und schon nach kurzer Zeit tauchte die Katze auf und sprang auf ihren Schoß. Sie fühlte Hannas Anspannung und leckte ihr mit rauher Zunge über den Hals. Hoch aufgerichtet saß sie dann da und starrte gleich Hanna hinaus in die Dunkelheit. Da spürte Hanna einen Strom, der zwischen ihr und der Katze hin- und herging, sie fühlte sich plötzlich gestärkt, belebt, als hätte sie ein Glas Champagner getrunken. *Bestrafung* – das Wort summte und sang in ihr. So leise und eindringlich klang dieses hohe Summen, als säße sie an einem dunstigen Sommertag unter Hochspannungsdrähten. Sie stand auf, ging zum Plattenspieler und spielte ein altes Musikstück, das Artemis besonders mochte, bei dem sie mit den Ohren zuckte und mit dem Schwanz erregt auf den Boden schlug. Ein Stück, das die Jagd symbolisierte und in wirbelnden Trommelklängen endete. Sie ging zu ihrer Staffelei und skizzierte eine Katze, die fauchend, im Flug langgestreckt, auf den Schultern eines Mannes landete. Wie im Fieber, mit wenigen kräftigen Strichen, zeichnete Hanna, während Artemis immer noch am Fenster saß, mit zuckenden Ohren, die Pupillen weit geöffnet.

Am folgenden Tag trug Hanna wieder ihr rotes Samtkostüm. Sie verzichtete auf Klammern und Kämme in ihrem Haar, sie setzte ein selbstbewußtes Lächeln auf, ging in Walters Büro und lud ihn ein, sie am Abend zu besuchen. Walter starrte sie überrascht an, so verändert schien sie ihm.
»Warum ausgerechnet heute?« fragte er.
Sie antwortete, daß sie eine Überraschung für ihn habe. Sie lächelte ihm strahlend in die Augen, und er grinste zurück, man sah seinem Gesicht an, wie sehr ihre neue Art, mit ihm umzugehen, ihn reizte. Als Hanna in ihr Büro zurückging, traf sie

Thomas Hoffmann. Auch ihm schenkte sie ihr neues Lächeln; erstaunt blieb er stehen und blickte ihr nach. Da drehte sie sich um und winkte ihm zu. Sonne fiel auf ihn. Staubfädchen schwebten im Licht und legten sich auf sein Haar und seinen Anzug wie Goldregen.

Kurz bevor Walter kam, entgrätete sie einen Fisch und warf Artemis das Skelett zu. Die Katze hob den Kopf und sah Hanna aufmerksam an. Fast schien es, als lächle sie. Dann begann sie, das Fischgehäuse mit scharfen Zähnen zu zerteilen. Eine besonders scharfe Gräte, wie ein breiter Dorn, ließ sie auf dem Boden liegen. Hanna bückte sich, hob die Gräte auf und knetete sie, zusammen mit den Fischstückchen, in eine Pastete. Artemis schnurrte, rieb sich an Hannas Waden und schaute Hanna zu, wie sie die Pasteten ins Rohr schob.

Walter schnalzte genießerisch mit der Zunge, als er den festlich gedeckten Tisch sah; seine Augen fuhren über Hannas Körper – er mochte es, wenn sie enganliegende Kleider trug. Bei den von Artemis bevorzugten »Jagdklängen« setzte er sich an den Tisch. Er goß Wein ein, trank und sah gierig auf die knusprig gebratenen Pastetchen.

»Was für eine Überraschung meinst du?« fragte er, während Hanna ihm eine Pastete vorlegte.

Hanna lächelte ihn geheimnisvoll an und sah auf das Besteck in seiner Hand, das die Pastete zerteilte. Walter schob einen großen Bissen in den Mund, ein zweiter folgte, er kaute, schluckte, kaute wieder, schluckte wieder … In diesem Moment sprang Artemis fauchend auf seine Schulter. Walter hustete, er riß die Augen auf, gab ein krächzendes Geräusch von sich, er keuchte, deutete auf seinen Hals, würgte, sein Gesicht lief rot an, Panik überfiel ihn. Er stieß ein Glas um, beugte sich vor, umklammerte mit beiden Händen die Tischkante, seine Augen flehten um Hilfe.

Hanna schlug mit dem Fuß den Takt des »Jagdliedes.« Ihr zur Seite schnurrte Artemis, die Trommelklänge des Liedes wurden lauter und lauter. Walter erhob sich, torkelte ein paar Schritte ins Zimmer hinein, stürzte und blieb, verkrümmt, besiegt, liegen.

* * *

Das Bild »Katze im Sprung« erhält einen Preis. Es hängt in meinem Wohnzimmer, und ich sitze oft davor und denke an Walter. Wie seine Hände zum Hals fahren und sein Stöhnen und Keuchen sich ähnlich anhören, wie er es gerne bei den Frauen hat, mit denen er schläft. Wie seine Augen rund werden und aus den Höhlen treten. Als die Sanitärer kommen, legen sie ihn auf eine Bahre. Der Arzt stellt den Tod fest und gibt mir eine Beruhigungsspritze. Ich habe ein dunkles Kostüm angezogen und erzähle, daß Walter mein Vorgesetzter ist, der an diesem Abend mit mir über meine Beförderung habe sprechen wollen. Daß er zu hastig gegessen habe und ich alles versucht hätte, ihm das Leben zu retten. Aber leider sei es mir nicht gelungen.

Am Tag der Beerdigung werde ich zu einem der Geschäftsführer gerufen. Er sagt mir, daß man Herrn Dr. Bielers Wunsch, mich zur Abteilungsleiterin zu machen, respektieren würde, und überreicht mir einen geänderten Vertrag. Ich bedanke mich. Ich gehe hinaus und fühle, wie mein Inneres sich erwärmt. Ich bin froh, daß Walter tot ist. Ich kann Fischgeruch nämlich nicht mehr ertragen.
An diesem Nachmittag kleide ich mich neu ein. Geschwungene Röcke, bunte Jacken, geschlitzte Hosen. Mein altes Auto bringe ich zum Händler und bestelle ein neues, schnittig, weiß. Ich treffe Thomas Hoffmann im Lift und lade ihn auf einen Drink in die kleine Bar ein, die in der Nähe des Westhaus-Konzerns liegt

und die, wie ich weiß, Thomas' Lieblingsbar ist. Er errötet und nimmt die Einladung an. Als wir uns gegenübersitzen, spreche ich von meiner Arbeit, von den Reisen, die ich früher machte. Ich rede und lache und schüttle mein Haar aus der Stirn und freue mich, daß er mich bewundernd ansieht. Ich weiß nicht, woher ich den Mut, die Gewandtheit nehme, hier mit ihm zu sitzen und Belangloses zu reden. Er ist viele Jahre jünger als ich, und trotzdem hoffe ich … auf ihn.
Als ich spät am Abend zu meinem Onkel nach Hause komme, höre ich die Stimmen seiner betrunkenen Freunde bis in den Garten. Dazwischen das Kreischen einer Frau. Es wird immer schlimmer mit Gregor. Er kümmert sich um nichts mehr. Nicht um das Haus, nicht um die Vermögensverwaltung, um die Bankgeschäfte – um nichts. Ich gebe es ehrlich zu: Wenn nicht die Aussicht auf das umfangreiche Erbe wäre und ich nicht so sehr an dem Haus hängen würde – ich hätte meinen Onkel längst verlassen. Er ist mir ekelhaft. Er ist wie ein grauer, böser Gnom, der mein Leben verdüstert. Aber sein Arzt, der auch mich betreut, sagte mir, daß Gregor keine hohe Lebenserwartung habe. Er sei todkrank, sein Herz flattere wie ein ängstlicher Vogel. Tag für Tag müsse dieses Herz einen Überlebenskampf bestehen, nur durch Medikamente könne es gestützt und geschützt werden.
Im unteren Flur treffe ich auf eine junge Frau, die billige Kleidung trägt. Sie verschwindet im Badezimmer, ihr schweres Parfum schwängert die Luft. Ich gehe in Gregors Zimmer. Einer seiner Freunde liegt auf der Couch und schnarcht. Gregor sitzt mit einem anderen Mann am Tisch und spielt Roulette. Als er mich sieht, grinst er und stößt seinen Freund an.
Ich öffne die Fenster, um den Rauch abziehen zu lassen. Mir kommt es vor, als sei ich die Mutter dieser alten, verlotterten Männer. Das ärgert mich. »Rauch nicht so viel«, sage ich zu Gregor und erinnere ihn an sein krankes Herz. Inzwischen

kommt die junge Frau zurück. Sie strahlt eine animalische Kraft aus, ich kann mir gut vorstellen, daß Gregor diese Kraft gefällt. Als könnte er die Kraft des Mädchen zu seiner eigenen machen. Im Hinausgehen höre ich, wie er meine Worte nachäfft. »Rauch nicht so viel«, singt er mit hoher Stimme, und der Freund, der bei ihm am Tisch sitzt, sagt: »Soll sie doch froh sein, wenn du säufst und rauchst, dann erbt sie eher.«
»Oder auch nicht«, sagt mein Onkel, und sein Kichern verfolgt mich, bis ich im oberen Stockwerk verschwinde.
Am nächsten Tag – ich verlasse gerade ein Bankgebäude – treffe ich Gregors Anwalt. Er erkundigt sich nach meinem Onkel und mustert mich, als wolle er herausfinden, wieviel er mir sagen dürfe. Ich spüre, wie wichtig dieser Augenblick für mich ist. Ich wittere Gefahr, sie läßt mich vorsichtig werden, raffiniert. Ich lächle dem Anwalt ins Gesicht. »Sie wissen wohl von der neuesten Entwicklung?«
Der Anwalt wird verlegen und schweigt.
Da sage ich: »Ich freue mich, daß mein Onkel noch so viel Spaß am Leben hat.«
Das beruhigt den Anwalt. Er geht ein Stück neben mir her und meint, daß es ihn allerdings schon überrascht habe, als er von des Onkels Heiratsplänen erfuhr. »Eine so junge Frau ... und man weiß gar nichts von ihr«, er sieht mich von der Seite an. Ich behalte mein Lächeln krampfhaft im Gesicht. »Ich kenne die Frau. Sie ist sehr ... lebensfroh.«
Der Anwalt seufzt.
»Hat mein Onkel schon einen Termin mit Ihnen vereinbart?«
Der Anwalt erschrickt, zögert.
»Wegen der Testamentsänderung«, sage ich und lächle wieder ganz harmlos.
Der Anwalt ist erleichtert. Ah, sie weiß also alles ...
»Nächste Woche«, sagt er. »Da hat mich Ihr Onkel zu sich bestellt.«

Ich nicke. Wir sind an meinem Auto angekommen. Ich reiche dem Anwalt die Hand, ich steige in mein Auto, ich fahre davon. Zu Haus lege ich mich auf mein Bett. Artemis kommt und legt sich neben mich. Ich kraule ihr Fell, sie beginnt zu schnurren. Ich entspanne mich. Später, als die Sonne fast schon hinterm Wald verschwindet, erhebe ich mich und gehe zu meiner Staffelei. Der Kohlestift liegt bereit. Ich spiele das »Jagdlied« und beginne zu zeichnen. Meine Hände, meine Finger, werden selbständig, sie fahren übers Papier, ein Katzenmädchen, kraftvoll, mit nacktem Oberkörper, steigt empor, wächst mir entgegen. Die Töne des »Jagdliedes« steigern meine Erregung. Ich habe das Gefühl, ein zuckendes Herz in Händen zu halten und es zusammenzupressen, bis es nur mehr totes Fleisch ist.

❊ ❊ ❊

Hanna erklärte ihrem Onkel, daß sie zu seinem Geburtstag ein großes Fest veranstalten wolle, eines so recht nach seinem Geschmack. Er sah sie überrascht an, er lächelte erfreut, fast schien es, als wolle er etwas sagen, etwas, das ihn menschlicher, greifbarer machte. Aber da legte sich schon wieder Gleichgültigkeit wie ein Schleier über sein Gesicht, Fremdheit umschloß Hanna und ihn wie ein zu enger Ring.
Sie lud seine Freunde ein, sie ging in die Parks, in die Stehkneipen, in die Spielbank. Auch die junge Frau rief sie an, die der Onkel angeblich heiraten wollte. Sie führte ein langes Gespräch mit ihr, sie brauchte nicht lange, um sie zu überreden. »Eine Überraschung für meinen Onkel, ich weiß, wie sehr er solche Sachen liebt …«
Champagner wurde ins Haus geliefert, Platten mit Essen, Körbe mit Blumen, vielerlei dachte Hanna sich aus, um den Onkel zu erfreuen. Bevor die Gäste kamen, ging sie zu ihm und gratulierte ihm. Sie setzte sich ihm gegenüber und versuchte, ihn so zu

sehen, wie ihr Vater das getan hatte, aber sie sah nur, was sie immer gesehen hatte: einen grauen, bösen Gnom mit blauroten Lippen und wieselflinken Augen. Sie begann zu sprechen, weil sie sich dachte, wenn sie mit ihm spräche, würde er sich vielleicht vor ihren Augen verändern und zu etwas anderem werden, zu etwas Freundlichem, Gutem.

Sie sagte: »Du weißt, Gregor, daß ich es ehrlich mit dir meine. Schreib es deshalb nur meiner Sorge um dich zu, wenn ich dich bitte, dir das mit der Heirat noch mal zu überlegen. Du kennst diese junge Frau doch gar nicht, ich glaube, sie hat auch keinen guten Ruf ...«

Gregor grinste. »Hast wohl Angst um die Erbschaft?«

»Nein, bestimmt nicht«, sagte sie ruhig.

Aber er lachte sie aus und meinte, daß ihm der Ruf des Mädchens ganz egal sei, die paar Jahre, die ihm noch verblieben, wolle er genießen. Und um die Erbschaft brauche sie sich nicht zu sorgen. Sie werde schon ihren gerechten Anteil bekommen. Er sah an ihr vorbei, als er dies sagte, und sie hatte Mühe, ihre Verachtung zu verbergen. *Gerechter Anteil* ... Sie wußte, wie dieser gerechte Anteil aussehen würde. Sie stand auf.

Ob sie denn das Fest nicht mitfeiern wolle? fragte der Onkel sie. Sie verneinte. Er wisse doch, wie zurückgezogen sie im Grunde lebe, da sei dieser Rummel nichts für sie, das verstehe er doch sicher. Sie beugte sich zu ihm und zwang sich, ihn auf die Wange zu küssen. Er zuckte zurück, so unerwartet kam ihr Gesicht auf das seine zu. Als ihre Lippen seine Haut berührten, breitete sich ein bitterer Geschmack in ihrem Mund aus, wie Galle, die nicht im Magen bleiben wollte.

Den ganzen Abend saß sie, die Katze auf dem Schoß, am Fenster und lauschte auf den Lärm, der aus Gregors Räumen nach oben drang. Als es auf Mitternacht zuging, spielte sie das »Jagdlied« und drehte den Ton so laut, daß die Trommeln und Trom-

peten sich mit dem Lärm von unten zu einem gigantischen Klanginferno vermischten. Artemis knurrte wie ein Hund so drohend und verschwand lautlos im dunklen Flur. Draußen hielt ein Wagen, eine riesige Pappschachtel in Form einer Geburtstagstorte wurde ins Haus getragen. Hanna hörte das Johlen und Pfeifen, das Gekreische und Stampfen, und sie wußte, daß sich jetzt der Deckel der Torte heben und ein junges derbes, nacktes, rothaariges Mädchen dem Karton entsteigen würde. Eine Katzenmaske würde das Mädchen tragen und lange, katzenartige Krallen. Animalische Kraft, Schweißgeruch, der sich verbreitet. Gregor seufzt auf, nacktes Fleisch glänzt im Licht der Lampen. Die Frau setzt sich Gregor auf den Schoß, sie ist ein Geschenk, *sein* Geschenk, sie wird ihm Freude bereiten und ihm einen Vorgeschmack dessen bieten, was ihn nach der Heirat erwartet. Sie streicht über sein Gesicht, über die schlaffen Muskeln seiner Arme und flüstert ihm Dinge ins Ohr, die er nur allzu gern glaubt.
Ja ... Und Gregor packt eine Flasche Champagner, zieht das Mädchen ins angrenzende Zimmer und gibt dem Katzenvieh, das dort vor dem Bett sitzt, einen Fußtritt. Welch ein rauschhafter Augenblick! Alles ist ihm egal in diesem Moment! Vielleicht sollte er auch noch ein paar dieser Pillen schlucken, die ihn stärker und jünger machen und die jetzt plötzlich vor ihm auf dem Nachttisch liegen? Und her mit dem Champagner, und her mit dem Cognac und, zum Teufel mit dem Arzt, der ihm große Anstrengungen untersagt! Was heißt schon: ein Puls nicht über hundertzwanzig? War es denn eine Anstrengung, sich mit einem jungen Weib zu vergnügen?

Der Arzt trug auf dem Totenschein ›Herzversagen‹ ein. Die Freunde flüsterten entsetzt und versuchten, Gregors Hände zu öffnen, die eine getigerte Katzenmaske umklammerten. Sie hielten Ausschau nach der jungen Frau, aber die war geflohen, das

Fenster zum Garten stand offen. Als der Arzt mit Hanna sprach, meinte er, er hätte Gregor gewarnt, aber dieser sei ein haltloser, maßloser Mensch gewesen, und so maßlos, wie er gelebt habe, sei er auch gestorben.
Als das Haus leer war und sie Gregor in seinem Sarg mitnahmen, ging Hanna durch alle Räume und öffnete die Fenster. Eine Amsel sang im Fliederbusch. Artemis saß unter den grünbelaubten Zweigen und sah zu Hanna herüber. Nach einer Weile verstummte der Gesang der Amsel.

* * *

Ich beobachtete einmal einen Schmetterling, der sich ans Licht kämpfte und seine ersten Flugversuche machte. Er hing an einem Halm, der Halm zitterte, und der Schmetterling breitete die Flügel aus und torkelte wie berauscht zu einer blühenden Blume.
So fühle ich mich jetzt. Ich kämpfe mich aus einem gläsernen Tropfen und torkele in ein neues Leben. Ich beaufsichtige die Handwerker, die mein Haus umbauen, ich habe im Konzern ein größeres Büro bezogen und entwickle ein neues Bremssystem, das schon sehr bald zum Patent angemeldet werden kann. Mein Ruhm in der Firma wächst. Dort drüben, das ist sie, Hanna Wieland, die wird es noch mal sehr weit bringen, sagen meine Kollegen. Ich entdecke, daß ich luxuriöse Kleider liebe, auch mein Auto habe ich wieder gewechselt; ich fahre jetzt ein sehr teures, großes Modell mit glänzenden roten Ledersitzen.
Thomas Hoffmann wird mein Liebhaber. Das kommt ganz plötzlich, über Nacht. Seine Zuneigung wächst mir so rasch zu wie mein Ruhm. Zuerst lädt er mich zum Essen ein, dann zum Tanzen, eines Abends bleibt er bei mir. Er sagt mir, daß ich eine faszinierende Frau sei. Er lacht nur, wenn ich entgegenhalte, daß er sicher eine Freundin habe, eine jüngere, als ich es sei. Er

wischt all meine Bedenken zur Seite. Kümmere dich nicht um die Vergangenheit und nicht um die Zukunft, sagt er, lebe! Jetzt! Hier!
Er selbst lebt gern. Das Geld zerrinnt ihm wie Wasser zwischen den Fingern. Ich lächle darüber und erfülle ihm jeden Wunsch. Er ist wie ein Kind. Er streckt die Hand aus und sagt: haben. Beschenke ich ihn, reagiert er auch wie ein Kind, übermütig und voller Dankbarkeit. Dann bringt er mir Blumen, führt mich ins Theater und hält mich im Arm, wenn ich nach einem Alptraum emporschrecke. Er kauft mir auch neue Leinwand und Farben, er schenkt Artemis ein teures Lederhalsband.
Aber meine Katze haßt Thomas. Sie streift das Halsband ab und faucht, wenn er das Zimmer betritt. Einmal ertappe ich Thomas dabei, wie er einen Stein nach ihr wirft. Wir streiten. Ich sage Thomas, daß er das Haus sofort verlassen müsse, wenn er sich mit meiner Katze nicht verträgt. In Thomas' Augen springt ein Funke, den ich schwer deuten kann. Doch nie wieder bemerke ich, daß er Artemis etwas antut.
Artemis schläft nicht mehr im Haus. Manchmal wache ich nachts auf und höre ihren klagenden Schrei. Vorsichtig schleiche ich in den Garten und sehe sie unterm Fliederstrauch sitzen. Wir starren uns lange Zeit an. Dann dreht Artemis sich um und verschwindet in der Dunkelheit. Ich gehe ins Haus zurück. Ich bin traurig.
Ich rede mit Thomas über Artemis. Er meint, es läge daran, daß er ein Hundemensch sei, das würde meine Katze spüren. Eines Abends bringt er einen Schäferhund ins Haus. Der jagt im Garten umher und verbellt die kleinste Maus. Ich sperre den Hund in die Küche und warte in der Nacht beim Fliederstrauch auf Artemis. Doch sie kommt nicht mehr. Mir ist, als hätte ich ein Gliedmaß verloren, ein Bein oder einen Arm oder einen ganzen Teil meines Lebens.
An manchen Tagen besucht Thomas seine Familie, die in einer

Kleinstadt lebt. Einmal bittet er mich um Geld. Es ist ihm peinlich. Seinen Worten entnehme ich, daß er seine Schwester unterstützt, die bei den Eltern wohnt und ein Kind erwartet. Sie sei völlig mittellos, erzählt er. Von diesem Zeitpunkt an erhält er von mir jeden Monat einen Scheck. Da zeigt er mir ein Bild seiner Schwester. Ein hübsches, schwarzhaariges Mädchen, das mir sehr sympathisch ist.

Im Frühjahr hat Thomas Geburtstag. Ich schenke ihm einen Sportwagen, er kann sich kaum fassen vor Glück. Ich bitte ihn inständig, vorsichtig zu fahren, mache ihn auf eine Kurve aufmerksam, die kurz vorm Wald wie eine Haarnadel verläuft und schon ein paar Menschen das Leben gekostet hat. Thomas lacht, er ist ein guter Fahrer.

In einer der folgenden Nächte höre ich Artemis' klagenden Schrei. Ich habe Sehnsucht nach meiner Katze, die sich die Freiheit nahm zu hassen. Diese Sehnsucht ist wie ein zu dünnes Eis, über das ich gehe. Mir träumt, daß Artemis, einem dunklen Schatten gleich, über die Straße huscht, als Thomas' Auto sich der scharfen Kurve nähert. Sie springt fauchend auf den Wagen zu, die Windschutzscheibe splittert. Thomas reißt das Steuer herum, es trägt ihn aus der Kurve, das Auto überschlägt sich, bleibt liegen … Schweißgebadet erwache ich.

Am nächsten Morgen kommen die Polizisten. Thomas ist tot. Ich stelle Artemis' Futternäpfe auf den Speicher, ich zerschneide die Decke, auf der sie geschlafen hat, und verhänge die Bilder, auf denen sie zu sehen ist. Während Thomas' Beerdigung fällt mir ein junges Mädchen auf, schwarzhaarig, hochschwanger, es weint bitterlich.

»Ist das seine Schwester?« frage ich einen Mann, der neben mir steht.

Er schüttelt den Kopf. »Seine Verlobte.«

»Er war verlobt?«

»Schon seit einem Jahr. Aber aus beruflichen Gründen haben sie

die Hochzeit aufgeschoben. Weil der Bräutigam noch in der Großstadt bleiben und Karriere machen wollte. Tja ... Die jungen Leute heutzutage ...«

Jetzt weiß ich also, wo Thomas seine Zeit tatsächlich verbrachte, wenn er nicht bei mir war. Ich spüre einen so starken Schmerz in mir, daß mir übel wird. Ich sehe Thomas vor mir stehen, die Sonne fällt auf ihn. Staubfädchen schweben im Licht und legen sich auf sein Haar wie Goldregen. Ich werfe eine Schaufel Erde auf seinen Sarg. Kein Goldregen, mein Lieber, Erde, denke ich und gehe, ohne mich umzusehen, aus dem Friedhof fort.

Zu Hause hole ich die Futternäpfe vom Speicher und lege meine eigene Decke auf Artemis' Lieblingsplatz. Ich enthülle die Bilder. Die ganze Nacht warte ich, daß Artemis zum Fliederstrauch kommt. Viele Nächte warte ich. Ich suche im Wald, ich rufe und locke, aber kein Laut, nicht einmal der einer Eule oder eines flüchtenden Kaninchens. Da gehe ich zu meiner Staffelei und skizziere ein Auto auf dunkler Straße. Eine Katze prallt gegen die Windschutzscheibe mit aufgerissenen Augen und herausgestreckten Krallen. Das Bild hänge ich zu den anderen beiden Bildern. Dann öffne ich das Fenster und spiele das »Jagdlied«. Laut tönt es bis zum Wald hinüber.

Und Artemis kommt zurück. Sie legt sich neben mich und leckt meine Hand. Ich kraule ihr Fell, ich flüstere ihren Namen. Ich bin sehr glücklich. Viel glücklicher, als ich es je mit Thomas war.

Die Rache des Produzenten

Der Produzent ist mittleren Alters. Er sitzt hinter einem Schreibtisch, auf dessen Glasplatte unzählige Manuskripte lagern. Eine gläserne Klammer hält Termine im gläsernen Maul, im Computer flimmern die neuesten Produktionen.
Vor dem Tisch, auf einem Stuhl, schwarzes Acryl, der Autor. Langer Hals, lange Arme. Blasse Wangen und eine schmale, knorpelige, leicht gebogene Nase. Die Augen dunkelgrau, die Lippen dünn. Rotes Haar. Sommersprossen.
Der Produzent ist auf dekorative Art hektisch. Seine Hände fahren zwischen die Manuskripte, er verschiebt die gläserne Klammer, er lehnt sich zurück, sein Blick wandert zum Bildschirm.
»Nun, mein lieber Schiller. Ist'n guter Stoff, Ihr *DON CARLOS*. Wird also 'ne kurze Geschichte, unser Gespräch. Ist alles drin in der Story. Adel, Kirche, Politik, Liebe. Vielleicht ein bißchen altmodisch, 'n Fünfteiler ...«
»Aber das Exposé fand Ihre Zustimmung. Und die Dialoge sind bereits fertig«, sagt der Autor.
»Natürlich. Gute Sache, Ihr Expo. Hat auch dem Sender gefallen. Sie wissen ja: Wir produzieren, aber das Sagen hat der Sender.«
Der Produzent lächelt. Gewinnend.
Der Autor lächelt zurück. Sorgenvoll.
»Tja ... Wir haben hier also einen Sohn, der in seine eigene Mutter verknallt ist ...« Der Produzent blättert die erste Seite des Exposés um.
»In seine Stiefmutter, die vorher seine Verlobte war ...«, sagt der Autor eifrig.

»Sehr gut. Sehr aktionsgeladen. Und dann haben wir den Freund des jungen Mannes. Die beiden verbindet eine seltsame Beziehung ...«
»Sie sind in der Tat eng befreundet«, sagt der Autor.
»Je enger, desto besser.« Der Produzent erlaubt sich ein kleines Grinsen.
»Die dramaturgischen Gegensätze, die tragen das Stück«, sagt der Autor stolz. »Der despotische, eifersüchtige Vater, der schwärmerische Sohn und Roderich als Konfrontation mit dem Genius einer anderen, neuen Zeit.«
»Da müssen wir noch dran feilen ...«
»Sie meinen, die Dramaturgie ist nicht ... ja, nicht wahr ...«, der Autor errötet. »Ich weiß, daß in den ersten Folgen Erwartungen geweckt werden, die sich in den letzten nicht ganz erfüllen lassen ... Dieser Carl fällt ein bißchen ab. Auch im Dialog, aber ...«
Der Produzent zuckt die Achseln. »Das stört nicht. Nur ... Der Sender meint, zuviel Politik schadet der Chose. Finde ich auch. Gedankenfreiheit ... Na ja. Ist seit der Wiedervereinigung nicht grade der Renner der Saison. Jetzt können die Leutchen ja denken und sagen, was Sache ist. Wenn sie denken ...«
Er lacht. Fährt sich durchs Haar. »Also. Diese Sequenz in der dritten Folge, ganz am Schluß ... Sie wissen schon ... Ronny wird zu Philipp zitiert ...«
»Roderich.«
»Wie?«
»Roderich wird zu Philipp zitiert.«
»Ach ja ... Die Namen, die müssen wir ändern, meint der Sender.«
»Aber wieso ...«
»Die Namen sind nicht publikumswirksam.«
»Aber das wäre geschichtliche Verfälschung ...«

»Aber gar nicht! Die junge Frau nennen wir Lisette. Ist 'ne Koseform von Elisabeth. Aus Carl wird Charly, aus Roderich Ronny, aus Fernando, dem üblen Burschen, ein Fernand. Und das kleine adelige Biest, das mit der Klampfe, nennen wir nicht Anna von und zu, wir nennen es Anita. Ist irgendwie spanischer. Anita ist verarmter Adel und Flamenco-Tänzerin. 'ne Superidee vom verantwortlichen Redakteur, finden Sie nicht?«

Auf seiten des Autors dämmert Entsetzen.

»Also ... Zurück zu unserer Sequenz. Ronny wird zu Philipp zitiert und hält seine große Ansprache ... Die muß raus.«

»Aber es ist das zentrale Thema ... Die Szene der Szenen.«

Der Produzent lehnt sich zurück. Er hält auch Vorlesungen über DAS GRUNDMUSTER DER DRAMATISCHEN STRUKTUR. Er hält gerne Vorlesungen. »Sehen Sie, mein Lieber. Ich sage das allen Autoren, die zum Fernsehen stoßen: Ein Drehbuch ist eine in Bildern erzählte Geschichte. Und wie hat die Geschichte auszusehen? Wie hat sie in Ihrem Falle auszusehen? Richtig. Ein Typ namens Charly ist an einem oder mehreren Orten und zieht sein Ding durch. So einfach ist das. Eine Hauptfigur und jede Menge Action. Und was folgt daraus? Daraus folgt, daß wir Ronny nicht zu König Philipp schicken können, damit uns der stundenlang mit seinen schwülstigen Lebenstheorien zulabert. Da schläft der Zuschauer ein. Schon vor der Werbung.«

»Aber es wird eine abstrakte Idee vertreten ...«

»Um Himmels willen! Außerdem ... Der Sender möchte mehr auf die zwischenmenschlichen Probleme eingehen. Als da sind: eine inzestuöse Liebe, eine ehemals homosexuelle Freundschaft, eine ehebrecherische Leidenschaft und die Rachepläne eines raffinierten Luders, dessen Liebe verschmäht wird. Die Figuren müssen ihre dramatischen Bedürfnisse befriedigen. Das ist Film! Das ist Leben! So will's der Sender haben.«

Der Autor möchte einwenden.

»Und dazwischen, meint der Sender, dieser Sympathieträger. Dieser Pfaffe. Der versucht, die Moral wiederherzustellen. So was in der Richtung.«
Der Autor wendet ein: »Das würde mein ganzes Stück verfälschen. Das Böse verkörpert sich in diesem Priester.«
»Es gibt keine bösen Pfarrer. Nicht in Serien.«
»Aber Aussage und Wirkung meines Werks ...«
»Das haben schon ganz andere Autoren überlebt. Was meinen Sie, was wir aus dem Hamlet rausgeholt haben ... Sex and Crime. War auch 'n toller Stoff, der Hamlet.«
Der Autor ist beleidigt: »Wie also stellt der ... Sender sich das Ganze vor?«
»Oh. Nun seien Sie nicht zimperlich. Das wird 'ne gute Sache, 'ne sehr gute, Sie werden sehen. Schon der Beginn ... Die Außenaufnahmen in diesem Park, die junge, blühende Frau, der feurige Sohn, der Freund ... Da knistert's im Gebälk. Und dazu die Sonne Spaniens! Die Flamenco-Musik im Hintergrund. Oder Julio Iglesias. Das hat was. Das ist exotisch. Das will das Publikum sehen. Sex and Crime und Exotik. Und alles zur besten Sendezeit. In zwei Blöcken.«
»In zwei ... Blöcken?«
»Nur unterbrochen von der Werbung. Wenn Sie ins Theater gehen, haben Sie auch 'ne Pause. Und gießen sich 'n paar Gläser Schampus hinter die Binde. Das können Sie bei uns in Großaufnahme haben.«
Der Autor wird, weil verzweifelt, sarkastisch. »Und wo wird ... unterbrochen?«
»Tja.« Der Produzent blättert weiter. »Soll mittig sein und 'n starker Plot ...«
Der Autor, noch sarkastischer: »Ein starker Plot, soso.«
»In der ersten Folge vielleicht hier: Charly will zu Lisette. Er hofft auf eine Liebesnacht. Trifft aber nur Anita, die sich Lisettes Freundschaft ergaunert hat. Anita versucht, Charly zu ver-

führen. Läßt die spärlichen Hüllen fallen. Da reißt der Pfarrer die Tür auf. Peng. Dann die Werbung. Peng.«

»Peng«, sagt der Autor, nun in hohem Grade sarkastisch. »Sie müssen von einem anderen Stück reden als ich ...«

Der Produzent mustert ihn. Seufzt. »Hören Sie mal. Beim Fernsehen muß man flexibel sein.«

»Bei meinem Stück«, fährt der Autor hochmütig fort, »handelt es sich um ein Individualdrama, das unvermutet in ein Ideendrama übergeht. Also: Was als Liebesdrama beginnt, wandelt sich in ein Manifest der Menschenrechte. Eine historische Novelle wurde von mir umgestaltet in dem Bestreben, historische Perspektiven nahezubringen.«

»Wunderschön. Wunderschön haben Sie das gesagt. Mir können Sie das ruhig sagen, aber sagen Sie's bloß nicht dem Sender. Der Sender will nämlich keine Perspektiven nahebringen. Er will auch kein Manifest der Menschenrechte, wer weiß denn, wer dann wieder alles stinkig wird. Und er will vor allen Dingen kein Historienstück. Kostümstücke sind out. Die kosten nämlich ein Heidengeld.«

Der Autor, eisig: »Was also, nochmals gefragt, will der Sender?«

»Der Sender will 'n Stück, das die Einschaltquoten in die Höhe treibt. Er ist bereit, große Publicity zu machen. Er kauft die besten Stars ein. Die Crème de la Crème der deutschen Unterhaltung. Für diesen Priester, zum Beispiel, stehn sie in Verhandlung mit einem Künstler, der schon Erfahrung in dem Genre hat. Der sämtliche Konstanten des Genres erfüllt. Sie kennen ihn auch. Er hat schon über neunzig klerikale Folgen gedreht und ist der Pfarrer schlechthin. Seit es ihn gibt, gehen wieder ein paar Leutchen mehr in die Kirche, das können Sie mir glauben.«

»Aber mein Priester ...«

»Jaja. Wissen wir. Ihr Priester ist ein Ferkel. Aber, wie gesagt, das können wir uns hier und heute nicht erlauben, einen Prie-

ster als Ferkel. Da gibt's viel zu bedenken, wenn man Fernsehen macht. Der Sender, die Werbung, das Publikum, die Einschaltquoten …«
»Ich rede von Kunst …«
»… und ich von Einschaltquoten. Ganz richtig. Ohne hohe Einschaltquote keine Kunst. Also müssen wir die Kunst ein bißchen aufbereiten. Sonst schießen uns die Werbebosse in den Mond.«
»Sollen sie doch«, sagt der Autor trotzig.
Der Produzent starrt ihn an. »Sie sind echt 'ne Nummer. Was glauben Sie wohl, was wir ohne Werbung sind?«
»Künstler«, sagt der Autor, noch trotziger.
»Künstler, Künstler! Die Kunst braucht Mäzene. Und unser Mäzen ist die Werbung.«
Der Autor sitzt stumm und verstockt. Der Produzent stöhnt auf. »Nun hängen Sie nicht so durch. Wird doch gar nicht so viel geändert an ihrem Baby.« Er beugt sich vor und tätschelt des Autors Hand. »Ich sage Ihnen jetzt, wie wir's machen. Kostenlos sag' ich's Ihnen. Und Sie gehen hin und schreiben das Drehbuch um. Okay?«
Der Autor schweigt.
»Also okay.« Der Produzent lehnt sich zurück. Taucht ein in seine Geschichte. Wird enthusiastisch. »Dieser Philipp«, schwärmt er, »ist Unternehmer. Hat 'nen großen Konzern. Oliven und Land und Schiffe und Feriendörfer. Sein bester Freund und Berater Fernand sitzt in der Politik. Macht sich die Hände schmutzig, auch für Philipp. Charly, Philipps Sohn, hat 'ne süße Freundin in Frankreich, verlobt sich mit ihr. Als der Vater die schnuckelige Göre sieht, will er sie selber haben. Heiratet sie. Der Sohn wird halb wahnsinnig vor Eifersucht. Er ruft Freund Ronny zu Hilfe. 'n Studienkollege. Die beiden verstehen sich gut. Hatten mal was miteinander. Ronny rät Charly, seine Dynamik mehr auf des Vaters Konzern zu richten, 'ne Tochterge-

sellschaft in Holland zu übernehmen, in der der gute Fernand Aufsichtsratsvorsitzender ist. Fernand will das verhindern. Er geht zu Philipp und macht 'ne elende Intrige. Sagt, daß er Charly gesehen hätte mit seiner Stiefmutter, mit Lisette. Und, wie das Leben so spielt: auch Anita, Philipps Geliebte, ist rasend vor Eifersucht. Denn sie wiederum ist scharf auf Charly, der ihr aber, Trottel, der er ist, einen Korb gibt und seine Liebe zu Lisette gesteht. Da klaut Anita ein paar Briefe, die Charly an Lisette schrieb, und bringt sie Philipp. Der rastet aus. Rennt zum Pfarrer. Den mag er, den Pfarrer, weil der immer so ausgewogene Ratschläge erteilt. Und dieser Pfarrer bringt am Ende alles ins Lot.« Der Produzent richtet sich wieder auf.
»In meinem Stück«, sagt der Autor voll Abscheu, »in meinem Stück wird Roderich von Philipp ermordet, Carl der Inquisition übergeben ...«
»Nein, nein! Um Himmels willen, nein!«
»Nein?«
»Das können wir nicht machen. Wir können nicht alle krepieren lassen. Wie soll das Ding denn weitergehen, wenn alle krepiert sind?«
»Ich verstehe nicht ...«
»Jaja, Sie verstehen mal wieder nicht! Also: Wenn die Einschaltquoten hoch sind, muß der Spuk weitergehen. Wenn das Publikum nach Fortsetzung schreit, wird fortgesetzt. Das ist doch der Sinn des Ganzen. Da können wir nicht alle sterben lassen wie die Fliegen. Die Fliegenklatsche nehmen wir erst, wenn die Gagenforderung zu hoch wird.«
Der Autor ist den Tränen nahe: »Wie also sieht es am Ende aus mit der Handlung?«
Der Produzent schüttelt den Kopf. »Mannomann. Da hätte ich das Ding ja gleich selber schreiben können.« Er faßt sich wieder. »Ist doch ganz einfach. Alle erfahren etwas am Ende, doch keiner verrät, welche Schlüsse er aus seinen Erfahrungen zieht.

Anita sitzt, halbnackt, am Swimmingpool, im Rücken die Villa El Escorial, und erfährt über drahtloses Telefon, daß Philipp Charly enterbt hat. Ronny sitzt beim Arzt und erfährt, daß er HIV-positiv ist. Lisette diniert mit Charly und erfährt, daß Anita Philipps Geliebte ist, und, letzte Einstellung, Philipp ist beim Pfarrer, weint sich über Charly aus, und der Pfarrer sagt: ›*Geben Sie ihn mir!*‹«

»Geben ... Sie ihn mir?«

»Kennen Sie Ihren eigenen Text nicht mehr? Verstehen Sie? Nicht Anita soll ins Kloster, wie Sie's in Ihrem Stück geplant haben, Charly soll.«

»Warum denn?«

»Warum? Weil die weiblichen Zuschauerinnen das nicht zulassen. Dieser Kerl ... ins Kloster? Diese Muskeln, dieser Mund, die stahlblauen Augen – im Kloster? Niemals. Und dann passiert, worauf wir alle warten.«

»Ach.«

»Der Dornenvögel-Effekt.«

»Der ... was?«

»Die weiblichen Zuschauer können keinen Mönch sehen, ohne an Verführung zu denken. Die weiblichen Zuschauer planen deshalb, Charly in zehn neuen Folgen aus dem Kloster zu befreien. Sie bombardieren den Sender. Sie bestehen auf den neuen Folgen. Der Werbung kommt das zu Ohren. Die Werbung ruft den Sender an. Der Sender ruft uns an. Wir rufen Sie an.«

Der Autor blinzelt verstört. »Wenn Anita ins Kloster geht, würden eben die Männer den Sender bombardieren ...«

»Niemals. Männer bombardieren nicht. Die fummeln nicht nach einer Telefonnummer. Die schreiben keine Briefe. Wenn das Weib ins Kloster geht, okay, dann holen sie sich 'ne Flasche Bier aus dem Kühlschrank und schalten um auf 'ne Sexnummer bei den Privaten. Die Männer sind frigide Nieten in der Mediensituation. Also – alles klar jetzt?«

Die Verzweiflung des Autors hat seinen Höhepunkt erreicht. Er entreißt dem Produzenten sein Manuskript. »Hier ist die Stelle, wo ich sterblich bin«, heult er auf, hastet zum Fenster, springt auf die Brüstung.
»Es lebe die Freiheit der Autoren«, – und er stürzt sich in die Tiefe.
Der Produzent lächelt leise. Fast hat er ihn geahnt, diesen starken, starken Abgang. Und ihn billigend in Kauf genommen. Hat der Kerl ihm nicht vor vielen Jahren die Deutschnote versaut? Mit *MARIA STUART?* Er sieht auf seinen Bildschirm und löscht einen Namen. Dann drückt er auf die Sprechtaste.
»Frau Weber? Ich hatte grad 'nen bedauerlichen Ausfall.
Tja ... Faxen Sie mal dem smarten Typen, der diese Geschichte mit dem jungen Mädchen und dem alten Macker eingereicht hat. Sie wissen schon ... *›Heinrich, Heinrich, mir graut's vor dir ...‹*«
Er nimmt den Finger von der Sprechtaste, lacht. Zwinkert uns zu. »Muß natürlich auch aufgepeppt werden, der Stoff. Aber wenn ich Auerbachs Keller ins Sheraton verlege ...« Er überlegt. »Oder ich bleibe doch in Leipzig. Freun sich die Ossis ...«
Sirenengeheul nähert sich. Der Produzent steht auf und sieht aus dem Fenster. »Na, klar doch! Wir bleiben in Leipzig, wir bleiben in Auerbachs Keller ... und lassen uns sponsern. Von 'ner Weinfirma.«
Er schließt das Fenster. Strahlt und hat eine seiner gewinnbringenden Visionen: *»Die folgende Sendung widmen Ihnen die FRÖHLICHEN KELLERMEISTER«*, deklariert er. »Und dann«, sagt er, »im ersten Bild, der alte Weinkeller, die drallen Bedienungen und das süße, beschwipste Gretchen auf Heinrichs Schoß.«
Er setzt sich wieder. Und was, wenn dieser Goethe nun auch Schwierigkeiten machen wird? Er zuckt die Achseln. Tja ... Dann hatte Goethe eben Pech gehabt. Wurde sowieso nicht

mehr gelesen an deutschen Schulen. Er grinst. Er ist froh, daß es ihn gibt. Genaugenommen ist er ein Wohltäter. Er weiß nämlich, wie man die Kunst zum Konsumenten bringt und den Konsumenten zum Konsumgut: Man mußte nur die Kunst wie Ware und die Ware wie Kunst behandeln …

Eine gute Partie

Als Herta Gutknecht starb, war sie siebzig Jahre alt und hinterließ außer ihren Möbeln, ihrer Wäsche und den wenigen persönlichen Dingen, die sie besaß, nur ein Ölgemälde, das einen röhrenden Hirsch inmitten prächtig gewachsener Tannen zeigte, und einen Brief an ihre Tochter Gislinde, die bei ihr gelebt und ihr in der Stunde des Hinscheidens tröstlich zur Seite gestanden hatte. In diesem Brief beschwor Herta Gutknecht ihr Kind, weiterhin brav den Pflichten als Bürovorsteherin der Kanzlei Rosner und Seidel nachzukommen und die Spezies Mann zu meiden. »Glaube mir«, schrieb Herta Gutknecht, »die beste Investition Deines Lebens ist Dein Beruf, auch wenn er Dich neun Stunden Deines Tages kostet und Dich nicht reich macht. Aber er macht Dich frei.«

Gislinde teilte die Ansicht ihrer Mutter nicht. Sie kündigte ihre Stellung bei der Kanzlei Rosner und Seidel, löste ihr Sparbuch auf und begab sich in einen Modesalon, der einen gediegenen und doch fortschrittlichen Ruf besaß und dessen Kreationen Gislindes aschblonder, etwas altmodisch anmutender Schönheit jenen Glanz verliehen, der ihr bisher versagt geblieben war. Lange stand sie vorm Spiegel und betrachtete sich. Sie war vierzig Jahre alt, eine reife Frau, eine Frau, die wußte, was sie wollte. »Führen Sie auch schwarze Kleidung?« fragte sie. »Vielleicht etwas Ausgefallenes, Raffiniertes?«

Dann studierte sie die Todesanzeigen. Es war nicht leicht, das der winterlichen Jahreszeit angemessene reiche Angebot mit kluger Sorgfalt zu sondieren, aber schon nach einer halben Stunde hatte sie den Mann gewählt, der ihr ein sorgenfreies Leben garantieren sollte: Er war Studienrat, pensioniert, seine Frau war vor drei Tagen im gesegneten Alter von fünfundsiebzig Jahren verschieden. An seinem Reichtum bestand kein Zweifel. Die angegebene Adresse war vom Feinsten, die Todesanzeige überdurchschnittlich groß, die Beerdigung, wie sich herausstellte, erstklassig, der Pelz, den der trauernde, auf einen Stock gestützte Gatte trug, teuer.

Gislinde straffte, als sie ihn sah, die Schultern und verdrängte die jahrelange Vision eines großen, jungen, breitschultrigen Mannes mit dunklem Haar und funkelnden Augen: Das Leben war nicht so.

Sie trug ein schwarzes Kostüm, ein schwarzes Hütchen mit duftigem Schleier und hochhackige, schwarze Pumps. »Ihre Frau und meine Mutter waren Schulfreundinnen«, sagte sie, als sie mit ernstem Gesicht dem Studienrat – er hieß übrigens Heinrich Wohlleben – die zart parfümierte Hand reichte. »Vielleicht darf ich Sie einmal, wenn Sie den ersten Schmerz überwunden haben, bei mir zum Tee erwarten? Meine Mutter hat so nette Dinge über Ihre liebe Frau Gemahlin erzählt ...«

Heinrich Wohlleben heiratete Gislinde ein halbes Jahr später. Und wieder ein Jahr später verstarb er. »Ein bedauerlicher Unfall«, seufzte Gislinde, wenn sie davon erzählte. »Eine Jagdflinte ... Der gute Heinrich. Er war so versessen auf die Jagdflinten seines Vaters, eine alte Sammlung. Die Flinte ging los, als er sie putzte.«

Es stellte sich heraus, daß Heinrich Wohlleben ärmer war, als Gislinde angenommen hatte. Das Haus war hoch belastet, Sparkonten so gut wie nicht vorhanden. Gislinde erschrak. Die Kanzlei Rosner und Seidel kam ihr in den Sinn, die endlos lange Kette trostloser Tage, die sie dort verbracht hatte. Sie stand am Fenster und starrte in die graue Dämmerung. Dann, als die Dunkelheit wie ein schwarzer Mantel auf die Stadt fiel, holte

sie die Tageszeitung, setzte sich an Heinrichs alten Schreibtisch und studierte die Todesanzeigen.
Dieses Mal war sie vorsichtiger. Sie beauftragte unter falschem Namen eine Wirtschaftsdetektei, um zu ergründen, in welchen finanziellen Verhältnissen der Witwer Albert Grünstein – er verlor dieser Tage seine »über alles geliebte Frau Marianne« – lebte.
»Für rasche Bearbeitung wäre ich sehr dankbar«, sagte sie, als sie mit dem Sachbearbeiter verhandelte.
Die finanziellen Verhältnisse waren gut. Ein Haus, beachtliche Bankkonten, eine hohe Pension, Aktien, eine Lebensversicherung. Gislinde traf den Witwer auf ihrem täglichen Gang zum Friedhof. Er pflanzte mit ungeschickter Hand ein Rosenstöckchen, und Gislinde, mit sanft lächelnden Augen hinter einem schwarzen Schleier, beugte sich zu ihm und sagte: »Ihre Frau und mein verstorbener Mann waren Tanzstundenfreunde. Vielleicht darf ich Sie einmal, wenn Sie den ersten Schmerz überwunden haben, bei mir zum Tee erwarten? Mein Mann hat so nette Dinge über Ihre liebe Frau Gemahlin erzählt ...«

Die Ehe mit Albert Grünstein gestaltete sich sehr schwierig. Er war ein cholerischer Mann, der zu Übergewicht neigte und dessen rote Gesichtshaut seinen unsoliden Lebenswandel verriet. Er rauchte und sprach dem Alkohol zu. Im ganzen Haus lagen widerliche angekaute Stumpen dicker Zigarren herum, die Aschenbecher quollen über, und der Gang in den Keller, um eine neue Flasche Wein oder Cognac zu holen, wiederholte sich mehrmals am Tage.
Mit einer dieser Flaschen stürzte Albert Grünstein, »schwer angetrunken«, wie Gislinde später schluchzend der Polizei erzählte, er stürzte von der zwanzigsten Kellerstufe hinunter zur ersten. Er fiel so unglücklich, daß er mit verdrehtem Hals und verkrümmtem Körper liegenblieb. Für immer, sozusagen.
»Der arme Albert«, sagte Gislinde zu einem der Polizisten, der

sie voller Mitleid betrachtete und sie zu einem Stuhl geleitete. »Er hat das Leben so geliebt. Seine Zigarren, seinen Wein ... Und im Sommer wollten wir zur Kur nach Kissingen.«

Nun war Gislinde reich. Und frei. Frei von Heinrich, frei von Albert, frei von Geldsorgen. Am Tage nach Alberts Beerdigung, einem sonnigen Frühlingsmorgen, besuchte sie das Grab ihrer Mutter, ein schwaches Lächeln auf den Lippen. Sie stand lange vor dem Grabstein, den ein mamorner Engel zierte. Arme Mutter. Sie hatte es nicht verstanden, reich zu werden. »Die beste Investition deines Lebens ist die Arbeit ...« Gislindes schwaches Lächeln wurde verächtlich. Die beste Investition war eine gute Partie. Sie blickte nachdenklich auf den bleichen Todesengel, der seine Schwingen über das Grab spannte. Wie gut, daß Mutter so vertrauensvoll gewesen war, als sie sie nach ihrer schweren Grippe pflegte. Und alles aß und trank, was man ihr brachte. Auch den dunklen Traubensaft, der so gesund aussah und es doch nicht war.
Gislinde legte einen kleinen Fliederzweig auf das Grab. Dann besuchte sie die Ruhestätte des guten Heinrichs. Auch er erhielt einen Fliederzweig. Vor Alberts Grab verweilte sie. Die Luft war mild und voll duftender Verheißung. Eine Amsel sang im nahen Weißdornstrauch, und Gislindes Herz schlug mit wunderlichen kleinen Anläufen, wurde schwer vor süßer Wehmut. Da trat ein junger Mann an ihre Seite, groß, breitschultrig, mit dunklem Haar und funkelnden Augen. Er lächelte sie an. »Ihr verstorbener Gatte und mein Vater waren Studienkollegen. Vielleicht darf ich Sie einmal, wenn Sie den ersten Schmerz überwunden haben, bei mir zum Tee erwarten? Mein Vater hat so nette Dinge über Ihren lieben Herrn Gemahl erzählt ...«
Da wurde Gislindes Herz leicht und froh. Die Amsel sang noch immer, der Fliederzweig in ihrer Hand duftete. »Aber gerne«, sagte sie mit weicher Stimme und verlor sich in den dunklen Augen des jungen Mannes. »Vielleicht morgen nachmittag?«

Bettelarmband

Ich hätte diese Einladung zu Rudolfs fünfzigstem Geburtstag gern verhindert. Aber Hannelore bestand auf meinem Kommen, und Rudolf wollte sich, wie er argumentierte, mit einer ablehnenden Haltung nicht verdächtig machen. Ich bin seit vier Jahren Rudolfs Assistentin in der Redaktion, seit zwei Jahren haben wir ein Verhältnis. Er besucht mich meist dienstags und donnerstags, weil an diesen Abenden Hannelore in der Sauna oder beim Bridgespielen ist.

Bevor Rudolf nach Hause geht, sitzen wir uns in meiner kleinen Küche gegenüber, auf den harten Holzstühlen, die ich auf dem Trödelmarkt gekauft habe, unsere Knie berühren sich. Nackt sitzen wir da, weil Rudolf kein Stückchen Stoff zwischen uns duldet. Seine Frau würde niemals nackt in der Küche sitzen, die traut sich nackt kaum aus dem Badezimmer; alles Erziehungssache, sagt Rudolf. Wir hören dem Musikstudenten zu, der einen Stock tiefer wohnt und auf seinem Saxophon spielt. Traurige, klagende Melodien, zu meiner Stimmung passend, während die Zeiger der Uhr unerbittlich vorwärtswandern.

Manchmal, wenn ich mich einsam fühle, versuche ich, mir Rudolfs Leben mit Hannelore und seinen Töchtern vorzustellen. Was vorher nur Schemen in meinem Kopf waren, beginne ich mit Farbe zu füllen, wie ein Kind, das eine vorgefertigte Zeichnung ausmalt. Zum Beispiel Rudolf beim Frühstück, schon in Anzug und Krawatte, nach Rasierwasser duftend. Oder abends am Tisch sitzend, die Suppe löffelnd. Diese Phantasien geistern wie Prolog und Epilog zur eigentlichen Geschichte durch meinen Kopf. Die eigentliche Geschichte nämlich beginnt vormittags im Büro, wenn Rudolf das Zimmer betritt und seine Augen die meinen suchen. Sie endet auch dort. Die Tür zu seinem Zimmer öffnet sich, er nimmt seinen Aktenkoffer und seinen Mantel und wünscht *allseits einen schönen Abend.* Ich bleibe stumm an meinem Schreibtisch sitzen, wie ausgehöhlt, alles verkrampft sich in mir. Einen schönen Abend! Neue Bilder entstehen in meinem Kopf. Bilder der Töchter, zwei munteren, hübschen Frauen, die zur Universität gehen und nur ein paar Jahre jünger sind als ich. Bilder der Freunde, der Nachbarn, der Katze. Und eines von Hannelore, übergroß. Sie ist wie ein Schatten, der mich überallhin begleitet. Ihr kräftiger Hals wächst aus einem frisch gebügelten Baumwollkleid. Ich sehe ihre Arme vor mir, ihre Hände, die so viel für die Familie tun, und ich sehe auch, wie diese Hände alles in Besitz nehmen und auf diesen Besitz aufpassen: auf Rudolf, die Kinder, das Haus, den Garten. Ich habe keine Chance gegen Hannelore. Ich bin ein spindeldürrer, verrückter Clown gegen sie, und wenn Rudolf auch beteuert, er könne ohne mich nicht mehr sein, so glaube ich doch, wenn Hannelore ihre kräftigen Hände und Arme, die aus diesen praktischen Kleidern herauswachsen, nach ihm ausstreckte, hätte er ebensowenig eine Chance wie ich.

Diese Einladung hat mich hineingespuckt in Rudolfs Leben, und ich sehe, daß nicht nur Prolog und Epilog existieren, sondern daß es auch ein Kernstück gibt, in dem ich wie eine stumme Dienerin am Rand der Bühne stehe und auf einen Einsatz hoffe, der nie kommt. Mir ist speiübel. Ich gehe mit Rudolf und Hannelore von Zimmer zu Zimmer, bewundere die Antiquitäten, die Bilder, die beide zusammen ausgewählt und gekauft haben und tue so, als sei ich nichts weiter als ein höflicher, liebenswürdiger Gast. Im Schlafzimmer lege ich meinen Mantel aufs Bett, auf dem schon viele andere Mäntel liegen. Das Bett gleicht einem Grab, das, Schicht um Schicht, mit Pelzen und

Stoffen bedeckt ist, damit die Toten darunter nicht bemerkt werden. Ich kann trotzdem nicht verhindern, mir Rudolf und Hannelore in diesem Bett vorzustellen, ihre Körper einander abgewandt, ohne Leben, wie gut erhaltene Versteinerungen.

Fast habe ich Rudolf in Verdacht, daß er mich absichtlich in dieses Haus gebracht hat. Nur dieses eine Mal sollte auch ich durch die Räume gehen, Gegenstände berührend, Türen öffnend, lächelnd. So konnte er mich später, wenn ich nicht mehr da war, nach Belieben von einer Stelle zur anderen schieben, konnte, an Hannelore vorbei, sich meiner mit den Augen erinnern und mich durch die wundervoll möblierten Räume schicken wie diese Papierpuppen in ihren Papierhäusern, ohne dritte Dimension.

Er beobachtet mich, er steht neben seiner Frau, ein Sektglas in der Hand. Er unterhält sich mit einem Ehepaar, Nachbarn, sieht aber immer wieder zu mir herüber. Die vier bilden eine Einheit; das gleiche Alter, der gleiche Hintergrund, sie haben's zu was gebracht, und ich erinnere mich meiner schäbigen Küche, der harten Stühle, des zerbeulten Gaskochers und fühle mich noch elender als zuvor.

Während des Essens sitze ich zwischen zwei jungen Männern, Freunde der Töchter, wie Hannelore mir in vertraulichem Ton mitteilt. Ob sie argwöhnisch werden würde, wenn sie wüßte, daß ich mir aus jungen Männern nichts mache? Daß sie mich in ihrer egoistischen Forschheit an in der Morgenluft dampfende Gäule erinnern? Daß mich ältere Körper nicht abschrecken? Nicht die Haut, die sich vom Fleisch zu lösen scheint, nicht die Flecken auf den Handrücken, auch nicht die Schlaffheit der Muskeln. Denn ich kenne nur einen alternden Körper, Rudolfs Körper, der mir so vertraut ist in seiner nackten Ehrlichkeit, daß ich mir keinen anderen, jüngeren, wünsche.

Während wir auf das Dessert warten, werden die Gespräche lauter, und ich spiele mit dem Armband, das Rudolf mir geschenkt hat. Ein zierliches Goldkettchen, an das man kleine Figuren, Münzen und Glücksbringer hängt. *Bettelarmband* nennt man diese Kettchen. Jeder Anhänger bedeutet ein Stück Erinnerung. Das Herz mit dem Rubin beispielsweise war Rudolfs erstes Geschenk an mich. Wir fuhren zusammen nach Salzburg, offiziell, um einen Artikel über die Festspiele zu schreiben; aber wir wußten beide, daß wir eine Affäre beginnen würden. Wir waren nervös. Obwohl Rudolf oft beruflich verreisen muß, ist es für ihn nicht einfach, über Nacht auszubleiben. Hannelore ist unerbittlich in ihren behutsamen Nachforschungen; sie ruft in den Hotels an, sie läßt sich Tickets zeigen, *sie nimmt regen Anteil an Rudolfs beruflichem Leben,* wie sie ihr Mißtrauen tituliert. Rudolf versicherte mir damals, er habe seine Frau noch nie betrogen. Und ich gestand ihm, daß ich mich gerade von einem Jugendfreund getrennt hatte, eine langweilige Beziehung, in der jeder schon von vornherein wußte, was der andere tun oder sagen würde. Es war zum Lachen, aber ich hatte noch nie mit einem anderen Mann geschlafen als mit diesem Sandkistenfreund, und ich befürchtete beträchtliche praxisbezogene erotische Defizite. So saßen Rudolf und ich irgendwie im gleichen Boot. Jeder trug seine Ängste und seine Scheu mit sich herum, ohne den anderen schon so gut zu kennen, ihm diese Ängste eingestehen zu können. Als ich in dem ehrwürdigen alten Salzburger Hotel ins Bett stieg, stellte ich mir vor, mit Rudolf verheiratet zu sein. Da fiel mir alles leichter.

Am anderen Morgen kaufte er mir das Armband und das Herz mit dem kleinen Rubin. Daraus entwickelte sich ein Ritual: In Zukunft stand ich immer vor einem Schmuckgeschäft, sah Rudolf mit dem Juwelier verhandeln, Rudolf wandte mir den Kopf zu und lächelte zu mir heraus. Auf der Straße umarmte er mich ein letztes Mal, schob mir das Päckchen des Juweliers in die Tasche und flüsterte: *Ich liebe dich, meine Kleine.*

Jetzt folgen die Tischreden. Freunde sehen Rudolf am Zenit seines Lebens stehen, sie singen Lobeshymnen auf ihn und auf Hannelore und die gute Ehe, die die beiden miteinander führen. Der Stein in meinem Magen wächst, weil stimmt, was die Freunde sagen. Hannelore und Rudolf, das gehört zusammen. Sie haben jung geheiratet, sie haben die Kinder bekommen, haben mit ihnen zusammen Masern, Keuchhusten, Windpocken und die vielen Erkältungskrankheiten durchlitten, sie haben einen Sparvertrag abgeschlossen, das Haus gebaut, Schulden beglichen, sie beerdigten Rudolfs Eltern, pflegten Hannelores Mutter, sie überstanden einen Autounfall, einen Wasserrohrbruch, die Ameisenplage im Garten, die ersten Liebesgeschichten der Töchter und Hannelores Gürtelrose. Die Kameradschaft wuchs und wuchs und überwucherte andere Empfindungen wie wilder Efeu, der alles Blühende erstickt.

Das goldene Hufeisen schenkte er mir in Lugano. Wir saßen in einem Restaurant auf der *Piazza della Riforma*. Ich beobachtete am Nebentisch ein Ehepaar, das sich an den Händen hielt und zum Rathaus hinübersah. Die Frau war schwanger. Der Anblick der beiden verursachte in mir einen so jähen, scharfen Schmerz, daß ich zusammenzuckte. Was ist mit dir? fragte Rudolf, aber ich schüttelte nur den Kopf und lächelte ihn an. Ich hatte es mir schon vor langer Zeit untersagt, unerfüllbare Wünsche auszusprechen. An diesem Abend erzählte er mir, daß Hannelore und er sich immer fremder würden, das hinge natürlich auch mit mir zusammen, er zöge sich zurück, manchmal käme er sich wie ein Fremder im eigenen Haus vor. Ich fragte nicht, wo dies alles enden solle, denn das hätte zwangsläufig eine umständliche Erklärung, warum er sich nicht scheiden lassen könne, zur Folge gehabt. Hannelore hatte sich nichts zuschulden kommen lassen. Sie war da, fehlerlos, makellos. Eine Kameradin, die man nicht nach einer so langen Wegstrecke im

Stich ließ. Auch die Töchter waren existent, die Nachbarn, die Katze, das Haus.

Jetzt steht Rudolf auf. Er klopft an sein Weinglas, lächelt, hält ebenfalls eine Rede, die in eine eheliche Laudatio mündet. Er handelte fair, er bereitete mich auf diese Rede vor. Das ist es, was ich an ihm liebe. Er ist kein egoistischer, gefühlloser Mann. Er ist ein Grenzgänger. Innerlich zerrissen, weil er nicht weiß, was er tun soll. Jetzt, im Augenblick, ist er Ehemann. Er scherzt über sein hohes Alter, er dankt Hannelore für die Jahre, die sie an seiner Seite verbrachte. Er hebt ihre Leistungen und Verdienste hervor. Er lobt ihre Tüchtigkeit, ihren Humor, ihren Charme. Er blickt kein einziges Mal in meine Richtung, und auch ich halte den Kopf gesenkt. Ich denke schnell an etwas anderes, an das kalte, graue Frankfurt zum Beispiel, wo ich vor einem halben Jahr mit Rudolf war und wo er mir den Anhänger mit der goldenen Dreizehn schenkte. In Frankfurt hatte ich ihm gesagt, daß ich unser Verhältnis beenden wolle. Daß ich es nicht mehr aushalten könne, ihn zu teilen, ihn nur stundenweise zu sehen, zu einem ganz bestimmten Zweck, weil zu anderen Zwecken keine Zeit mehr bliebe. Daß ich es satt hätte, mich an den Wochenenden nach ihm zu sehnen, oh, so satt! Er wurde nach meinem Ausbruch so bleich, daß ich sofort zu ihm lief und ihn umarmte. Ich konnte es nicht ertragen, ihn so entsetzt und traurig zu sehen. Wir weinten beide. Ein paar Stunden später schenkte er mir den Anhänger mit der goldenen Dreizehn, weil dieser Tag für ihn fast zum Unglückstag geworden wäre.

Rudolf beendet seine Rede. Er hebt das Glas, und wir alle prosten ihm zu. Wir lächeln. Mir tun die Mundwinkel weh, so viel habe ich heute schon ohne Lächeln gelächelt. Ein paar junge Leute packen Musikinstrumente aus. Rudolfs Töchter, die eine blond wie Hannelore, die andere mit Rudolfs dunkler Haut und seinem braunem Haar, gesellen sich dazu. Die Leute stehen auf und verteilen sich im Wohnzimmer, im Eßzimmer, in der Diele. Ein großes Haus ist es, das Rudolf und Hannelore bewohnen. Ich stehe ebenfalls auf. Ich gehe hinüber zu den jungen Leuten, weil Hannelores Blick mich verfolgt und weil ich denke, daß es mich verdachtfrei macht, wenn ich bei jungen Menschen stehe. Ob ich ein Lieblingslied hätte, fragt mich einer der jungen Männer, und ich sage: *When I need you.* Ein wenig später spielen sie das Lied. Der junge Musiker nickt mir zu, ich nicke zurück und taste nach dem goldenen Anker an meinem Armband. *When I need you ...* Unser Lied. Unsere Reise nach Hamburg. Ein goldener Anker, gekauft in einem kleinen Laden am Hafen. Er soll Hoffnung verkörpern. Hoffnung auf was?

Nun stimmen sie einen Wiener Walzer an. Die Gäste treten zurück, sie rufen nach den Gastgebern. Rudolf und Hannelore kommen zur Mitte. Rudolf zieht Hannelore an sich, Hannelore legt ihren Arm auf Rudolfs Schulter. Ein fester, kräftiger Arm. Mit einem goldenen Armband.
Es trifft mich wie ein Schlag. *Hannelore trägt mein Armband.* Mit einem Herzen, mit einem Hufeisen, mit einer Dreizehn und einem Anker. Ich starre das Kettchen an, Bilder verdichten sich in meinem Kopf. Immer, wenn Rudolf mir einen Anhänger kaufte, kaufte er praktischerweise einen zweiten für seine Frau hinzu. *Sieh mal, Liebes, ein kleines Mitbringsel von meiner Geschäftsreise ...*
Mein Magen rebelliert, meine Beine werden so schwer, als könne ich sie nie mehr voreinandersetzen. Rudolf und Hannelore machen jetzt die ersten Tanzschritte. Die beiden sind wie aus einem Guß, zusammengeschweißt. Wieder wird gelächelt. Ein Tag des immerwährenden Lächelns. Meine Stirn ist eiskalt. Die Anhänger an meinem Armband klirren leise, die Dinge um mich herum liegen im Nebel. Ich rieche Rudolfs Haut, ich höre

seine Stimme, ich spüre seinen Atem. Ich denke an die goldene Dreizehn und an die Tränen, die in seinen Augen standen, als er mir den Anhänger schenkte. Wut und Ekel stülpen mir den Magen um. Ich stehe am Rand der Tanzfläche, ich übergebe mich. Erbrochenes beschmutzt Rudolfs Hosenbeine. Die Leute starren mich an. Ich gehe aus dem Zimmer, auf die Straße, ich lasse alle Türen hinter mir offen. An der Bushaltestelle bleibe ich stehen. Ich reiße das Armband von meinem Gelenk und werfe es in den Rinnstein.

Ich glaube, Sie haben was verloren, ruft mir eine Frau nach. Ich antworte: *Nein, Sie täuschen sich* und steige in den nächstbesten Bus, der anhält.

Knaur

Benoîte Groult

Foto: Isolde Ohlbaum

(65043)

(65040)

(65044)

(2997)

(3113)

Knaur

Heitere Romane

(3289)

(60064)

(1632)

(2899)

(1637)

(2915)